고
시
맨

고시맨

김펑

🍪 마카롱

차
례

프롤로그

그녀가 물었다.

"죽고 싶었던 적 있어?"

나는 고개를 저었다.

잠시 고개를 주억이던 그녀가 나지막이 말했다.

"나는 있어."

그녀는 조심스레 이야기를 시작했다.

고시맨을 만나기 전까진 정말 우울한 날들의 연속이었어. 생각해 봐. 엄마가 돌아가시고 맘 추스를 새도 없이 아빠까지 시름시름 앓기 시작했어. 그 상황에서 제정신일 수 있는 사람이 있을까?

집에 내려가 아빠를 모시고 살아야겠다고 생각했어. 가족에게 그렇게 말했지. 그랬더니 이제 막 고등학교에 들어간 막내가 뭐라고 했는지 알아? 가족을 바보로 만들지 말아달래. 지금껏 나를 위해서 다들 희생해왔다고. 그러니까 끝까지 최선을 다해달라고 하더라. 동생은 내가 10년 전에 입었던 낡은 카디건을 교복 위에 걸치고 있었어.

꾀죄죄한 건 둘째도 마찬가지였어. 짜식이 그래도 지가 장남이라고, 학원비 필요하면 도둑질을 해서라도 마련해 줄 테니까 돌아가서 공부나 하라더라. 그게 엄마의 마지막 부탁이었으니까 내 맘대로 결정하지 말라는 거야. 아빠는 그냥 말없이 미안하다고만 했어. 그제야 나는 깨달았어. 내겐 좌절하거나 포기할 권리가 없다는 걸. 지금 내가 할 수 있는 최선이라곤 악착같이 공부하는 것뿐이란 걸…….

그런데 비참하게도 난 특별한 사람이 아니었어. 열심히 해도 성적은 오르지 않았고 언제부턴가 책이 눈에 들어오지도 않았어. 맞아, 지독한 슬럼프가 찾아온 거야. 그날 나는 독서실 옥상에서 해가 지기만을 기다렸어. 결국 때가 되었다고 생각했지. 유서? 그까짓 게 필요할까? 모의고사 성적표가 대신해 줄 텐데……. 성적을 비관한 자살 말고 무슨 할 말이 더 있겠어. 한 시간이 넘도록 옥상 난간에 몸을 기대 있다가, 이제 그만 휙 날아서 끝내버리기로 했어.

바로 그때 아래에서 동그란 무언가가 솟아올랐어. 거대한 배드민턴공 같기도 한 그것의 정체는 놀랍게도 앵무새였지. 순식간에 옥상 난간까지 올라온 앵무새는 나를 노려보면서 날카롭게 울부짖었어.

"와쯔롱! 와쯔롱! 미틴년! 미틴!"

비명을 지르며 녀석을 피해 옥상을 이리저리 뛰어다니는데, 이번에는 노란 헬멧을 쓰고 잠수복 같은 것을 입은 남자가 다가오는 거야. 그는 거칠게 숨을 몰아쉬면서 말했어.

"죽음을 각오할 만큼 절박한 자여, 나를 따라 아미고 고시원으로 오
라."

고시맨과의 첫 만남이었어.

1부 —————————— **해탈에 이르는 길**

1.

고시촌에는 공부하다 정신줄을 놓아버린 광인의 수만큼이나 많은 언덕이 존재하는데, 험난하기로는 이곳 성문 고시원으로 향하는 언덕이 으뜸이다. 그래서인지 이 언덕은 고시촌 사람들 사이에서 '해탈에 이르는 길'로 불리곤 한다. 그것은 한여름엔 이글이글 끓어오르는 모래 언덕처럼 보이기도 하고, 길이 얼어버리는 겨울엔 날이 선 빙산 같아 보인다.

'해탈에 이르는 길'이라는 별칭은 고시촌이 형성될 무렵 중국집 배달원들 사이에서 불리기 시작한 것이라 전해진다. 경사가 심해 오토바이를 타고 올라갈 수 없는 데다, 언덕 중간에는 폭이 좁은 계단까지 자리하고 있어 철가방이 기울어지지 않게 수평을 맞추며 이곳을 오르는 게 쉽지 않았기 때문이란다. 물론 지금도 마찬가지다.

"한두 번도 아니고 생고생할 거 뻔히 알면서 배달시키는 뻔뻔한 시키들. 저런 인정머리 없는 것들이 판검사가 되겠다고 설쳐대니 나라가 이 모양이지."

험지에 내몰린 배달원의 입이 고울 리 없다. 또한 짜장 반 짜증 반으로 퉁퉁 불어터진 면발이 맛있을 리도 없다. 그렇지만 이 언덕 위로 짜장면을 배달시키는 고시생의 수는 좀처럼 줄지 않았다. 어찌 보면 당연한 일이었다. 밥을 먹으러 내려오면 올라오는 길에 다 소화가 돼버리니까.

사람의 내장까지 푹 익어버릴 정도로 뜨겁던 어느 여름날. 온종일 열여섯 번이나 이 언덕을 왕복해야 했던 한 배달원이 있었다. '해탈'이란 단어는 그의 입에서 처음 등장했다고 한다.

"철가방 안에서 꺼낸 단무지가 갑자기 빛나는 황금 부처로 보이는 거야. 너무 놀라 단무지를 앞에 두고 삼배를 올렸지. 해탈의 순간이었어."

폭이 좁아 더욱 가파르게 느껴지는 언덕길에는 '서원', '고시원', '리빙텔', '미니 원룸', '독서실', '스터디룸' 따위의 간판을 내건 건물들이 줄지어 들어서 있다. 띄엄띄엄 회색 전봇대가 박혀 있고, 옆에는 전봇대보다 더 오래 그 자리에 있었던 것 같은 더벅머리 장수생이 꼭 한 명씩 쪼그려 앉아 담배를 태우고 있다. 가로세로 거미줄처럼 뻗은 전봇대 위의 전선은 지금 내 머릿속만큼이나 복잡하게 엉켜 있다. 이 언덕을 떠날 수 있게 된 합격자들은 자신의 이름과 출신 학교가 인쇄된 현수막으로 하늘을 가려 놓았다. 그들의 흔적이 이곳저곳에서 빨래처럼 나부끼고 있어서 길은 더욱 어지러워 보인다.

그 길 끝에 성문 고시원이 산 정상의 망루처럼 우뚝 솟아 있다.

* * *

 지금으로부터 6년 전인 2001년 가을, 나는 이 언덕에 불시착했다. 불시착이라는 단어를 쓰는 이유는, 잠시 이곳을 거쳐 가겠다던 나의 계산에 심각한 오류가 있었기 때문이다. 그때만 해도 수험 기간이 이렇게 길어질 줄은 전혀 상상하지 못했다.

 그해 봄.

 "충성, 군 생활 잘 마치고 무사 귀환했습니다"라는 말이 끝나기 무섭게 배낭을 쌌다. 가진 돈을 탈탈 털어 비행기에 올랐다. 첫 행선지는 인도였다. 목이 쉬도록 노래를 부르며 사막을 횡단했고, 배가 고프면 원숭이 무리를 따라다니며 바나나를 훔쳐 먹었다. 자이푸르에서 아그라까지 몇 달에 걸쳐 걷고 또 걸었다. 그렇게 맞이한 타지마할은 거대한 지우개였다. 군 생활 내내 나를 괴롭혔던 미래에 대한 불안이 순백색의 타지마할 앞에 서자 모조리 지워져 버리는 것 같았다. 그 앞에서 다짐했다.

 '다음엔 아프리카 초원으로 떠나자.'

 인도 방랑은 다섯 달 하고도 열흘이나 계속되었다. 인도 부랑자 같은 모습으로 집에 돌아왔을 때, 어머니는 앙상한 내 팔뚝을 만지며 눈물 흘렸다. 덩달아 눈물이 찔끔 나올 뻔했던 내게 아버지는 인사보다 먼지 쌓인 법전을 먼저 건넸다. 철저한 먹고사니즘 신봉자인 아버지다웠다. 하지만 오지 탐험가를 꿈꾸는 아들에게 대한민국 법전이라니……. 그건 마치 아널드 슈워제네거에게 건넨 메이크업 3종 세트처럼 어울리지 않는 것이었다.

그날 저녁, 부모님께 오지 탐험가가 되고 싶다고 말했다.

"뭐? 뭔 탐험가?"

아버지는 난청이 좀 있었는데, 오지 탐험가라고 적어서 보여주자 그제야 무슨 말인지 알았다는 듯 고개를 끄덕였다.

"그러니까 네가 지금 집시가 되고 싶다는 말이구나?"

아버지다운 비아냥이었다.

"요즘 세상엔 집시도 돈이 있어야 할 수 있는 거야. 비행깃값은 누가 대냐. 너 같은 베짱이한테는 대한민국이야말로 지상 최대의 오지라는 걸 명심해라 이것아. 하나 있는 자식이란 놈이……. 아이고 머리야, 오지로 떠나고 싶은 건 바로 이 아비다. 머리 빡빡 밀고 어디 절에 들어가야 네 놈 얼굴을 안 보지."

아버지가 늘어놓는 잔소리가 마치 삼장법사의 염불 같았다. 그 앞에 놓인 나는 금고아를 쓴 손오공에 불과하다. 이럴 땐 단전에 힘을 주고 주문을 외운다.

"동창회에 갔더니 누구 아들내미는 벌써 변호사가 됐다는데……."

옴 바아라,

"누구 아들내미는 부모 생일 선물로 그랜저를 사줬다던데……."

옴 살바,

"누구 딸은 시집 잘 가서 부모 해외여행 보내드렸다던데……."

옴 마니 파드메 훔…….

잔소리가 길어지겠다는 예감이 들었다. 이 상황을 벗어나기 위해서는 타협점을 찾아야 했다. 오지 탐험가가 되겠다는 꿈은 잠시만 접어두기로

고
시
맨

16

했다. 다시 말하지만 그 시절의 나는 무엇이든 할 수 있을 것만 같았다.

"뭐, 까짓것 다시 공부해 보죠. 대신 빨리 합격해서 돌아올 테니까, 그땐 내가 하고 싶은 대로 놔두세요. 사시? 행시? 회계사? 뭐가 될까요?"

부모님은 합창하듯 입을 모았다.

"사시!"

2001년, 바야흐로 사법시험 합격자 1,000명 시대가 열렸다. 너도나도 "공부가 제일 쉬웠어요"를 외치며 신림동으로 몰려들었다. 군대에 가기 전 1년간 법대를 다녔다고는 해도 법에 대해 아는 건 하나도 없었다. 그나마 신입생 때 달달 외웠던 법률용어도 군 생활을 하면서 모두 까먹었다. 자신 없던 나는 여의봉을 잃어버린 손오공의 마음으로 먼지 쌓인 법전을 펼쳐보았다.

'그래도 뭐, 하면 되지 않겠어? 오지를 탐험하는 변호사, 이런 타이틀도 나쁘지 않잖아.'

스스로에게 주문을 걸며 짐을 쌌다. 제일 먼저 보물 1호인 해먹부터 챙겼다. 인도에서 무일푼으로 방랑할 때 만난 탐험가에게 선물 받은 것이다. 생사를 함께한 이 녀석만 있으면 어디서든 살아남을 수 있다는 자신이 있었다. 그곳이 전쟁터라 할지라도 말이다.

신림동으로 떠나기 전날 밤, 아버지는 여의봉을 잃어버린 손오공을 위로하려는 듯 아끼던 복분자주를 개봉했다. 어머니는 "고시만 합격하면 신붓감들이 열쇠 세 개씩 들고 줄을 선다더라" 따위의 말로 나를 격려했다. 평온해진 아버지의 표정, 달뜬 어머니의 얼굴을 잊을 수가 없다. 나는 그들의 기대에 부응하기 위해 여의봉이 아니어도 좋으니 눈에 보이는 무엇이든 잡고 흔들어보기로 결심했다. 어머니와 나는 날이 밝자마자 첫 기차를 타고 서울로 올라갔다.

형편에 맞는 고시원을 찾는 일은 생각보다 어려웠다. 지대가 높으면 높을수록 싸다고 들었는데 직접 돌아다녀 보니 그런 것도 아니었다. 이곳저곳 기웃거리며 가격대를 흥정하는 새 반나절이 훌쩍 가버렸다. 가파른 언덕 꼭대기에 있는 성문 고시원 앞에서 숨을 고르고 있을 때였다. 건물 옆 구멍가게 아저씨가 가게 문을 열고 나왔다.

"혹시 고시원 방 구하세요?"

우리 곁에 다가온 그는 지쳐 있는 어머니에게 말했다.

"아주머니, 낙타가 바늘구멍을 통과하려면 말이지요, 제일 중요한 게 바로 기운입니다, 기운. 땅의 기운. 풍수지리 아시죠? 올라오면서 느끼셨는지 모르겠는데 밑에서 올려다보면 이 언덕이 꼭 붓 모양처럼 기가 막히게 잘빠졌어요. 이런 터는 조선팔도에 흔치가 않아요. 그리고 원래 이 자리가 조선시대에 정승 하던 양반 생가가 있던 곳이에요. 터 하나는 이 고시촌에서 최곱니다. 우리 아들도 여기서 공부했는데 합격해서 지금 연수원에 있어요. 고민할 것도 없어. 그냥 여기 들어가요."

그는 결국 아들 자랑을 하려고 나섰던 것인데, 어머니는 '조선시대 정승의 생가'라는 말에 귀가 솔깃해졌던 모양이다. 어머니의 얼굴에 갑자기 생기가 돌았다.

돌이켜보면 그날의 결정은 잘못된 것이었다. 훗날 알게 된 사실은 구멍가게 아저씨의 이야기와 영 딴판이었다. 조선시대 정승이었다는 자는 말년에 역적죄로 처형을 당했으며, 고시원 터는 생가가 아니라 풀 한 포

고
시
맨

기 자리지 않았다는 뭣자리였다. 그자의 망령이 떠돌아다니는 모양인지 성문 고시원에 자리 잡은 고시생은 하나같이 악몽과 두통에 시달리곤 했다. 그러나 성문 고시원의 가장 큰 문제는 높은 언덕도, 악몽도, 두통도 아니었다.

그땐 알지 못했다. 독을 품고 사는 능구렁이, 안석주의 존재를 말이다.

* * *

성문 고시원 총무 안석주. 그는 이 언덕에서 깨달음을 얻어 '해탈'의 경지에 이른 듯했다.

"산은 산이요, 물은 물이고, 고시생은 고시생이로구나."

그는 평생 고시생으로 남기로 작정했는지 합격과는 거리가 먼 수험 생활을 했다. 책상 앞에 붙어 있지 못하고 항상 어딘가를 쏘다녔고 남의 일에 참견이 많았다. 그런 그가 어떻게 성문 고시원 총무가 되었는가에 대한 의문은 안석주를 오랫동안 지켜본 104호의 이야기 덕분에 풀렸다. 사연을 간략하게 정리해 보면 이렇다.

성문 고시원 총무는 많은 혜택을 받는 자리다. 유일하게 개인 화장실이 딸린 310호를 사용할 수 있으며, 고시원비 면제는 물론 매달 30만 원의 장려금까지 받는다. 며느리가 갈빗집을 한다는 원장과 한 달에 한 번 같이 밥을 먹는데 그때마다 1등급 한우를 배 터지게 먹을 수 있다고 한다. 그래서인지 성문 고시원 총무 자리를 차지하기 위한 경쟁이 꽤 치열했다고 한다. 안석주는 생각보다 수월하게 총무가 되었는데, 고시원장이 매사에 초연한 안석주의 성품을 높이 샀기 때문이라는 것이다. 애잔한 그의 생김새도 지지와 동정표를 받는 데 한몫했다는 이야기도 들렸다.

안석주는 어깨가 좁고 목이 가늘어 남보다 머리가 커 보인다. 게다가 목뼈가 가슴 쪽으로 휘어져 있어, 마치 초보 마술사가 구부리다 중간에 포기해버린 수저 같은 모습이다. 고시촌에서 앞으로 휜 목뼈는 수험생의 내공을 상징한다. 책상만 내려다보며 사는 고시생이라면 다들 겪는 체형 변화라지만 그는 많이 심각해 보였다. 가만히 서 있기만 해도 달리기 출발선에 선 사람처럼 몸이 앞으로 기울어져 있다. 그래서일까. 그의 커다란 머리는 더욱 무거워 보였고, 가느다란 줄기 위에서 축 늘어진 채 언제 툭 하고 떨어질지 몰라 휘청거리는 해바라기처럼 위태로워 보였다. 그는 정수리의 원형 탈모를 감추기 위해 챙이 좁은 벙거지를 애용했는데, 눈썹 밑까지 푹 눌러쓴 탓에 그렇지 않아도 푹 꺼진 광대뼈가 더욱 그늘져 보였다. 여기에 알이 두꺼운 안경까지 쓴 그의 눈동자는 모자이크 처리를 해놓은 듯 흐려 보였다.

커다란 머리, 고부라진 목뼈, 원형 탈모, 푹 꺼진 광대, 두꺼운 안경……. 안석주는 고시생들이 하나씩 가지고 있는 특징을 종합선물세트처럼 한 몸에 지닌 인물이었다. 동정심을 느낄 수밖에 없는 신체조건 덕분에 그를 보는 원생들은 '아이고 애잔한 양반, 한우는 그쪽이 많이 자시오' 하는 마음을 품었다.

안석주는 총무가 되던 날 원생들에게 초코파이와 요플레를 하나씩 돌리며 이렇게 말했다고 한다.

"같은 변기에서 똥 누는 형제 여러분, 이 언덕 위에서 우리는 모두 하나입니다."

그런 안석주가 본격적으로 송곳니를 드러낸 것은 내가 고시원에 들어온 지 한 달도 채 되지 않았을 때였다. 어느 날 그는 급히 상의할 것이 있다면서 원생들을 옥상으로 불러 모았다.

"며칠 전 원장님과 저녁식사를 하면서 나눴던 이야기를 간략하게 전해 드리겠습니다. 아시다시피 원장님은 여러분의 수험 생활에 관심이 많으십니다. 여러분을 친자식처럼 생각하시지요."

그는 한참 뜸을 들이다가 말을 이어나갔다.

"원장님과 제가 상의해서 내린 결정입니다. 이제부터 성문 고시원은 조금 달라질 것입니다. 여러분 모두의 합격을 위해 몇 가지 수칙을 제정했습니다. 이의가 있는 분은 고시원을 떠나주시기 바랍니다. 이번 달 고시원비와 이사 비용을 내드리겠습니다."

그날 이후 고시원은 조금씩 달라지기 시작했다. 헐렁한 추리닝 바지 고무줄 같던 고시원 수칙 몇 가지가 삭제되거나 개정되었고, 엄격하고 빡빡하며 말 같지도 않은 수칙들이 추가되었다.

* 밤 12시 이후에는 고시원 출입을 불허한다. 이를 어길 시 **벌점 10점**
* 모든 원생은 방문에 붙어 있는 수험 일지에 기상 시간과 취침 시간을 기록한다. 장기간 자리를 비울 때는 총무에게 보고한다. 이를 어길 시 **벌점 5점**
* 벌점 50점 누적 시 **퇴실 명령서 발부!**

총무는 갈수록 극성스러워졌고 그가 만들어내는 수칙은 매달 늘어만

갔다. 동시에 퇴실당하거나 자진해서 방을 빼는 원생들도 늘어났다. 짝퉁 고시생, 잠충이, 헐랭이들이 하나둘씩 고시원을 떠났다. 어느덧 성문 고시원에는 진짜배기 고시생만 남았다. 당시 나는 총무의 마음에 쏙 드는 우등생은 아니었지만 쫓겨나는 이들처럼 눈에 띄지도 않았다. 그저 남아 있는 고시생들을 따라하며 버텼다. 그들처럼 학원에 다니고 고시식당에서 밥을 먹었다. 독서실을 등록하고 초저녁에 고시원에 돌아와 늦은 새벽까지 깨어 있었다. 매달 학원에서 치르는 모의고사에 대비하고, 남들처럼 홍삼도 꾸준히 챙겨 먹었다. 그들이 구독하는 〈법률저널〉을 옆구리에 끼고 다니고, 엉덩이가 반질반질해진 그들의 추리닝 바지도 따라해야 할 것 같아 추리닝을 사 입었다.

그렇게 지내다 보니 어느새 내 꿈은 오지 탐험가에서 검사로 변해 있었다. 처음 1차 시험 불합격 통지를 받던 날, 나는 다른 이들처럼 숨죽여 울었다. 그때 마음 한구석에서 묘한 설렘을 느꼈다. 드디어 내게도 고시생 자격증이 나온 것만 같았기 때문이다.

40대 중반을 훌쩍 넘은 104호는 안석주에게 눈엣가시 같은 존재였다. 고시원 3대 원로 중 한 사람으로 유일하게 총무에게 반말을 할 만큼 영향력이 있었기 때문이다. 그러나 그 역시 몇 개월 버티지 못하고 강제 퇴실당했다. 방문객이 너무 자주 찾아온다는 것이 퇴실 사유였다. 사실 방문객이라고는 일주일에 한 번씩 찾아오는 여섯 살배기 딸이 전부였다. 하지만 안석주는 애틋한 사정을 봐줄 정도로 인정 있는 인간이 아니었다. 그는 아이가 보는 앞에서 104호를 쫓아냈다. 104호는 원망스런 눈으로 총무를 흘겨보았고, 아이는 방 한쪽 구석에 붙여놓은 키 재기 스티커를

고
시
맨

가리키며 훌쩍였다.

"안 돼요. 내 키가 저만큼 커지면 아빠가 롯데월드 데려가 준다고 약속했단 말이에요. 그러니까 방 바꾸면 안 돼요!"

피도 눈물도 없는 안석주는 도리어 104호를 노려보며 말했다.

"애까지 딸렸으면 죽어라 열심히 했어야지. 대체 벌점이 얼마나 쌓인 줄 아십니까? 여기서 궁상떨지 말고 당장 나가세요. 애 데리고 롯데월드를 가든 롯데리아를 가든 맘대로 하란 말입니다. 아시겠어요?"

몰인정한 총무의 모습을 보며 우리는 같은 생각을 했다.

'대체 왜? 저런다고 법무부에서 가산점을 주는 것도 아닌데, 왜 이렇게 우릴 못 쫓아내서 안달이지?'

그러던 어느 봄날, 갈등이 악화되다 못해 끝내 곪아 터지고 말았다. 안석주가 원장을 대신해 고시원에 계엄령을 선포한 것이다. 그가 각 층 현관에 붙여놓았던 공고문을 그대로 옮겨본다.

전대미문의 고시원 위기 사태에 직면하여 자치 위원회는 다음과 같은 결정을 내리게 되었습니다. 오전 7시부터 점심식사 후 3시까지, 모든 원생은 방문을 활짝 열고 공부에 열중해 주시기 바랍니다. 졸음을 참기 힘들 땐 제가 도와드리겠습니다. 왼쪽 엉덩이 두 대, 오른쪽 엉덩이 두 대. 그래도 졸음을 몰아내지 못한다면 가차 없이 뺨을 두들겨 드리겠습니다. 동의하시는 분들은 이곳에 서명해 주십시오.

— 성문 고시원 총무 안석주

엉덩이를 때리겠다고? 처음엔 그저 농담이겠거니 하고 웃어넘겼으나, 시간이 지날수록 그곳에 서명하는 사람들이 늘었다.

108호입니다. 저는 좀 더 세게 때려주세요.
207호요. 라이터 불로 눈썹이라도 지져주세요.
309호, 저도 부탁합니다.
204호임당. 졸음은 전염병과 같은 것. 조는 놈들 다 조져버려!

그들은 자신이 공부하는 헌법에서 보장한 신체의 자유와 사생활의 보장을 쉽게 반납해버렸다. 매일 아침 7시가 되면 엉덩이를 맞는 원생들의 곡소리가 여기저기서 울려 퍼졌다. 인간 존엄보다 고시원 수칙이 우선인 안석주에게 타협과 자비는 애초에 존재하지 않는 단어였다.

이토록 황당한 고시원 사정은 점차 널리 퍼졌다. 소문을 들은 어느 법률 잡지는 '사법고시, 이래도 합격 못 할래?'라는 헤드라인으로 성문 고시원 이야기를 싣기도 했다. 더욱 기막힌 건 기사를 본 여러 고시생이 성문 고시원에 입실하고 싶다며 찾아왔다는 사실이다. "제 엉덩이도 좀 때려주세요" 하고 말이다.

하지만 난 그들과 달랐다. 안석주에게 처음으로 엉덩이를 내주던 날, 나는 말없이 짐을 쌌다.

'이 인간이랑 더 부딪혔다간 연수원이 아니라 감방에 먼저 들어가겠어. 내 인내심도 바닥이 났다고.'

절이 싫으면 중이 나가랬다고 고시원을 옮기기로 했다. 계단을 내려가

고
시
맨

던 중 안석주와 마주쳤다. 그는 나를 비웃었다.

"근성도 없는 녀석. 그따위 끈기로 사시에 도전을 해?"

그의 말을 무시하고 밖으로 나가려 할 때였다.

'어라? 이게 뭐지?'

고시원 게시판 공지사항에 내 이름이 붙어 있는 게 아닌가.

11월 장학생: 302호 박현우

고시원 수칙이 대폭 바뀐 뒤부터 원장은 매달 장학생을 한 명씩 선정해 장려금을 지급했다. 그런데 내가 다음 달 장학생이 된 것이었다. 장려금은 60만 원. 게다가 그달 원비도 면제받을 수 있다. 여기서 아낀 75만 원이면 고시식당 식권을 250장이나 살 수 있고, 시험 볼 때 쓸 컴퓨터용 사인펜을 무려 1,500자루나 살 수 있는 돈이다. 누가 이 유혹에서 벗어날 수 있단 말인가.

나는 조용히 방으로 돌아와 책을 펴고 앉았다. 책상에는 안석주가 놓고 간 A4 용지 한 장이 있었다. 그것은 매일 오전 7시부터 오후 3시까지 그에게 엉덩이를 맡기겠다는 일종의 신체 포기 각서였다. 혼잣말로 75만 원을 읊조리며 천천히 서명했다.

그날 이후 나는 일주일에 한 번 꼴로 안석주에게 엉덩이를 두들겨 맞으며 잠에서 깼다. 멍이 가실 날이 없어 그만 좀 때리라고 대들기라도 하면 곧바로 벌점이 날아왔다. 어느 날은 우리 부모님께 전화를 걸기도 했다. 내 정신 상태가 공부하기엔 글렀으니 누구든 와서 데려가라고 말했다는 것이다.

"당신이 학생주임입니까?"

도저히 참지 못한 내가 뱉은 이 한마디는 나를 퇴실 직전까지 몰고 갔다. 심지어 오르지 않는 성적에 낙담해 가끔씩 맥주라도 한잔 마시고 돌아오는 날엔, 마약 탐지견처럼 코를 킁킁거리며 한밤중에 방문을 두들기는 총무와 대거리를 해야 했다. 그때마다 총무는 유치하긴 하지만 무엇보다 강력한 부모님 소환 카드를 만지작거렸기 때문에, 나는 끄응 하고 참을 수밖에 없었다.

이렇듯 총무 안석주와 고시원 대표 문제아인 나, 박현우는 천적이 되어 서로를 괴롭히지 못해 매일 으르렁거렸다. 무려 6년 동안을 말이다.

그리고 오늘, 전혀 예상하지 못한 문제가 발생했다.

2.

2007년 1월, 사법시험 D-38

달빛 아래 섬광처럼 빠른 무사의 칼날이 내 목을 잘라냈다. 아픔이 전혀 느껴지지 않을 정도의 찰나였다. 데구르르. 머리가 눈밭을 굴렀다. 한동안 꼿꼿하게 서 있던 몸은 어느 순간 풀썩 무너져 내리며 눈밭에 파묻혔다.

'결국 이렇게 끝났구나. 그래도 잘 버텨냈어.'

담담하게 죽음을 받아들이고 나니 그제야 졸음이 몰려왔다. 그때 갑자기 입맛이 씁쓸해진 것은 서랍 속에 모아둔 양념치킨 쿠폰 아홉 장 때

고
시
맨

문이었다.

"한 장만 더 모으면 양념치킨 한 마리가 공짜입니다. 가져가시겠습니까?"

무사는 고개를 가로저었다.

"가족이 있다면 내가 전해 주겠네."

"감사합니다. 마지막으로 저를 꺾은 분의 성함이라도 알고 가고 싶습니다."

무사가 붉은 도포 자락을 휘날리며 내게 걸어왔다. 갓 아래로 얼핏 드러난 창백한 얼굴은 원한 서린 혼령처럼 보였다. 툭, 툭. 그가 내 머리 위에 쌓인 눈을 털어주며 말했다.

"날세, 민법."

이번에는 내 귀에 따뜻한 입김을 불어넣으며 속삭였다.

"민법 사 형제 중 둘째 물권법. 왜 매번 그리 당하고도 모르시나. 허허허."

며칠 밤 계속되는 악몽이다. 간밤 혈투의 흔적인 양 베개는 땀에 젖어 축축했고 이부자리는 돌돌 말려 바닥에 널브러진 채다. 그리고 눈앞에는 총무 안석주가 침대에 반쯤 걸터앉아 심드렁한 표정으로 나를 내려다보고 있다. 엉덩이를 사수하기 위해 본능적으로 몸을 비틀며 일어났다.

"고시원 총무는 맘대로 주거 침입죄를 저질러도 되는 겁니까?"

총무는 '주거 침입죄? 그게 뭔데?' 하는 표정으로 인중을 긁더니 눈을 지그시 감고 성문 고시원 수칙 제3조 1항을 읊어대기 시작했다.

"고시원 총무는 원생의 안전과 평온한 수험 생활을 보장해야 할 의무를 지닌다. 이에 공공의 이익에 반하는 행위를 하거나, 공공의 이익에 위협이 될 것으로 염려되는 자에게 퇴실 명령을 할 수 있다."

마치 시 낭송이라도 한 것처럼 지그시 눈을 뜨며 말을 맺은 그의 표정은 자못 경건해 보이기까지 했다. 그는 말없이 종이 한 장을 내밀었다. 퇴실 명령서였다. 방금 읊었던 고시원 수칙 제3조 1항이 인쇄되어 있고, 그 밑에 내 이름과 방 호수가 적혀 있었다. 그러나 그 어디에도 내가 쫓겨나는 이유는 적혀 있지 않았다.

왜냐고 묻는 내게 총무는 기다렸다는 듯 사진 몇 장을 건넸다. 사진 속 인물은 모두 나였다. 총무는 어젯밤에 찍은 사진이라며 목격자도 두엇 확보했다는 말을 덧붙였다.

첫 번째 사진 속 나는 어린아이처럼 즐거워 보였다. 잠에 취한 눈이었지만 잠들어 있는 것 같지는 않았다. 입꼬리는 웃고 있었고 고개는 한쪽으로 홱 기울어져 있었다. 기마 자세였다.

"옥상에서 태극권이라도 수련하는 줄 알았어. 그런데 불러도, 때려도 꼼짝하질 않더군."

또 다른 사진에서는 앞으로나란히 자세를 취한 채 강시처럼 콩콩 뛰어다니고 있었다. 가장 엽기적인 건 마지막 사진이었는데, 양 손바닥에 검은 삼선 슬리퍼를 하나씩 끼우고는 바닥에 납작 엎드려서 기어 다니고 있었다. 장소는 화장실로 보였다.

"바퀴벌레 같았지."

총무가 이번에도 즐거워 죽겠다는 듯 발을 굴렀다.

사진 외에도 증거는 또 있었다. 내 발바닥이었다. 갯벌에서 축구라도 했나 싶을 정도로 엉망이었다. 그걸 놓칠 총무가 아니었다.

"그럼 그렇지. 매일 쓸고 닦아도 3층 복도만 더러운 이유가 이거였군. 원칙대로라면 벌점을 추가해야겠지만 어차피 나갈 테니 관두도록 하지."

나도 모르게 한숨이 나왔다.

'아무래도 다시 발병한 걸까?'

내 머릿속을 돌아다니기라도 한 듯 총무가 혀를 차며 말했다.

"몽유병 같은데. 내가 일찍 발견했기에 망정이지, 큰일 날 뻔했다고."

그가 쉴 새 없이 조잘댔지만 더 이상 내 귀에는 아무런 말도 들리지 않았다. 몽유병이 다시 찾아왔다.

"여어 친구, 오랜만에 보는군. 꼬마였는데 훌쩍 컸네."

이렇게 말을 걸며 다가온 몽유병과 다시 마주한 느낌이었다.

스물아홉, 고시 생활 6년 차. 다섯 번의 불합격과 재발한 몽유병. 그리고 성문 고시원 퇴실 명령서까지.

갑자기 실성한 사람처럼 피식피식 웃음이 새어 나왔다.

* * *

어린 시절 잠시 외가에 맡겨진 적이 있다. 도착한 날부터 집에 보내달라고 날마다 울었던 기억이 선명하다. 그런 날 달래주려 이모가 사준 운동화는 걸을 때마다 형광색 불이 들어오고 삐삑 소리가 났다. 운동화가 맘에 들어 울음은 멈췄지만 마음의 병은 이미 깊어진 뒤였다.

어느 날인가부터 나는 매일 밤 몰래 집을 빠져나와 동네 뒷산을 헤매고 다녔다. 몽유병의 시작이었다. 누구도 밤이면 밤마다 어린아이가 몰래 사라진다는 사실을 눈치채지 못했다. 그러던 어느 날 술에 취해 비틀거리며 집으로 돌아오던 이모부가 동네 뒷산을 가리키며 소리 질렀다.

"도깨비불이다!"

내 운동화에서 반짝이는 불빛을 도깨비불이라 착각한 것이다. 이모부는 도깨비불에 홀린 듯 산에 올랐고, 뻑뻑뻑뻑 소리를 내며 젖은 솜처럼 걸어 다니는 나를 발견했다. 스트레스가 원인이라는 의사의 말에 나는 곧장 집으로 보내졌다. 한동안은 밤에 깨어 있고 낮에 잠을 자는 부엉이처럼 생활했다. 그러자 거짓말처럼 몽유병이 사라졌다. 그날 이후 외가에서는 나를 '도깨비불'이라고 부른다.

잊고 지내던 몽유병이 다시 돌아온 상황을 믿을 수 없어 나는 눈을 질끈 감아버렸다.

"어때? 네가 생각해도 심각하지? 알아들었으면 짐 싸서 떠나. 고향에 내려가서 치료부터 먼저 받으라고."

총무의 등 뒤에 걸린 달력에 표시해둔 'D-40', '드디어 모의고사 80점대 달성!' 따위의 글자들이 점점 희미해졌다. 그리고 부정적인 생각이 끝말잇기 하듯 줄지어 쏟아져 나왔다. 답답한 마음은 눈물이 되어 두 뺨을 흘러내렸다.

"한번만 봐주세요. 시험도 얼마 안 남았잖아요."

"떠나. 지금 시험이 중요해?"

"시험이 코앞인데 어떻게 다른 고시원을 알아봐요. 이건 그냥 죽으라

고
시
맨

는 소리잖아요. 이번 모의고사에서 80점이 넘었어요. 이번엔 분명히 합격이라고요. 그런데 지금 고시원을 나가라는 게 말이 됩니까?"

그러나 총무는 단호했다.

"잔말 말고 5일 안에 방 빼. 다시 한번 말한다. 이번 주 안으로 정리해."

그는 내가 끝내 퇴실 명령서를 받지 않자 방문에 붙여놓은 뒤 유유히 사라졌다.

침대에 드러누워 골똘히 생각했다. 아무리 머리를 굴려도 뾰족한 수가 없었다. 지금 다른 고시원을 알아본다는 건 결승 지점을 눈앞에 둔 육상선수가 갑자기 멈춰 서서 새 운동화로 갈아 신고 달리는 것과 같았다. 스스로 경기를 망치는 자살행위와 다를 게 없었다. 단호한 총무를 어떻게든 구워삶아서 이곳에 남아 시험을 치러야 한다. 그래야 합격할 수 있다. 지난 몇 년의 고생을 보상받을 수 있다.

총무의 환심을 살 방법을 궁리하고 있는데 노크도 없이 또 방문이 열렸다. 택배 기사가 커다란 박스 하나를 투덜대며 내려놓았다. 어머니가 보낸 것이었다. 박스에 무엇이 들어 있는지는 열어보지 않아도 알 수 있었다. 시큼한 깍두기 냄새가 방 안에 퍼지기 시작했다. 깍두기 외에도 멸치볶음, 김부각과 누룽지 따위가 잔뜩 들어 있을 것이다. 괜히 박스를 열어봤다간 더 심란해질 게 뻔했다.

'이번에도 떨어지면 집에다 뭐라고 말해야 하나.'

마치 목젖 한가운데 깍두기가 두어 개쯤 걸려 있는 것만 같았다. 답답해서 창문을 열었다. 밖을 내다보며 찬 공기를 크게 들이마시자 머리가 쨍하니 아파왔다. 그래서일까, 고시원 밑 가파른 언덕이 더 아찔하게 느껴졌다. 핸드폰을 꺼내 들어 전화번호를 꾹꾹 눌렀다. 당장 병수 형을 만나야만 했다.

* * *

9년 차 장수생 강병수. 그를 만난 것은 처음 시험에 떨어졌던 2002년 4월이었다. 아무리 두 눈을 비비고 살펴봐도 합격자 명단에 내 이름이 없음을 확인한 날, 해먹을 옆구리에 끼고 무작정 동네 놀이터로 향했다. 오래전부터 눈여겨본 벚나무에 해먹을 묶었다. 삭막한 고시촌 생활을 견디기 위한 나만의 마인드 컨트롤 비법이었다.

"이거 튼튼합니까?"

어둠 속에서 한 남자가 불쑥 나타나더니 물었다. 고개를 끄덕이자 그는 자신도 한번 누워볼 수 있겠냐고 했다. 흔쾌히 자리를 내주었다.

"왜 아무도 이런 생각을 못 했을까요?"

해먹 안에서 누에고치처럼 웅크리고 있던 남자가 말했다. 그는 몹시 감격한 표정이었다.

"해먹 처음 봐요?"

"아뇨, 알죠. 그런데 이게 노숙자들을 위해 쓰일 수 있다는 생각은 오늘 처음 해봤어요. 정말 획기적인데요!"

"무슨 말씀이십니까? 노숙자라니요. 제가 노숙자처럼 보입니까?"

"그게 아니라, 서울역이나 영등포역 가보셨죠? 여름이 아니고선 노숙하는 사람들은 항상 차가운 바닥에서 자야 하거든요. 시나 정부 차원에서 이곳저곳에 해먹을 설치해 주면 도움이 될 것 같아서요. 그렇게 생각하지 않아요?"

뭐라 대답해야 할지 난감했다. 다만 그의 착한 심성에 호감이 갔다. 이런 사람들 덕분에 사회적 약자의 인권이 유지되겠다는 생각을 했을 때, 그가 손을 내밀며 악수를 청해왔다.

"사시 공부하는 강병수라고 합니다. 여기서 이렇게 낭만적인 분을 뵐수 있을 거라곤 상상도 못 했어요. 고시촌에서 해먹이라니요."

"박현우라고 해요. 저도 노숙자를 이처럼 생각하시는 분은 처음 봤습니다."

병수 형과 나는 그렇게 만났다. 알고 보니 같은 강의를 듣는 사이였고 고향도 가까웠다. 우린 자연스럽게 친해졌고, 한 달 뒤 처음 만났던 벚나무 아래에서 자판기 커피로 건배하며 나는 그를 형이라 부르기로 했다.

"사시는 다른 사람과의 경쟁이 아니야. 자기 자신과의 싸움이지. 그 점을 명심하도록."

병수형은 말끝마다 "명심하도록"이라는 말을 덧붙이곤 했다. 묘하게도 나는 그 말을 들을 때마다 마음이 안정됐다. 형의 말대로 명심해야 할 것이 쌓여갈수록 그와 함께 합격할 날이 가까워지는 것 같았다. 나는 다양한 공부법은 물론 생활 계획표와 여가 활용까지 그의 모든 것을 따라했다.

그러다 보니 어느새 우리는 1+1 상품처럼 묶여 있었다. 부끄럽지 않았다. 형은 언제나 열심히 공부했고 낙관적이었으며, 희망에 가득 차 있었으니까. 그리고 무엇보다 인권 변호사가 되기 위해 법전을 집어 들었다는 그의 목적은 고시촌에서 만난 누구의 것보다도 숭고했다. 언제부턴가 나는 강병수라는 듬직한 나무에 해먹을 걸어놓고 있었다.

* * *

"그러니까 전혀 기억이 나질 않는단 말이지?"

병수 형이 계산대 위에 턱을 괸 채 넋이 나간 눈빛으로 물었다. 살이 좀 빠진 걸까? 단추를 푼 편의점 조끼가 자꾸만 그의 어깨에서 흘러내렸다. 피부는 탄력을 잃어 손으로 쓰다듬으면 바스러질 듯 건조해 보였고 낯설어 보일 만큼 얼굴빛이 어두웠다. 하긴, 시험이 코앞인데 얼굴이 반질반질할 고시생이 얼마나 되겠는가.

나는 쉬지 않고 그간의 몽유병 이야기를 늘어놓았다. 얼핏 병수 형이 내 이야기를 묵묵히 들어주는 것 같았지만 가만히 살펴보니 다른 생각에 빠져 집중하지 못하는 듯했다. 뾰족한 해결책을 기대한 건 아니었지만 건성으로 고개만 까닥거리는 그의 모습을 보니 마치 고장 난 자판기에 동전만 계속 집어넣고 있는 기분이었다. 부아가 치밀어 자리를 박차려는 순간 병수 형이 이런 말을 했다.

"현우야, 너 고시생과 장수생, 장수생과 고시 폐인 구분하는 법 알아?"

"갑자기 그게 무슨 말이야?"

"고시식당 아줌마들이 이름을 부르기 시작하면 장수생이래. 그리고

고시맨

그 아줌마가 남은 음식을 싸주거나 김장할 때 도와달라고 하면 그때부턴 고시 폐인이라고 생각하면 된대."

"그러니까 그게 왜?"

"오늘 점심 때 식당 아줌마들이 현우 넌 왜 안 보이냐고 물어보더라. 그러더니 나보고……."

식당 아줌마가 내 이름을 불렀다는 소리에 잠깐 움찔했다. 그런 내 표정을 찬찬히 살피며 뜸을 들이던 병수 형은 한숨을 크게 내쉬고 침울한 표정으로 말을 이어나갔다.

"오늘 밤에 맥주 한잔씩 할 건데 와서 마시겠냐고 하더라. 그러니까 현우 너는 장수생이고 나는 고시 폐인인 건가?"

병수 형이 진지한 표정으로 말하지만 않았다면 당장 멱살이라도 잡고 싶은 심정이었다. 몽유병에 걸린 친구를 앞에 두고 고작 그것 때문에 침울해 있다니. 오늘따라 얄밉게만 느껴지는 그를 노려보았지만 그는 여전히 뭔가를 골똘히 생각하고 있었다.

우린 그렇게 꽤 오랜 시간 침묵을 유지하며 라디오만 들었다. 사내 연애만큼은 하고 싶지 않았는데 회사 동료와 서로 좋아하게 됐다, 고양이가 털갈이를 너무 심하게 해서 걱정이다, 사과 다이어트 중인데 동생이 옆에서 치킨을 먹고 있다는 말랑말랑한 고민을 듣고 있자니 고시촌은 이 세계와 동떨어진 다른 행성에 존재하는 것처럼 느껴졌다.

"어차피 두 시간 뒤에 버려야 돼."

병수 형이 건네준 유통 기한이 얼마 남지 않은 삼각김밥을 먹으며 산울림이 부른 〈나 어떡해〉를 마지막 곡으로 들었다. 노래 가사 때문이었을까? 순간 미스터 앤서Mr. Answer가 생각났다.

'갈팡질팡할 땐 미스터 앤서에게.'

그렇다. 우리에겐 우리만의 DJ가 있지 않은가! 언제부터였는지 몰라도 고시촌 어느 곳에서나 푸른 가면을 쓴 미스터 앤서를 만날 수 있었다. 횡단보도 앞에서, 마을버스 정류장에서, 중고서점 입구에서, 학원가에서, 호프집이나 PC방에서……. 법전을 품에 안고 푸른 가면을 쓴 미스터 앤서가 등장하는 전단지와 마주쳤다.

"저러다 TV 광고까지 하겠어."

사람들이 숙덕거렸다. 처음 그가 등장했을 때 고시생들은 대부업체나 학원 강사의 티저 광고쯤으로 여겼다. 하지만 미스터 앤서가 고시 3관왕이라는 소문이 돌기 시작했고 그가 운영하는 미스터 앤서 닷컴은 고시생을 위한 사이버 공간으로 널리 알려졌다. 점차 미스터 앤서의 도움을 받아 합격했다는 사람들이 늘어났고 그가 남몰래 형편이 어려운 고시생들에게 장학금을 준다는 소문도 돌았다. 유명 학원의 스타 강사들도 호프집에서 그를 만나면 90도로 고개를 숙이며 닭다리를 하나씩 바친다는 이야기까지 퍼졌다. 고시 3관왕이 결국 고시촌의 왕이 된 것이다. 그의 세력 확장에 경계심을 보이던 지역 상인들도 어느새 미스터 앤서 닷컴에 후원금을 전달하며 홈페이지 한쪽 구석에 배너라도 달리길 원했다. 미스터 앤서 열풍을 넘어 신드롬이 된 것이다.

푸른 가면을 쓴 그의 얼굴이 어느 빌딩 외벽에 걸린 날이었다. 그는 다른 학원 강사들처럼 하얗고 가지런한 이를 드러내며 웃지도 않았고, 엄지손가락을 치켜세우지도 않았다. 하지만 뭐랄까……. 종교 지도자처

고
시
맨

럼 사람을 끌어당기는 힘이 있었다. 엄청난 크기의 현수막에 압도된 내게 병수 형이 말했다.

"우리 고민을 다 들어주고 해결책도 마련해 주는 데다 격려까지. 정말 엄청난 사람이야. 현우 너도 가입해 봐. 수험 관련 정보도 많아. 좋은 건 공유해야지."

병수 형의 권유로 얼떨결에 가입했지만 사실 나는 신규 회원에게 주어지는 고시식당 식권 세 장이 중요했다. 결국 얼마 지나지 않아 희망 충전 사업이라는 슬로건을 내건 미스터 앤서에게 의문이 생겼다.

'좌절한 고시생들을 다시 일으켜 세운다!'

그럴듯해 보이지만 한마디로 '낙오된 사람을 다시 일으켜 세워 경쟁률을 더욱 치열하게 만들어주겠습니다'와 다를 게 없지 않은가? 넘어졌던 이들이 좀비처럼 다시 일어나 "같이 갑시다"라고 외친다니. 결코 유쾌하지 않은 일이었다.

홈페이지에 '희망 충전소'라는 고민 상담실이 생겼을 때 나는 운영자인 미스터 앤서에게 쪽지를 보냈다.

'희망 충전소는 유료로 운영하시면 안 될까요? 희망을 저장하는 능력도 실력인데, 그걸 무료로 충전하는 사람이 늘어날수록 불안해 죽겠습니다.'

다음 날, 나는 운영자의 직권으로 예고도 없이 강제 탈퇴당했다. 병수 형은 분을 참지 못하고 씩씩거리는 나를 지켜봤다.

"넌 왜 그렇게 이기적이냐. 그러니까 탈퇴당하지. 두고 봐. 네가 다시 가입하는 날이 올 거야."

"웃기고 있네."

미스터 앤서를 옹호하는 형에게 매몰차게 말했던 적이 있다. 그런데 이제 미스터 앤서의 도움이 필요해졌다. 그날이 이렇게 빨리 올 줄은 몰랐다.

3.

"미스터 앤서한테 물어볼까?"

"뭘?"

"뭐긴 뭐겠어. 내 몽유병."

"글쎄……. 그 사람이 의사는 아니잖아."

"형, 미스터 앤서랑 친하잖아. 전화번호도 안다며."

"뭐 친하다기보다는……."

"그 사람을 믿는 건 아니지만 지푸라기라도 잡고 싶은 심정이야. 형이 대신 좀 물어봐 줘."

"글쎄……. 차라리 병원에 가보는 게……."

오늘따라 병수 형의 태도가 이상했다. 늘 미스터 앤서를 침이 마르도록 칭찬한 그였다. 한때는 미스터 앤서에게 돈을 받고 고용된 것이 아닌가 하는 생각까지 할 정도였다. 미스터 앤서에 대한 형의 신뢰는 절대적이었다. 미스터 앤서가 당분간 기름진 음식을 먹지 말라고 했다며 고기 뷔페를 가자는 내 제안을 거절했던 날이었다. 억지로 끌고 가 불판 앞에 앉혔지만 형은 고기는 본체만체하며 상추만 우적우적 씹어댔다.

고
시
맨

"그 인간이 라면 끓일 때 수프 넣지 말라고 하면 형은 그러고도 남겠다."

이 말에 병수 형이 버럭 화를 냈다.

"라면이야말로 기름진 음식인데 나한테 먹으라고 하겠어?"

이렇듯 미스터 앤서의 광신도이자 희망 전도사가 되길 자처하던 그가 대체 왜 오늘은 저리 점잔을 빼고 있는지 모를 노릇이었다. 내가 계속 조바심을 내자 병수 형은 할 수 없다는 듯 노트북을 열어 인터넷에 접속했다. 그는 미스터 앤서 닷컴 속 희망 충전소라는 배너를 클릭했다.

"로그인할 필요 없어. 희망 충전소는 누구에게나 열려 있어."

그곳은 미스터 앤서와 실시간으로 연결되는 일종의 채팅방이었다. '현재 대기인원 세 명. 잠시만 기다려주세요'라는 문구가 반짝거렸다. 그러다 갑자기 게임 화면으로 전환되었다. 테트리스였다.

"기다리는 동안 하면 돼."

형이 노트북을 내밀었지만 게임 따위나 하고 있을 기분이 아니었다. 내 생각을 읽은 듯 병수 형이 게임을 시작했다. 설렁설렁 건성으로 하는 것처럼 보여도 평범한 실력이 아니라는 건 분명했다. 그렇게 20여 분이 지났을 때 최고 기록을 돌파했다는 메시지가 화면에 떴다. 당연하다는 표정으로 계속해서 방향키를 툭툭 누르는 능숙한 손놀림만 봐도 그동안 형이 얼마나 이곳을 들락거렸는지 알 수 있을 것 같았다.

"앤서는 잠도 안 자? 계속 컴퓨터 앞에 앉아서 사람들 상담해 주는 거야?"

"아마도……."

그때 게임 화면이 채팅창으로 전환되었다.

[비회원이시네요. 처음 뵙는 분인가요? 미스터 앤서입니다.]

병수 형이 내 대신 몽유병 증상에 대해 적기 시작했다. 내 이야기를 건성으로 들은 줄 알았는데 상세하게 풀어쓰는 모습에 든든함이 느껴졌다.

[고시촌을 떠나야 할까요?]라는 마지막 문장을 작성한 뒤 병수 형은 큰 한숨을 쉬었다. 침묵하던 미스터 앤서는 [보여드리고 싶은 사진이 있습니다. 도움이 되었으면 좋겠네요]라며 채팅창 화면에 사진 한 장을 띄웠다.

그것은 꽃잎이 무성한 벚나무 아래서 만세를 부르며 환하게 웃고 있는 어느 할머니의 사진이었다. 할머니는 노란색 운전면허 시험 학원 차량에 등을 기대고 있었다. 사진 아래에는 이런 문구가 적혀 있었다. '960번의 도전 끝에 운전면허를 취득하는 데 성공하신 할머니.'

앤서가 채팅창에 글을 띄웠다.

[할머니의 미소가 아름답지 않나요? 할머니도 그만둬버리고 싶은 유혹에 몇 번이나 흔들렸을 겁니다. 하지만 끝까지 도전했고 원하는 것을 얻어냈죠. 결국 모든 것은 집념입니다. 이런저런 이유로 포기하는 사람들은 다른 길을 찾더라도 그 길에서 또 낙오하기 마련이지요.]

병원에 가봐야 하냐고 묻는 내게 앤서는 이렇게 대답했다.

[걱정 마세요. 종종 몽유병 증상을 호소하는 사람들이 있어요. 긴장, 스트레스가 원인이니 너무 염려하진 마십시오. 오늘은 맛있는 것 좀 먹고 만화책이라도 보면서 긴장을 풀어주세요. 그렇게 해서 증상이 사라진 분들이 많습니다.]

미스터 앤서는 오늘 밤 11시 방송에서 이벤트를 진행할 예정이니 시청해달라는 말을 남기고 채팅방을 빠져나갔다. 너무 갑작스럽게 사라져 고

맘다는 인사도 하지 못했다. 이야기해놓고 보니 심각할 것도, 두려울 것도 없을 것 같았다. 나 같은 증상을 가진 이들이 꽤 있다는 이야기에 마음이 놓였다. 희망이 가득 충전된 기분이었다. 모니터에 대고 하이파이브라도 하고 싶은 심정이었다. 그나저나 방송은 또 뭘까?

"아, 그거⋯⋯. 매일 밤 미스터 앤서가 영상을 올리는 건데, 꼭 담임 선생님이 하루를 정리해 주는 것 같다고 해서 종례라고 불러."

"종례를 들으려고 사람들이 인터넷에 접속한다고?"

"뭐⋯⋯, 최신 판례나 출제 예상 문제도 종종 정리해 주거든. 다들 강의 시청하듯 들어오는 거야."

노트북을 덮는 병수 형의 미간이 찌푸려졌다. 완전히 방전돼 전원이 꺼져버린 핸드폰처럼 깜깜한 표정이었다. 그가 가방에서 뭔가를 주섬주섬 챙겼다.

"형, 어디 아파?"

"아냐. 참, 너한테 줄 게 있었네."

그가 내민 것은 흰 봉투였다. 현금으로 10만 5,000원이 들어 있었다. 오래 전 병수 형에게 빌려주었던 것이다. 언젠가 주겠지 하며 잊고 있었던 돈이다. 나는 모르는 척 입을 열었다.

"갑자기 이게 무슨 돈이야?"

"받아. 많이 늦었네. 오늘 알바비 들어왔거든. 이번 달엔 좀 여유가 있어서 챙겨뒀어."

처방전에 공돈까지 생긴 것 같아 종일 우울했던 기분이 좋아졌다. 하지만 친구끼리 돈을 주고받는 건 어딘지 모르게 어색했다. 게다가 촌스럽게 흰 봉투에 넣어주는 건 또 뭐란 말인가. 봉투를 반으로 접어 바지 주머니 속에 욱여넣었다. 어딘지 모르게 이상한 예감이 들어 다시 한번 형의 표정을 찬찬히 살폈다. 아니나 다를까 형은 금방이라도 울 것 같은 얼굴이었다.

"형, 혹시 다 접고 내려가려는 거야?"

"아냐, 그런 거. 내려가긴 무슨……."

아니라고는 했지만 흠칫 놀라는 걸 보니 내 생각이 맞았다. 그랬구나. 그래서 같이 있는 내내 넋이 나가 있었구나. 이유는 묻지 않아도 알 것 같았다. 지난 달 모의고사 성적이 형편없이 떨어졌으니 그보다 더한 이유는 없을 것이다. 나는 한동안 형을 외면한 채 침묵하고 있다가 어쩐지 서운한 기분이 들어 낮게 속삭였다.

"왜 나한테 상의도 안하고……."

"걱정 마. 같이 내려가자고 안 해. 같이 붙어 다니는 거 지겹다 이제."

피식 웃는 형의 얼굴은 헌책방에 쌓인 법전들만큼이나 쓸쓸해 보였다. 이렇게 헤어진다는 게 아쉬워 형의 아르바이트 교대 시간까지 기다렸다가 그를 단골 치킨집으로 끌고 갔다.

"이 돈으로 오늘 실컷 먹자."

나는 형이 준 흰 봉투를 흔들며 앞장섰다. 그는 일찍 들어가서 공부나 마저 하라며 싫은 내색을 했지만 그를 놓아줄 수 없었다. 내일 아침 눈을 뜨면 고시촌에서 그가 감쪽같이 사라져 있을 것만 같았다. 한림 법학원 앞을 지날 때 누군가 등 뒤에서 책가방을 잡아당겼다. 반갑지 않은 얼굴, 고시원 총무 안석주였다. 그는 얇은 추리닝 차림이었다.

고시맨

"어이, 302호 거북이. 왜 안 보이나 했는데 여기에 있었군."

그는 고시생들을 거북이라 즐겨 불렀다. 초등학교 때부터 지금까지 책가방을 등껍질처럼 이고 다니는 우리 신세가 꼭 거북이 같다는 것이다. 그의 표현에 공감하지만 마치 자신은 토끼라도 되는 양 이죽거리는 그의 태도는 거슬렸다. 웃기시네. 자기야말로 《드래곤볼》에 등장하는 무천도사와 똑 닮지 않았는가!

"뭡니까, 또?"

"짐 안 싸? 혹시 종이 박스 필요하면 구해 줄까?"

"몽유병 그거 아무 것도 아니래요. 사람들한테 피해 안 줄 테니까 그만 좀 신경 끄시죠."

"아무 것도 아니라고? 어떤 돌팔이 자식이 그래?"

"신경 끄세요."

나는 총무 앞에서 주저하는 병수 형을 잡아끌고서 발걸음을 재촉했다. 그는 얼마간 우리를 따라오더니 또 다른 수험생 하나를 붙들고서 설교를 시작했다. 그의 오지랖에 치가 떨렸다.

"저 사람이 네가 그렇게 욕하던 너희 고시원 총무 맞지?"

병수 형은 연예인이라도 본 것처럼 신기해하며 물었다.

"나 저 사람 알아. 주기적으로 편의점에서 컵라면이랑 냉동식품 왕창 사가던데, 니들 먹이려고 그랬던 거구나?"

나는 그럴 리 없다고, 잘못 본 거라고, 지금껏 저 인간에게 컵라면은커녕 껌 하나 얻어먹어 본 적이 없다고 말했다. 내가 총무에 대한 험담을 쏟아내기 시작하자 병수 형은 고개를 갸웃거리면서 발걸음을 옮겼다.

"반반, 무 많이요."

단골 치킨집 문을 열고 들어서면서 구호를 외치듯이 소리쳤다. 늘 함께 외치며 킬킬거리곤 했는데 오늘 병수 형은 그럴 기분이 아닌 것 같았다. 아르바이트생에게 눈인사를 한 뒤 가게에 들어섰을 때, 병수 형과 나는 평소와 전혀 다른 모습에 소스라치게 놀랐다. 한쪽 벽면을 가득 채운 스크린에 푸른 가면을 쓴 미스터 앤서가 등장했기 때문이다. 그는 마치 '고시촌에선 뭉치면 죽고 흩어져야 합격할 수 있습니다'라는 뉘앙스가 압축된 듯한 손가락질을 하고 있었다.

"이게 뭐예요?"

"알지, 이 사람?"

주인아저씨는 드디어 우리 가게도 미스터 앤서 닷컴에 배너를 달게 되었다고 즐거워했다. 그러면서 매일 밤, 손님들을 상대로 대형 스크린에 미스터 앤서의 방송을 송출해 주는 것이 미스터 앤서가 내건 계약조건이라고 말했다.

"두고 봐. 요즘 이게 트렌드니께."

앞으로 훨씬 장사가 잘될 거라고 희망에 들떠 있는 주인아저씨의 목소리는 미스터 앤서의 카리스마 넘치는 음성에 묻혔다.

[인디언들은 말을 타고 달리다가 한번씩 멈춰 서서 뒤돌아본다고 합니다. 자신의 영혼이 제대로 뒤따라오는지 확인하기 위해서입니다. 오늘 제게 희망 충전을 부탁하셨던 분들 중 몽유병 때문에 힘들어하던 분이 생각나는군요. 그분께 잠시 멈춰서 쉬었다 가라고 말씀드리고 싶습니다. 얼마나 절실하면 몽유병을 앓는다는 것도 모르고 공부했을까요. 조만간 그분이 꼭 합격할 거라고 확신

고
시
맨

합니다.]

눈물이 핑 돌았다. 그는 정말 친절하고 따뜻한 사람이었다. 왜 사람들이 그의 종례를 기다리는지 알 것만 같았다. 채팅창에서는 수험생들의 격려가 쏟아졌다. 이들과 함께라면 합격할 수 있을 것만 같은 기분이 들었다.

마지막으로 미스터 앤서는 오늘 종례를 시청한 수험생 전원에게 치킨 교환 쿠폰을 돌린다고 했다. 베리타스 법학원 뒤 서림 치킨에서 교환하면 된다고 세 번이나 힘주어 말했다. 화면을 보던 주인아저씨가 주먹을 불끈 쥐며 "앗싸! 앗싸!"라고 외쳤다.

표정이 어두운 건 병수 형뿐이었다. 그는 주인아저씨와 내가 스크린만 바라보고 있는 동안 혼자서 맥주를 연거푸 세 잔이나 비웠다. 좋아하는 치킨은 입에 대지도 않았다.

"영혼? 웃기지 말라 그래. 그깟 놈의 것, 못 따라오면 나중에 택배로 보내라고 그래. 동호회 마라톤 아니잖아, 현우야. 우리 이제 알 때도 됐잖아."

병수 형이 이렇게 웅얼거렸다. 그러더니 좀 걷지 않겠냐고 물으며 비척비척 자리에서 일어났다. 형이 치킨을 남긴 건 처음 있는 일이었다.

* * *

다리가 아플 정도로 걸었다. 자정을 훌쩍 넘긴 시간, 술집이 즐비한 녹두 거리는 늦잠을 자고 일어난 게으름뱅이처럼 이제야 슬슬 기지개를 퍼기 시작했다. 말없이 빠른 걸음으로 걷기만 하던 병수 형이 오래된 건물 2층 창을 올려다보며 말했다.

"어? 저기 오늘은 불 켜져 있네?"

'녹두 철학관'이라고 새겨진 나무 현판이 창문 바로 아래 삐딱하게 걸려 있었다.

"형, 저기 가봤어?"

"아니, 이야기만 들었어. 다른 건 몰라도 시험운, 합격운 하나는 진짜 잘 맞춘다던데?"

"형도 참……. 용하다면 진작 돈 벌어서 여기 떴을걸."

"가볼래? 그냥 재미로."

병수 형이 애처로운 눈빛으로 나를 쳐다봤다. 사실 나도 그동안 이곳에 대한 이야기를 심심찮게 들어왔던 터였다. 영업하는 날보다 쉬는 날이 훨씬 많다는 것, 괴짜 주인이 잡은 콘셉트가 워낙 독특해서 재미 삼아 가볼 만하다는 것이다. 어둡고 좁은 계단을 오르며 살짝 긴장했다. 괴짜라는 그 작자가 가뜩이나 심난한 우리 마음을 더 헤집어놓을까 걱정되었던 것이다.

"왔따, 왔떠."

대나무로 엮은 발을 걷어 올리며 안으로 들어섰을 때 우릴 맞이한 것은 커다란 앵무새였다. 앵무새? 병수 형과 나 사이에 무수한 의문을 주고받는 눈빛이 오갔다. 불그죽죽한 깃털의 앵무새는 흡사 김장독에서 꺼낸 김치처럼 보였다. 김치 포기가 반으로 쪼개지듯 그것은 양 날개를 크게 펼치더니 우리를 바라보았다. 둥글게 휜 부리, 우릴 쏘아보는 매서운 눈,

고시맨

갈고리처럼 긴 발톱, 그리고 무엇보다 두려운 것은 우리에게 말하는 홍합 같이 생긴 두툼한 혀였다.

"여기 안잦."

앵무새는 종종걸음으로 꽃무늬 방석이 놓인 곳으로 우리를 안내했다. 형과 나는 녀석의 말대로 방석 위에 앉았다. 잠시 후 개량 한복을 입은 사내 하나가 방문을 열고 나왔는데…… 오, 맙소사! 그는 앵무새 탈을 쓴 채로 붉은색 확성기를 들고 있었다. 마술쇼를 보는 것 같았다.

'괴짜라더니 상상 이상인걸.'

병수 형은 양반다리를 무릎 꿇는 자세로 고쳐 앉았다. 괴짜의 퍼포먼스에 압도된 모양이었다. 나는 병수 형 보란 듯이 호기롭게 자리에서 일어나 그에게 악수를 청했다.

"안녕하세요."

그는 내가 내민 손을 뿌리치더니 확성기에 입을 대고 말했다. 기계음 처럼 변조된 목소리가 신경질적으로 내게 날아왔다.

"불합격."

"예?"

"너는 불합격. 얘는 좀 봐야 할 것 같고."

괴짜는 귀찮으니 돌아가라는 식으로 그렇게 툭 불합격이라는 말을 내 뱉었다.

"뭐라고요?"

나도 모르게 욱해서 목소리가 높아졌다.

"부랍격, 부랍격."

앵무새가 위협적으로 가슴을 부풀리며 주인의 말을 따라했다. 하루 종일 죽을상이던 병수 형이 "풉" 하며 고개를 푹 숙였다.

"지금 뭐하는 겁니까?"

"뭐긴 뭐겠냐, 이놈아. 네놈한테 도망가라고 말하는 중이지."

"네?"

"빨리 여길 뜨지 않으면 조만간 길바닥에서 객사한다고. 이거 정말 큰일 치를 놈이네."

"무슨 소리를 하는 거예요?"

"잘 들어라. 두 다리 뻗고 푹 자고 싶으면 내 말대로 해. 집으로 돌아가. 안 그러면 매일 밤 귀신한테 홀려서 이곳저곳 불려 다니게 될 거야. 이미 시작됐는지도 모르지."

순간 "히이이익" 하는 신음 소리가 병수 형 입에서 흘러나왔다.

'이거 완전 네 이야기 아니야?'

형의 놀란 눈이 나에게 묻고 있었다. 나는 눈을 꽉 감았다.

'용하긴 용하네.'

신음 소리가 내 입에서도 흘러나올까 봐 어금니를 꽉 물었다. 인정하고 싶지 않지만 그는 나를 훤히 꿰뚫어 보고 있는 것이 분명했다. 어느새 나는 병수 형 곁에 바짝 붙어 있었다.

"저······, 저는요?

파르르 떨리는 병수 형의 입술에서 소리가 새어 나왔다.

"어디 보자······. 아, 볼일 끝났으면 너는 나가봐."

괴짜는 그제야 자리에 앉으면서 내게 고갯짓을 했다. 하마터면 '놓아

주셔서 감사합니다'라는 말이 튀어나올 뻔했다. 같이 있어주면 안 되냐
고 말하는 듯한 병수 형의 눈빛이 애처로웠다. 미안하게도 그럴 수는 없
었다. 너무 놀란 탓인지 뱃속이 뒤집어지며 구역질을 할 것만 같았기 때
문이다. 나는 서둘러 그곳을 빠져나왔다. 퉤퉤퉤. 2층 창문을 바라보며
침을 세 번 뱉었다. 저주처럼 들리던 불합격이라는 말이 귓속에서 계속
맴돌았다.

30여 분 뒤 건물을 빠져나오는 병수 형의 표정도 좋지만은 않았다.

"뭐래?"

"돌팔이야. 너무 신경 쓰지 말자."

"왜? 형한텐 뭐랬는데? 왜 이렇게 오래 걸렸어?"

"뭐…… 법 관련된 문제 몇 개를 내더라고."

"그래서?"

"대답했지. 아는 대로."

"그랬더니?"

"에이 몰라! 반반이래. 양념 반 후라이드 반도 아니고 그런 말을 누가
못 해!"

병수 형은 괜한 짓을 하자고 해서 미안하다고 말했다. 확실히 돌팔이
에게 속아 돈만 날렸다는 표정이 역력했다. 하지만 찜찜한 기분은 사라
지지 않았다.

"그냥 막 던진 말이 우연히 네 상황이랑 맞아떨어졌을 뿐이야. 신경 쓰
지 마."

"그렇겠지?"

우리는 또다시 말없이 한참을 걸었고 고시생들의 눈물이 모여 흐르게 됐다는 도림천을 바라보며 담배 한 대를 나눠 피웠다.

고시원으로 돌아가는 길에 나는 미스터 앤서와 다섯 번이나 만났다. 그는 전봇대에 있었고, 도로에 있었고, 접혀서 종이비행기가 되어 있기도 했으며, 주차된 자동차 와이퍼에 끼어 있는가 하면, 빌딩 외벽에 큰 바위 얼굴처럼 붙어 있기도 했다.

'나 괜찮은 거죠, 그렇죠?'

그에게 묻고 또 물으며 걸었다. 그리고 방에 돌아오자마자 컴퓨터를 켰다. 미스터 앤서의 희망 충전소에 도착해 테트리스를 하며 그를 기다렸다. 잠시 후 미스터 앤서가 채팅창에 나타났고 나는 그에게 오늘 있었던 일을 이야기했다.

[제보 감사드립니다. 오늘 일로 너무 상심하지는 마시기 바랍니다. 녹두 철학관에 대한 비난은 그동안 제게도 쭉 접수되고 있었습니다. 저희가 알아본 바에 의하면 그자는 《주역》을 접해 본 적도 없는 가짜입니다. 괜히 싱숭생숭해지고 미래에 관한 조언을 구하고 싶다면 미스터 앤서 닷컴 협력 업체인 '관악도사와 도인들' 사이트를 이용해 주세요. 그럼 안녕히.]

과연 미스터 앤서는 해결사였다. 휴! 나는 그제야 걸치고 있던 오리털 점퍼를 벗었다. 엉망으로 쌓여 목구멍까지 차올랐던 테트리스 블록이 그의 가벼운 조작 몇 번만으로 격파된 것 같은 기분이었다.

그와 채팅을 마친 뒤에도 사이트에 남아 시간을 보냈다. 합격 수기, 식권 벼룩시장, 스터디 모집, 자유 발언대…… 미스터 앤서가 만들어놓은 세계는 실로 창대했고 진솔해 보였다. 어느 장수생의 합격 수기를 읽었

고
시
맨

을 땐 눈물이 핑 돌기도 했다. 27년에 걸친 긴 수험 기간. 어느덧 자라 법대에 들어간 아들과 같은 시험장에서 시험을 봤다던 장수생의 사연. 그는 아들보다 먼저 합격할 수 있어서 겨우 면이 섰다고 말했다. 아들과 고시식당에서 나란히 앉아 밥을 먹는 아버지의 심정은 어땠을까?

'아들아, 고기 좀 덜어가련?'

'괜찮아요. 아버지 많이 드세요.'

이런저런 생각을 하다가 방에서 쿰쿰한 냄새가 진동하고 있다는 것을 깨달았다. 주범은 어머니가 보낸 택배 상자였다. 테이프로 밀봉된 채 따뜻한 바닥에 놓여 있던 그 박스 안에서 반찬이 푹 익어가고 있던 것이다. 급하게 박스를 열었다. 깍두기를 담은 용기 옆에 단무지가, 그리고 그 옆에 무말랭이가 사이좋은 형제처럼 발효되고 있었다.

늘 그래왔듯이 밀폐 용기 뚜껑에 '302호'라고 적은 다음 공용 냉장고로 가지고 갔다. 301호의 우유, 303호의 박카스, 304호의 오렌지 주스, 305호의 고로쇠 수액……. 좋은 자리를 차지하기 위한 경쟁은 냉장고 속에서도 마찬가지였다. 냉장고 한가운데를 가득 차지하고 있는 것은 '총무 안석주'라고 적힌 김치통이었다. 어찌나 크던지 혼자서 3년은 먹겠다 싶었다.

'역시 장수생은 스케일부터 다르군.'

피식 웃음이 나왔다. 방에 돌아와 택배 상자 속 남은 음식을 침대 위에 늘어놓았다. 어머니는 내가 좋아하는 간식을 꼼꼼히 챙겨 보냈다. 어릴 때 즐겨 먹던 과자까지 들어 있었다. 튀긴 장어 뼈 한 묶음은 아버지 작품으로 보였다. 고시 공부하는 아들 생각에 단골 장어 집에서 챙겨오

셨으리라.

　맨 아래에는 깨지지 않도록 꼼꼼하게 포장한 액자가 있었다. 익숙한 달마도였다. 책받침보다 조금 더 큰 이 달마도는 시집올 때 외할아버지가 혼수로 주셨다는 어머니의 애장품이다. 집안에 큰일이 생길 때마다 달마도 앞에서 몸을 웅크린 채 해답을 구하던 어머니의 모습이 떠올랐다. 콧노래를 부르며 청소를 하다가도 달마도 앞을 지날 때면 발꿈치를 들고 살금살금 걷곤 하던 어머니의 발소리가 귓가에 들리는 것 같았다. 애지중지하던 달마를 원정 보낸 이유에 대해서, 어머니는 짧은 쪽지를 하나 남기셨다.

　[네가 요즘 악몽에 시달린다니 이걸 보낸다. 달마 대사님이 너를 지켜주실 거야.]

　설마 몽유병이 다시 찾아온 걸 어머니가 아시는 건 아니겠지. '몽유병'이라는 단어를 떠올리자 또다시 두려움이 엄습해왔다. 잠들기 전 나는 밖으로 나갈 수 없도록 방문 앞에 수험서를 탑처럼 쌓아두었다. 눈높이까지 책 탑을 쌓았지만 맘이 놓이지 않았다. 방문에 걸린 달력을 떼어내고 그 자리에 달마도를 걸어두었다. 그러자 거짓말처럼 마음이 평온해지더니 졸음이 몰려왔다.

4.

"뭐야, 농성이라도 하겠다는 거야?"

　와르르, 방문 앞에 쌓아두었던 책이 무너지며 총무가 안으로 들어왔

고
시
맨

다. 그 소리에 잠에서 깼다. 총무는 철거 용역이라도 된 것처럼 눈을 부라리고 있었지만, 나는 그러거나 말거나 늘어지게 기지개를 켰다. 달마도 효과를 본 걸까? 오랜만에 악몽 없이 푹 자고 일어났다. 발바닥도 말끔했다. 방문에 붙여두었던 달마도가 '민법이라는 놈이 찾아왔는데 내가 쫓아냈지' 하는 표정으로 나를 바라보고 있었다. 나는 안전했다.

"슬슬 짐 싸고 집에 내려갈 준비해야 하지 않아?"

총무가 실실 웃으며 비아냥거렸다. 나는 달마도를 손으로 가리키며 당당하게 외쳤다.

"모든 것이 이 방에 흐르는 수맥 때문이었던 것 같아요. 그래서 달마님을 모셔왔지요. 이제부터 저는 걱정 없습니다."

총무는 '드디어 네가 갈 데까지 갔구나' 하는 표정으로 나를 물끄러미 쳐다보다가 손가락으로 달마도를 툭툭 건드렸다.

"302호! 지금 너한테 필요한 건 이 양반이 아니라 의사야."

"됐고요, 아직까지는 제 방입니다. 이제 나가주시죠."

나의 당당한 모습에 총무는 분을 삭이지 못하는 듯했다. 그러더니 갑자기 책상 의자를 방 한가운데 끌어다 놓고는 그 위에 올라섰다.

'오, 맙소사! 설마 저 인간 형광등을 빼가려는 거야?'

그랬다. 총무는 순식간에 뽑아낸 형광등을 회초리처럼 휘휘 저어대며 방을 나갔다.

때마침 핸드폰이 울렸다. 미스터 앤서 닷컴에서 온 문자 메시지였다. 지난밤 회원 가입을 축하한다면서 경품으로 고시식당 쿠폰을 보내온 것이다. 그것도 무려 세 장이나! 형광등을 뽑아가는 자와 식권을 보내주는 자……. 내가 누구 말을 들을지는 물을 필요도 없었다.

'아끼게 된 식비로 형광등을 사와야겠군.'

병수 형에게 중국집이나 가자고 전화를 했는데 받지 않았다. 두 번째, 세 번째도 마찬가지였다.

* * *

오랜만에 날씨가 맑았다. 학원가와 녹두 거리 중간쯤에 위치한 태양 놀이터 앞은 사람들로 북적였다. 볕에 털을 말리는 길고양이 무리처럼 나른한 표정의 수험생들이 휘적거리며 거리를 채웠다. 나는 놀이터 한가운데에 놓인 미끄럼틀을 바라봤다. 병수 형은 그 자리에 앉아서 나를 기다리고는 했다.

'왜 이렇게 연락이 안 되는 거야. 설마 인사도 없이 내려가버린 건 아니겠지?'

시소 위에 걸터앉아 그에게 문자를 한 통 보냈다.

[왜 연락이 없어?]

맞은편 중국집 간판이 눈에 들어왔다. 24시간 운영하는 성완각의 짜장 볶는 냄새가 바람결에 날아왔다. 살짝 들여다본 내부는 파리만 날리고 있었다. 그도 그럴 것이 성완각은 있던 식욕도 없앨 만큼 낡고 지저분했다. 게다가 얼마 전부터 '쫄쫄이 변태'가 성완각 주변에 즐겨 출몰한다는 괴담도 돌고 있었다. 시대에 뒤처지고 소문에 휘말려 이곳도 결국 나처럼 고시촌을 떠나라는 퇴거 명령을 받겠지. 그런 생각을 하자 가슴이

고
시
맨

먹먹해졌다.

　가게 문을 열고 들어갔다. 역시나 손님은 없었다. 직원으로 보이는 노랑머리 총각이 높은 선반 위에 종이컵을 올려놓고 발차기를 하고 있었다. 화려한 울프 커트 헤어스타일에 리바이스 청바지, 그리고 최근 고시촌에도 유행하기 시작한 디씨 보드화를 신고 있었다.

　"성완아, 손님 왔으니까 그만해라."

　조리사 복장의 사내가 노랑머리에게 외쳤다. 성완이라면 성완각의 성완? 그럼 아들? 나 때문에 흥이 깨져버렸으니 책임지라는 듯 노랑머리가 시큰둥한 눈으로 나를 흘겨봤다. 그러더니 내게 메뉴판을 내밀었다.

　"일단 앉으세요."

　일단 앉으라니……. 성완각이 한가한 또 다른 이유는 예의도 모르는 이 녀석 때문일 것이다. 내가 짜장면을 먹는 동안 노랑머리는 손님이 있다는 걸 깡그리 잊은 듯 온갖 비속어를 섞어가며 친구와 통화를 했다. 목소리가 너무 커서 듣고 싶지 않아도 귀에 쏙쏙 박혔다. 그는 아마도 고시촌 쫄쫄이 변태에 대해 이야기하는 것 같았다.

　"걱정 마라. 그 새끼 이번에 한 번만 더 껄떡거리면 하이킥으로 날려버린다. 어젯밤에도 봤다니까. 그 변태 새끼가 길 막고서 뭐라는 줄 아냐? 그 좆만 한 새끼가 이 동네 골목골목을 나보다 더 잘 아나봐. 자꾸 나타나서 길 막고 속도 줄이라고 씨부렁댄다니까. 어이없지 않냐? 변태 새끼 주제에 어디서 배트맨 흉내질이여, 니미럴. 여기가 고담이여? 바쁘지만 않았으면 돼지게 패버렸을 건데……. 내가 보기에 그냥 변태 새끼야. 대가리에 하이바 썼어. 노란색인가 주황색인가 그럴 거야. 엉, 그래. 그리고 위아래로 전신 쫄쫄이……. 그건 검은색. 그리고 등에 가방도 메고 다녀. 내가 그걸 어떻게 알아, 씹새야……."

나는 노랑머리가 한 이야기를 머릿속으로 정리하기 위해 젓가락질을 멈췄다. 그가 친구와 나눈 대화는 고시촌에 사는 고시생이라면 다 아는 쫄쫄이 변태에 대한 괴담이었다. 얼마 전에는 경찰이 수사를 하기도 했다. 실체 없음으로 결론 나긴 했지만 소문은 돌고 돌아 지금까지도 풀리지 않는 미스터리로 남아 있다. 계산을 하며 나는 호기심에 물었다.

"저, 일부러 엿들은 건 아닌데요, 쫄쫄이 입었다는 그놈 진짜 만났어요? 그 미친놈 진짜 존재해요?"

그러자 노랑머리는 미간을 찡그리며 어이없다는 표정을 지었다.

"내가 보기에 그쪽도 제정신 아닌 건 도긴개긴인 것 같은데요?"

"무슨 말이죠?"

"참나, 환장하겠네. 밥 먹을 땐 개새끼도 안 건드린다고 해서 내가 꾹 참고 있었는데……. 씨바, 좀 나와봐요. 돌겠네, 진짜."

영문도 모른 채 그를 따라 밖에 나왔다. 그는 박살난 입간판을 가리켰다. 지나가던 행인들이 재미난 구경거리라도 난 듯 멈춰 서서 우릴 지켜봤다.

"왜 그래요?"

"정말 이거 보고도 몰라서 그래요? 아님 뻔뻔하게 쌩까는 거?"

"뭐가요?"

"돌겠네, 진짜. 이거 그쪽 작품이잖아. 남의 집 간판을 이 꼴로 만들어? 내가 그냥 넘어갈 거라고 생각했나? 범인은 꼭 다시 현장에 나타난다더니 진짜 맞는 말이네. 가만히 있어 봐요. 사진부터 찍어놔야 하니까."

노랑머리는 멀뚱히 서 있는 내 모습을 핸드폰에 담기 시작했다. 그러더니 이렇게 말했다.

"보름 전 밤에 그쪽이 간판 이렇게 만들었거든요? 간판 툭 쳐서 넘어뜨린 거 기억 안 나요? 하필이면 바닥에 짱돌이 있어서 여기 구멍 나버렸잖아요. 그때 안에 있는 전구도 다 깨졌고. 아저씨 때문에 이거 밤에 불도 안 들어온다니까요."

"그러니까 간판에 구멍을 낸 게 저라고요?"

"오리발을 내밀겠다? 과연 이걸 보고도 그럴 수 있으실까?"

노랑머리가 건넨 핸드폰에는 이 거리를 걸어가는 내 뒷모습이 사진으로 남아 있었다. 초록색 추리닝 바지에 검은색 오리털 점퍼는 하필이면 지금 내가 걸친 의상과 같았다.

'몽유병 상태였던 모양이군.'

나는 담담하게 생각했다.

노랑머리는 정확한 날짜까지 거론하며 나를 몰아세웠다. 보름 전 자정을 훌쩍 넘긴 시간이었다. 그러니까 나의 몽유병 증상이 최소한 보름 이상 계속되어왔다는 얘기다. 끔찍했다. 일단 나는 기억나지 않는다며 끝까지 잡아뗐다. 그러자 그는 혀를 쯧쯧 차며 말했다.

"엄청 취했던 거 맞죠? 내가 멱살도 잡아 흔들고 헤드록도 걸었는데 아무렇지도 않다는 듯 계속 갈 길 갔어요. 배달이 밀려서 놔줬지 안 그랬으면 신고했다고요."

자포자기의 심정이 된 내가 고개를 푹 떨구자 노랑머리는 갑자기 태도를 바꿔 나긋나긋하게 말했다.

"변상해 봐야 우리 아버지 주머니로 들어가니까 됐고요, 내가 쿨하게 넘어가 줄 테니까 뭐 하나만 도와줘요. 우리 쌈빡하게 그걸로 퉁치죠."

"뭔데요?"

"오늘 밤에 중요한 일이 있는데, 보아하니 이 동네 사는 거 같으니까 부탁 하나 할게요. 오늘 밤 열두 시 땡 치면 이 앞에서 봐요."

"뭘 하면 되는 거죠?"

"그건 그때 설명할 테니까 그런 줄 알고. 어때요? 콜?"

'혹시 불법적인 일입니까?'라고 물어보려다 말고 나는 "콜"이라고 소심하게 말했다. 보름 넘게 밤마다 유령처럼 고시촌을 헤매기도 했는데 그보다 더 위험한 일이 있겠느냐 싶었기 때문이다. 툭, 투툭, 투투투투툭 툭. 가장 까다로운 ㄹ 모양의 테트리스 블록이 소나기처럼 쏟아져 내려오는 기분이었다.

'나 좀 도와줘야 할 것 같아요, 미스터 앤서!'

무거운 걸음으로 휘적휘적 고시원으로 돌아오고 있는데 운명처럼 미스터 앤서가 보였다. 죽림서적 앞 빈 공터에서 푸른 가면을 쓴 미스터 앤서가 두 팔을 벌려 고시생들을 안아주고 있었다. 더욱 놀라운 점은 마술 쇼를 펼치는 것처럼 그가 열두 명이나 된다는 것이다.

"미스터 앤서의 프리 허그 이벤트! 희망 충전하시고 경품 받아가세요."

앳된 얼굴의 아르바이트생이 종이 다발을 들고 다가왔다. 설문에 답하면 이벤트 상품으로 메모리폼 팔베개를 받을 수 있다고 했다. 줄지어 선 짝퉁 미스터 앤서들에게 안기고 싶은 생각은 없었지만 미스터 앤서가 고

고
시
맨

시생들에게 궁금해하는 게 무엇인지 궁금했다.

설문지를 받아들고서 차례대로 답을 해나갔다. 질문은 대체로 평범했다. 미스터 앤서 닷컴 회원 가입 질문과 별반 다르지 않았다. 다만 마지막 장에 이어지는 질문들은 전혀 예상치 못한 것이었다.

* 당신은 고시촌에 떠도는 일명 '쫄쫄이 괴담'에 대해 아십니까?
* '쫄쫄이 변태'라 불리는 자를 실제로 목격한 적이 있습니까?
* 목격하셨다면 시간과 장소, 목격담을 구체적으로 적어주십시오.

우연의 일치였을까? 중국집 노랑머리와 마찬가지로 미스터 앤서도 쫄쫄이 변태에 주목하고 있었다. 그가 직접 나서서 쫄쫄이 변태의 행방을 수소문하는 걸 보니 최근 쫄쫄이 변태의 만행이 더욱 심각해졌구나 싶었다. 나는 설문지 여백에 '만약 목격하면 생포해서 바치겠습니다'라는 입바른 말을 써두었다. 약속대로 메모리폼 팔베개를 받았다. '빨간색보단 파란색이 나을 걸 그랬나?' 그 자리에서 팔베개를 꺼내며 이런 생각을 하고 있을 때였다. 익숙하지만 전혀 반갑지 않은 목소리가 어깨너머로 들려왔다.

"이야 우리 302호, 팔베개 멋지다. 이제 거기에 수면 양말이랑 자장가만 있으면 딱이겠네. 잠이 아주 솔솔 오겠어. 너도 이 웃기는 놈 팬클럽이냐?"

총무였다. 불쑥 나타난 그가 입꼬리를 올리며 다가왔다. 워낙 큰 목소리 탓에 경품을 타려고 서 있던 사람들의 눈길이 우리를 향했다.

"애먼 사람한테 안기지 말고 고향에 돌아가서 부모님이나 안아드려!"

총무는 사람들의 시선 따윈 개의치 않는다는 듯, 아니 오히려 그것을 즐기는 연극배우같이 과장된 몸짓으로 미주알고주알 떠들어댔다. 마치 인기 절정의 아이돌 그룹 팬미팅에서 '그래도 조용필이 짱이다!'라고 외치는 사내 같았다. '누가 부모님 모시고 왔어?' 하는 표정으로 사람들이 우리를 쳐다보는 듯했다. 난감한 순간이었다.

총무가 한눈팔고 있는 틈에 행사장을 빠져나왔다. 그리고 고시원으로 돌아가는 길에 편의점에 들렀다. 병수 형은 역시 보이지 않았다.

"혹시 병수 형 관뒀어요?"

병수 형 대타로 투입된 듯한 아르바이트생은 심드렁하게 대꾸했다.

"아뇨, 좀 아프대요. 그리고 그분은 맘대로 못 그만둘 걸요?"

"왜요?"

"사장님께 빚이 좀 있다던데요."

"무슨 빚이요?"

"내가 그걸 어떻게 알아요. 돈이 필요했나 보죠."

"혹시 얼마나……."

"얼마 전에 한 이백만 원인가 가불받았다고 하던데. 이 정도면 가불이 아니라 대출이죠. 사장님이 그 형 믿고 줬다던데 그만두면 안 되죠."

나는 바로 병수 형에게 전화를 걸었다. 전원이 꺼져 있다는 소리만 들렸다. 대체 무슨 일로 200만 원이라는 큰돈을 빌린 걸까? 그가 사는 고시원으로 찾아갈까 하다가 아차 싶었다. 그가 얼마 전 마을버스 정류장 근처로 이사했다는 사실이 생각났다. 형은 드디어 자신만의 샤워장이 생

고
시
맨

졌다며 좋아했다.

"옥탑인데 고기 구워 먹기 좋게 생겼어. 시험 끝나고 날 좀 풀리면 고기 사다가 구워 먹자."

옥탑방 월세가 밀렸던 걸까? 아니면 인터넷 도박 같은 데 빠진 건가? 별별 생각이 다 들었지만 찾아가 물어볼 수도 없었다. 이럴 줄 알았으면 주소나 알아둘 걸……. 결국 나는 저녁 때 먹을 삼각김밥 하나만 사들고서 편의점을 빠져나왔다.

방문을 열자마자 한숨이 절로 터져 나왔다. 형광등을 사온다는 걸 잊었던 것이다. 가파른 언덕을 다시 왕복하고 싶지는 않았다. 널린 게 형광등인데 그럴 필요 있나. 어디서 뽑아다 써야겠다는 생각으로 고시원을 돌았다. 화장실은 전구형이라 패스. 다용도실 형광등을 뽑아다 쓰면 참 좋겠다 싶었지만 컵라면을 놓고 앉아 꾸벅꾸벅 졸고 있는 사람이 있어서 여기도 패스. 늘 문을 열어두고 다니는 306호의 방에 들어가 뽑아올까 하다가 그것도 패스. 306호는 잘못한 게 하나도 없잖아! 그렇다면 결국 눈에는 눈, 이에는 이, 총무실밖에 없었다.

같은 층 복도 끝에 있는 총무실로 살금살금 걸어갔다. 다행히 아직 총무는 돌아오지 않았고 문도 열려 있었다. 들어가기 전 나는 살짝 갈등했다. 예비 법조인으로서 형법 제319조 주거침입죄를 의식하지 않을 수 없었던 것이다. 그러나 죄의식은 매번 내 방문을 마스터키로 열고 들어오는 총무를 떠올리자마자 사그라져 버렸다. 그래도 듣는 이가 있든 없든 최소한의 예의는 갖춰야 할 것 같아 "형광등을 되찾으러 왔습니다. 들어가겠습니다"라고 세 번 말했다. 문도 밖으로 살짝 열어두었다.

그러고 보니 총무실에 방문했던 것이 까마득히 오래전 일이었다. 아마도 고시원에 처음 입실하던 날 이후로 처음 아닐까? 성문 고시원에 닻을 내렸던 그날을 떠올리며 총무실을 찬찬히 둘러보았다. 총무실은 내 방보다 두 배 정도 크고 개인 화장실도 딸려 있었다. 개인 화장실이 있다는 건 익히 알고 있었지만 비데까지 갖춘 변기를 직접 보니 기분이 조금 묘했다. 딱히 부러운 건 아니지만 뭐랄까……. 우리보다는 총무가 헌법 제35조 1항에 조금 더 부합하는 삶을 살고 있구나 싶었다.

'모든 국민은 건강하고 쾌적한 환경에서 생활할 권리를 가지며, 국가와 국민은 환경보전을 위하여 노력하여야 한다.'

그가 우리 앞에서 왜 그렇게 으스대고 다녔는지 조금 이해가 되는 것도 같았다.

방은 전체적으로 깔끔했다. 사시생이 아니라 조심스러운 성격의 성직자가 기거하는 방 같았다. 한마디로 공부한 흔적을 전혀 발견할 수 없다는 말이다. 쯧쯧, 나는 고개를 저었다. 그러다가 반쯤 열려 있는 스탠드형 캐비닛 하나를 발견했다. 비품을 보관하는 캐비닛이 분명해 보였다. 옳거니. 안에는 예상대로 종이 포장을 뜯지 않은 새 형광등이 쌓여 있었다. 총무실 형광등을 빼내서 또다시 그와 싸우는 것보다는 새 것을 가져가는 게 나을 것 같았다.

형광등을 하나 집어 들려다가 수상해 보이는 두꺼운 노트 몇 권에 시선이 멈췄다. 일렬로 정리된 노트마다 '관찰 일지'라는 라벨이 붙어 있었다. 관찰? 도대체 무엇을 관찰한다는 말인가? 호기심을 거둘 수 없었던 나는 가장 최근에 만들어놓은 것으로 보이는 노트 하나를 집어 들어 빠

고
시
맨

르게 내용을 확인했다. 기가 찰 만한 글이 가득했다.

수많은 수험생들의 인적 사항부터 그들이 어떤 시험을 준비하는지, 어느 학원을 다니는지, 몇 시에 기상해서 몇 시에 잠드는지, 음주와 흡연을 하는지까지 상세히 적혀 있었다. 당연히 나에 대한 사찰도 기록되어 있었다.

'302호 박현우. 지방대. 2001년 10월 고시촌 입성. 1차만 다섯 번 떨어짐. 아침잠 많음. 이성 친구 없음. 주 1회 음주. 몽유병.'

단순히 오지랖 넓은 총무의 기행 정도로 보기엔 내용이 너무 방대했다. 이 중엔 불법으로 입수한 정보도 다수 있을 것으로 보였다. 나는 오호라 콧노래를 불렀다. 이걸 공개해 총무를 스토커나 정신 이상자로 몰아간다면 고시원에서 쫓겨나는 것은 내가 아니라 그가 될 것이었다!

노트 속 내용을 사진으로 남겨두기 위해 주머니에서 핸드폰을 꺼냈다. 바로 그때 열어두었던 총무실 문으로 누군가 고개를 쑥 내밀며 "안석주 씨 계십니까?"라고 물었다. 놀란 나머지 들고 있던 노트를 제자리에 꽂아놓은 뒤 열중쉬어 자세로 숨을 골랐다. 집배원이었다. 나는 안도의 한숨을 내쉬며 "저 아닌데요"라고 대꾸했다. 집배원은 어딘지 찜찜하다는 표정을 하고선 위아래로 나를 훑었다. 제 발 저린 나는 최대한 태연한 척하며 말했다.

"뭘 좀 빌리러 왔는데 총무님이 자리를 비우셨네요."

그러면서 자연스럽게 캐비닛에서 가장 두꺼운 노트 두 권을 꺼내 품에 안았다. 그러자 집배원은 의심의 눈초리를 거둔 뒤, 우편물 하나를 내게 내밀며 총무 대신 받았다는 서명을 해달라고 말했다. 할 수 없이 서명을 하고 집배원을 돌려보냈다.

집배원이 건넨 누런 봉투 오른쪽 상단에는 '대한 변호사 협회'라는 글자와 로고가 인쇄되어 있었다. 봉투 한가운데에는 '제38회 변협 포럼 참석 신청 안내'라는 문구가 수기로 적혀 있었다. 그리고 오른쪽 하단에는 '성문 고시원 3층 총무실 안석주 님 귀하'라고 적혀 있었다. 나는 갸우뚱했다. 만년 고시생 안석주가 변협 포럼에?

봉투 속 내용물을 확인해 보고 싶었지만, 누군가 발소리를 크게 내며 계단을 올라오고 있어 그럴 수 없었다. 황급히 총무실을 빠져나왔다. 계단을 올라 3층 복도로 들어선 건 총무였다. 묵직한 노트 두 권의 질감을 느끼며 나는 아찔해졌다. 얼결에 들고 나와버린 걸 돌려놓기 위해 다시 총무실에 들어갔다 나올 수도 없는 노릇이었다. 할 수 없이 노트를 등 뒤에 숨긴 채 총무를 스쳐 지나갔다. 총무의 손에는 프리 허그 행사장에서 내가 받은 것과 같은 빨간색 메모리폼 팔베개가 들려 있었다.

'그럼 그렇지. 받고 싶었으면 그냥 설문이나 작성하지 무슨 말이 그렇게 많았을까?'

내가 힐끔 그를 바라보자 그가 멋쩍은 표정을 지었다.

"이건 그놈을 잡을 증거품이야, 증거품."

그가 무슨 말을 하는지 도무지 알 수 없었다. 그놈이라면 미스터 앤서? 어쨌거나 지금은 총무의 시야에서 벗어나는 게 우선이었다. 나는 다용도실로 몸을 피한 뒤 그가 총무실 문을 열고 들어가자마자 잽싸게 방으로 들어왔다.

책상 위에 노트 두 권을 내려놓았다. 그런데 이건 또 뭐란 말인가? 내가 가져온 노트는 조금 전에 살펴본 〈관찰 일지〉가 아니었다. 쿰쿰한 냄새가 진동하는 오래된 대학 노트 두 권에는 'IQ 350'이라고 적혀 있었다. 수험생들의 신상에 대한 정보 따위는 어디에도 적혀 있지 않았다. 결국 나는 어떤 명분도 없이 난생 처음으로 누군가의 물건을 훔친 것이다. 이럴 땐 어떻게 해야 하는 걸까? 머리를 굴려가며 착오에 의한 나의 행위가 위법성 조각사유(위법성을 무효화하는 일련의 사유 - 편집자 주)에 해당하는지, 이럴 때 판례는 어떤 것을 적용해야 하는지 생각해 봤다. 오, 맙소사! 게다가 정작 필요한 형광등은 가져오지도 못 했잖아!

착잡해진 나는 노트를 서랍 속에 넣어두고 형법 판례 모음집을 집어들었다. 그다음엔 헌법 기출문제를 풀었고, 사들고 온 삼각김밥으로 저녁을 대충 때웠다. 그리고 하루가 지나기 전까지 삼각김밥의 밥알 개수만큼이나 되는 물권법 판례들과 씨름할 생각이었다. 형광등은 결국 다용도실에서 뽑아왔다. 아는지 모르는지 총무는 방에서 나올 생각도 하지 않았다. 메모리폼 팔베개를 베고 자고 있겠지.

하루가 왜 이렇게 긴 걸까? 시험일까지 너무 아득하게 느껴져 한숨을 쉬고 있을 때 핸드폰이 울렸다. 중국집 노랑머리가 [두 시간 뒤에 안 나오면 죽음!]이라는 메시지를 보내왔다. 아차, 노랑머리와의 약속을 잊고 있었다. 하……. 절로 한숨이 터져 나왔다. 몇 시간 뒤 중국집 배달 오토바이 뒷자리에 앉아 폭주족처럼 경광봉을 흔들어대고 있을 내 모습이 그려졌다. 헬멧은 꼭 챙겨달라고 해야지.

5.

약속 시간에 맞춰 성완각 앞에 도착했을 때 노랑머리는 가로등에 비스듬히 기대어 있었다.

"아으 추워."

나는 인사 대신 이렇게 말했다. 노랑머리가 어금니를 딱딱 부딪치며 곁눈으로 나를 훑어봤다. 그는 이 추위에 얇은 정장 차림이었고 한 손에 커다란 오디오를 들고 있었다.

"추운 건 됐고요, 왜 나오라고 했냐면……."

그는 손목시계를 힐끔 보더니 시간이 없다며 본론부터 이야기했다. 그의 요구는 황당했다.

짝사랑하는 여자가 있다. 그녀에게 고백을 하려 한다. 이벤트를 준비했는데 당신이 좀 도와달라. 내가 고백할 때 당신은 안 보이는 곳에 숨어서 폭죽을 쏘면 된다. 그렇게만 해준다면 간판 파손 건은 그냥 넘어가주겠다.

나는 그의 이야기가 끝나자마자 물었다.

"폭죽이요? 그러니까 고시촌에서 폭죽을 쏘겠다?"

그는 대답 대신 스르르릉 철가방 문을 열었다. 화약 냄새가 코를 찔렀다. 철가방 안은 다이너마이트로 봐도 무방할 정도의 두꺼운 폭죽으로 꽉꽉 채워져 있었다. 그는 팔뚝만 한 폭죽 하나를 집어 들어 내게 건넸다. '250연발, 화기 엄금, 지자체의 승인을 받고 사용하세요'라는 글자들이 눈에 들어왔다. 세상에! 심지가 내 엄지손가락만 하다니! 옆방에서 방귀만 잘못 뀌어도 시끄럽다고 발을 구르는 고시촌에서 이 많은 폭죽을 터트려달라고? 눈앞이 아득해졌다.

"시간이 됐어요. 철가방 들고 앞장서요."

노랑머리가 철가방을 발로 밀었다. '지금 이 순간부터 당신은 영락없이 공범이야'라는 눈빛이었다. 그는 망설이는 내 어깨를 툭 쳤다.

"나 성깔 있어요. 그쪽 때문에 오늘 고백 망쳐버리면 진짜 짜증 날 것 같거든요! 신림 중학교 운동장으로 고고!"

나는 어쩔 수 없이 철가방 손잡이를 움켜쥐었다. 고시촌을 박살내고도 남을 법한 무게가 느껴졌다. 신림 중학교까지 걸어가며 그가 많은 이야기를 했지만 나는 대부분 건성으로 듣거나 아예 흘려버렸다. 어디에나 있을 법한 시답지 않은 사랑 이야기였기 때문이다. 나는 오로지 지나가는 길에 누가 나를 알아볼까 봐 전전긍긍하고 있었다. 잠시 철가방을 내려놓고 노랑머리와 쪼그려 앉아 담배를 나눠 폈다. 어느덧 그는 나를 형이라고 친근하게 부르며 자신을 성완이라 불러달라고 했다.

"형, 몇 년 차?"

"어…… 육 년."

"졸라 오래됐네. 의외로 내공 쎄네? 장풍도 쏘겠어."

"……."

"시험 합격하기가 그렇게 어렵나? 로스쿨인가 뭔가 그거 통과되면 어떡하려고? 다 몰려가서 데모라도 하면 몇 배 더 뽑아줄지 누가 알아? 여기 사는 사람들 다 뭉치면 전쟁도 일으키겠다."

"사람이 징글징글하게 많긴 하지."

"계속 떨어지면 뭐하려고?"

"글쎄……."

"아 놔. 이 동네 사람들은 다들 하루살이야? 잘하는 거나 오래 전에 꿈꾸던 것도 없어? 내가 이래봬도 하고 싶은 게 얼마나 많은데……."

나는 아무런 대답도 하지 못했다. 오래 전 꿈? 그런 거 빈 그릇 수거 해가듯 누가 가져가버린 게 아닐까? 그런 생각을 하다가 '니들도 다 그렇지?' 하는 마음으로 주위를 둘러보았다. 자정이 넘었는데도 고시촌은 잠들지 못했다. 창마다 환히 불을 밝히고 있었다. 녹두 거리 역시 늘 그렇듯 불야성이었다. 공부하는 사람이나 술에 취한 사람이나 그들 나름대로 최선을 다해 몸부림치고 있었다.

24시간 불이 꺼지지 않는 이곳. 잠들지 못하는 불안과 욕망, 희망, 외로움, 죄책감이 크로켓 속 재료처럼 한데 섞여 덩어리져 있는 곳. 순간 안에 들어 있는 250연발 폭죽 더미를 생각하자 슬며시 미소가 지어졌다. 조금 전 놀라 도망치려 했을 때와는 사뭇 다른 감정이었다. 폭죽이 터지기 시작하면 깜짝 놀란 수만 명의 거북이들이 일제히 창문 밖으로 고개를 내밀겠지? 그 광경을 곧 보게 된다고 생각하니 기분이 좋아졌다. 아직 내게도 이런 장난기와 모험심이 남아 있었단 말인가? 문득 6년 전 오지 탐험가를 꿈꾸던 시절의 내가 찌릿찌릿하게 느껴졌다. 하지만 시험을 목전에 둔 지금, 이런 기분이야말로 난감한 것이 아닐 수 없었다.

"그나저나 그 여자가 운동장에 나타나지 않으면 어떻게 하려고?"

"걱정 붙들어 매. 비 오는 날 빼고 기계처럼 매일 나와. 내가 장담하는데 오늘도 한 시 이십 분에서 이십오 분 사이에 꼭 운동하러 올 거야. 내가 싫으면 딴 데 가서 하면 되잖아. 근데 매일 여기로 운동하러 오는 거

고
시
맨

보면 나한테 관심 있는 거야. 형이 생각해도 그렇지?"

나는 대충 그런 것 같다고 고개를 끄덕였다. 이 녀석이 하고 있는 것이 사랑인지 스토킹인지 모르겠지만 말이다. 만약 스토킹이라고 판명되면 내면에 갈고닦은 준법 의식이 발동되어야 할 것이다. 그리고 사랑이라면 과연 이런 녀석을 좋아하는 여자는 어떤 사람일지 직접 확인해 보고 싶었다.

운동장에 들어서자마자 성완이는 분주하게 움직였다. 들고 온 오디오를 한가운데에 내려놓고 음악을 반복해서 재생했다. 안드레아 보첼리와 세라 브라이트먼이 함께 부른 〈타임 투 세이 굿바이Time to Say Goodbye〉가 흘러나왔다.

'오, 맙소사! 차라리 애국가를 부르는 게 나을 거야, 성완아!'

그는 나에게 다가와 잘 부탁한다며 싱긋 웃더니 오디오가 놓인 운동장 한가운데로 걸어갔다. 바닥에 한쪽 무릎을 꿇고 고개를 숙인 채, 그녀가 나타날 때까지 그대로 가만히 있었다. 그건 마치 철가방에서 그릇을 꺼낼 때의 포즈 같았다.

1시 23분, 노래가 세 번째 반복되고 있을 때였다. 추리닝 차림에 야구 모자를 푹 눌러쓴 여자가 교문에 들어섰다. 멀리서 보아도 큰 키에 팔다리가 시원스럽게 쭉쭉 뻗은 팔등신으로 보였다. 이때다! 나는 가장 조그마한 폭죽 하나에 불을 붙였다.

피웅!

첫 발은 성공적으로 여자의 주위를 끌었다. 여자는 달리기를 멈추고 의아한 듯 하늘을 올려다봤다. 성완이가 여전히 무릎을 꿇은 자세로 외쳤다.

"당신을 위해 준비했습니다."

그런데 여자는 성완이를 쳐다보지도 않았다. 그저 폭죽의 진원지를 찾는 것처럼 두리번거리다가 다시 운동장을 달리기 시작했다. 나는 폭죽 하나를 더 터트렸다.

피우웅!

"이것도 당신을 위해 준비했습니다."

성완이가 다시 외쳤다. 그러나 여자는 이번에도 그를 투명인간 취급해 버렸다. 그저 달릴 뿐이었다. 계속 해야 하나? 나는 성완이를 바라봤다. 그가 손가락을 들어 하늘을 가리켰다. 물량 공세를 의미하는 것이겠지. 나는 동시에 여러 발 불을 붙였다.

피-

퓨퓨퓨퓨

피이-

펑펑펑펑

자욱한 연기에 화약 냄새까지 심해서 숨도 못 쉴 지경이었다. 내가 숨어 있는 곳에서 얼마 떨어지지 않은 곳에 드디어 여자가 멈춰 섰다. 이번엔 놀란 모양이었다.

"아가씨, 제발 한 번만이라도 제 이야길 들어주세요."

성완이는 거의 울먹이는 것 같았다.

"에휴, 그만 좀 해라 이 새끼야. 진짜 이제 운동도 못 해먹겠네."

여자가 모자를 벗었다가 고쳐 쓰며 중얼거리는 소리를 나는 똑똑히

고
시
맨

들었다. 어딘지 모르게 익숙한 목소리였다. 때마침 250연발 폭죽의 심지가 다 타들어 가 하늘 위로 거대한 불덩이들을 쏘아 올렸다. 폭죽 소리가 잘게 나누어져 오케스트라를 이루었다. 하늘에서 쏟아져 내리는 불꽃에 운동장이 해질녘처럼 물들었다. 그때 더 자세히 볼 수 있었다. 땀에 젖은 여자의 얼굴이 불빛에 반사되어 반짝이는 것을……. 그 환한 얼굴이 눈에 들어오는 순간 나는 뒷걸음질 쳤다. 내가 지금 헛것을 보고 있는 것이 아니라면 그녀는 한때 나와 병수 형이 동시에 흠모했던 법의 여신 디케! '고·사·모'의 유일한 홍일점, 홍소라가 분명했다.

* * *

고속으로 사시 패스를 하는 사람들의 모임, 줄여서 고·사·모라는 스터디 그룹을 만들자고 제안한 것은 병수 형이었다. 함께할 지원자들을 만나기로 한 어느 날, 우린 학원 빈 강의실에서 홍소라와 처음 만났다. 큰 키에 조그마한 얼굴, 시원하게 뻗은 두 팔과 경쾌한 발걸음으로 그녀가 들어선 순간, 남루한 강의실은 빛으로 가득한 초원이 된 듯했다. 그녀는 마치 고시생들을 격려하기 위해 고시촌에 내려온 법의 여신 디케 같았다. 병수 형은 갑자기 말을 더듬었고 나 역시 얼굴 가득 홍조를 감출 수 없었다. 그녀는 나와 동갑이었다.

"동갑인데 말 편하게 하자. 전화번호는?"

그녀는 생김새만큼이나 시원시원한 말투로 물었다.

그날 저녁, 병수 형이 심각한 얼굴로 이런 말을 했다. 고시촌에서 살다

보면 꼭 찾아오는 적이 있는데 그것은 바로 외로움이라고. 그렇지만 그보다 더 무서운 적이 바로 사랑이라고. 낙타가 바늘구멍을 통과하는 일은 있어도 사랑에 눈이 먼 사람이 사법시험을 통과하는 일은 결코 없다고. 그러니 조심하자고. 그건 바로 고·사·모의 회원이 된 홍소라를 염두에 두고 하는 말이 분명했다.

그녀와 본격적으로 가까워지게 된 것은 릴레이 모닝콜을 진행하면서부터였다. 릴레이 모닝콜이란 1번이 2번에게 모닝콜을 걸어 깨워주고, 2번은 3번에게, 3번은 4번에게, 4번은 5번에게, 마지막으로 5번은 다시 1번에게 전화를 걸어 모닝콜이 제대로 이루어졌음을 알리는 것이었다. 한 사람이 규칙을 어기면 다른 사람이 피해를 보기에 어느 정도의 강제성이 있었지만 가장 효과적인 기상 스터디였다.

지독한 잠꾸러기였던 그녀를 깨우는 것은 생각보다 힘들었다. 그녀가 나의 모닝콜을 받고 난 뒤에도 일어나지 못해 다음 사람을 깨우지 못하는 일이 자꾸 벌어졌다. 병수 형은 고집불통 돌고래와 재능 없는 조련사를 보는 것 같다며 킬킬거렸다.

"전화를 걸었으면 잠이 확 깨도록 애국가라도 소리 높여 불러주란 말이야. 어떻게 매일 똑같은 멘트만 할 수 있어? 네 전화 받고 난 뒤에 더 졸립단 말이야."

그녀는 오히려 이런 식으로 나를 탓했기 때문에 언제부턴가 나는 아침잠을 몰아낼 수 있을 만한 이야기를 준비하기 시작했다. 예를 들면 지구촌 소수민족의 독특한 풍습, 오지에서의 생존 방법, 유네스코 세계문화유산에 등재된 유적에 관해 말하는 것이었다. 그러다 보니 계절이 한

고
시
맨

번 바뀌었을 때 나는 어느새 잡학 박사가 되어 있었다. 소라는 그렇게 나만의 모닝콜에 익숙해졌고, 급기야 내가 무슨 이야기를 들려줄지 궁금해 모닝콜이 울리기도 전에 일어난다고 고백하기에 이르렀다.

"이러다가 정드는 거 아니야? 모닝콜 순서 바꿔줄까?"

병수 형의 견제, 질투와 더불어 하루하루가 즐겁고 유쾌한 나날이었다.

그러던 어느 날 아침, 남아메리카 원시 부족의 독특한 결혼 풍습에 대해 이야기해 줘야지 하며 모닝콜을 걸었을 때였다. 서너 번의 시도 끝에 겨우 전화를 받은 소라가 울먹였다. 그녀는 어머니가 돌아가셨다면서 스스로를 자책하고 괴로워했다.

"이제 모닝콜 필요 없어. 그동안 고마웠어."

그날 아침의 통화 이후 소라는 고시촌에서 흔적도 없이 사라져버렸다. 마치 그동안의 물고기는 고마웠다며 바다로 떠난 돌고래처럼 말이다. 그랬던 그녀가 지금 여기 내 눈앞에 있다.

* * *

250연발 폭죽은 그칠 줄 몰랐다. 그녀와의 재회를 축하하는 것처럼 하늘에서 노란 불씨가 낙화처럼 쏟아져 내렸다. 하지만 나는 넋 놓고 밤하늘만 즐기고 있을 수 없었다. 발화 지점을 찾은 그녀가 내 쪽으로 걸어오고 있었기 때문이다. 들키면 어떻게 하지? 나는 자꾸만 기침이 터져 나오는 입을 틀어막고 머리를 굴려보았다. 폭죽 연기가 안개처럼 자욱해서 다행이었다. 연기를 가림막 삼아 거의 기어가다시피 해서 자리를 옮겼다.

멀어지긴 했지만 그녀의 모습이 더 또렷하게 보였다. 발화점 근처에 다가간 홍소라가 매캐한 연기에 콜록거리는 게 보였다. 그녀는 더 다가서지 못하고 어쩔 수 없다는 듯 다시 트랙 위에 섰다. 그러고는 아무 일도 없었다는 것처럼 다시 뛰기 시작했다.

'제발 좀 그만 터져라, 제발.'

250연발 폭죽이 수명을 다하기를, 그리고 성완이가 그만 포기하고 떠나기를 기다렸다. 하다못해 성난 고시생들이라도 몰려와서 저놈의 폭죽 좀 해결해 주면 좋겠다고 생각하고 있을 때 갑자기 폭죽 소리가 멎었다. 그리고 밤하늘이 서서히 어둠을 되찾아가기 시작했다. 분명 누군가 폭죽을 멈춘 것이다. 발화 지점에서 흐릿하게 사람의 형상이 보였다. 잘못 봤나? 짐승인가? 생각하고 있을 때 구름을 뚫고 나온 손오공처럼 희미한 연기 속에서 무언가가 불쑥 튀어나왔다. 그러더니 괴성을 지르면서 운동장 한가운데를 향해 무섭게 질주했다.

"야! 야! 야! 야 이 새끼야! 노랑 대가리 너 드디어 미쳤냐?"

말을 하는 것으로 보아 확실히 그것은 사람이었다. 하지만 뿜어져 나오는 광기는 도무지 사람의 것으로 볼 수 없었다. 나는 그를 더 자세히 보기 위해 눈을 부릅떴다. 그는 검은색 전신 타이즈를 입고 머리에 노란색 헬멧을 쓰고 있었다. 거기에 커다란 고글까지. 첫인상은 영락없는 쇼트트랙 선수였다. 그때 불현듯 쫄쫄이 변태가 떠올라 무릎을 탁 쳤다. 변태의 표적은 홍소라가 분명했다. 급히 운동장에서 홍소라를 찾았다. 변태가 그녀에게 달려들 것만 같았다.

"소라야!"

크게 외쳐보았지만 홍소라는 달리는 것을 멈추지 않았다. 오히려 여유 있는 모습으로 태연하게 목 운동까지 하면서 달리고 있었다. 반면 눈 깜짝 할 사이에 성완이는 쫄쫄이 변태에게 당했다. 오디오 소리 때문에 변태가 달려드는 것도 몰랐던 모양이다. 변태는 속력을 줄이지 않고 그대로 높이 뛰어올라 무릎으로 성완이의 어깨를 눌러버렸다. 성완이가 바닥에 엎어져 신음하고 있는 동안 변태는 시끄럽게 울려대는 오디오를 바닥에 내동댕이쳤다. 세라 브라이트먼이 딸꾹질하듯 노래를 뚝 멈췄다. 변태는 성완이가 일어서지 못하도록 허리를 밟고 서서 이렇게 외쳤다.

"여기가 무슨 놀이동산이야? 자유이용권 끊고 왔어? 왜 네 멋대로야?"

변태의 기습 공격에 성완이가 비명을 질렀다.

"변태 새끼, 또 너야? 비겁하게 기습을 해? 아…… 아파, 이 새끼야. 아프다고!"

성완이는 벗어나려 발버둥 쳤지만 얼마 지나지 않아 목덜미를 잡힌 고양이처럼 얌전해졌다. 죽인 건가? 나는 입을 틀어막고 숨죽였다. 압도적인 무력과 살기가 내게로 향할까 봐 두려웠다. 그러거나 말거나 홍소라는 기지개를 펴면서 운동장을 가로질러 쫄쫄이 변태에게 다가갔다. 순간 죽은 듯 가만히 있던 성완이가 다시 꿈틀거렸다.

"아, 씨바. 졸라 쪽팔려. 아가씨, 오지 마요. 피해요! 빨리 도망쳐요! 이변태 새끼 졸라 위험해. 빨리, 빨리요!"

그럼에도 소라는 계속 다가갔다. 그러더니 쫄쫄이 변태를 향해 꾸벅 고개를 숙였다. 성완이는 필사적이었다.

"피하라니까요! 왜 왔어요!"

"야! 넌 좀 조용히 해. 귀 아파 죽겠어."

홍소라가 성완이를 내려다보며 소리 질렀다. 그녀와 쫄쫄이 변태는 소곤소곤 말을 주고받았다. 다투는 소리인가 싶었는데 웃기까지 하는 걸로 보아 둘은 서로 잘 아는 사이처럼 보였다. 그래서였을까? 성완이도 잠잠해졌다. 나는 조금 안심했지만 만에 하나라도 벌어질 수 있는 일에 대비해 슬금슬금 그들 곁으로 다가갔다. 그들은 내 존재를 눈치채지 못했지만 성완이는 나와 눈이 마주쳤다. 그런데 어찌된 일인지 그는 내게 도와 달라는 말도 도망치라는 말도 하지 않았다. 그저 차가운 바닥에 뺨을 대고서 금붕어처럼 눈만 껌뻑거리고 있었다.

"이따 봐요."

소라는 쫄쫄이 변태를 향해 고개를 숙이더니 순식간에 교문을 빠져나갔다. 소라를 놓치지 않기 위해 나도 뛰었다.

"저놈은 또 뭐야?"

그제야 나를 본 사내가 내 등 뒤에서 소리쳤다. 쫓아올 것 같더니 갑자기 쿵, 바닥에 넘어졌다. 성완이가 발목을 잡아챈 모양이었다. 노랑머리와 노란색 헬멧이 싸우는 소리를 들으며 나는 교문을 빠져나왔다. 홍소라를 이대로 보낼 수는 없었다. 저 멀리 그녀가 보였다. 그녀는 횡단보도 앞에서 신호가 바뀌길 기다리며 서 있었다.

"홍소라!"

나는 소리치며 뛰어갔다. 그녀가 멈칫했다. 하지만 돌아보지 않았다.

"홍소라! 잠깐만! 나 현우야. 너 홍소라 맞잖아. 그렇지?"

나는 다시 소리쳤다. 그러나 그녀는 역시 뒤돌아보지 않았고 뛰기 시작했다. 아직 신호가 바뀌지 않았는데 무작정 뛰는 것이었다. 도망치는 것 같다는 생각에 발걸음을 멈췄다.

'대체 어디에서 숨어 지냈던 거야?'

그녀의 뒷모습이 보이지 않을 때쯤 성완이가 걱정돼 다시 운동장으로 발길을 돌렸다. 흙투성이가 된 성완이가 철가방을 챙겨 들고 절룩거리며 교문을 빠져나오고 있었다. 쫄쫄이 변태는 어디론가 사라져 보이지 않았다. 성완이는 잔뜩 풀이 죽은 목소리로 내게 말했다.

"그 여자, 임자가 있나 봐."

"뭐라고?"

"임자 있는 여자라고. 그 쫄쫄이 개변태 새끼랑 같이 사나 봐."

성완이는 두 사람이 나눴던 대화를 그대로 전달해 줬다.

"그 여자가 뭐라고 했는지 알아? '고시맨, 이따 집에 들어올 때 편의점에서 간식거리 좀 사다주세요.' 그 여자가 쫄쫄이 변태한테 이렇게 말했다니까. 내가 똑똑히 들었어."

"고시맨?"

"어, 그 여자가 변태를 그렇게 부르던데?"

"대체 뭐하는 놈이야?"

"몰라. 짜증나. 그 새끼 아무튼 내가 가만히 안 놔둬. 형도 봤지? 기습이었어. 당할 수밖에 없었다고."

"계속할 거야?"

성완이는 임자 있는 여자에게는 마음을 줄 수 없다고 툴툴대다가, 이야기를 자세히 들려달라는 내 부탁을 거절한 채 사라져버렸다. 운동장에는 아직도 화약 냄새가 가득했다. 혼자 남겨진 나는 갑자기 온몸이 오싹해짐을 느꼈다. 혹시 지금 이 순간 몽유병의 한가운데를 지나고 있는 건 아닐까 하는 두려움이 나를 덮쳤다. 또 다시 비명을 지르며 잠에서 깨는 건 아닐까? 오늘만큼은 그게 더 나을지도 모르겠다고 생각했다. 언젠가 지금이 현실인지 몽유병인지 분간되지 않는 순간이 올지도 모른다는 섬뜩한 상상을 했다. 나는 증거를 수집하는 형사처럼 바닥에 버려진 폭죽 하나를 주머니에 넣었다.

방으로 돌아가는 길에 녹두 철학관 골목을 지났다. 이러다 객사할 거라던 괴짜 도사의 말이 현실과 몽유병 사이를 헤매는 내 모습과 오버랩되면서 말할 수 없는 공포심을 느꼈다. 허겁지겁 뛰어서 고시원에 들어와 방문을 걸어 잠그고 컴퓨터를 켰다. 지금이 꿈인지 현실인지 몰라도 내게 가장 안전한 곳은 희망 충전소였다. 언제나처럼 미스터 앤서는 그곳에 있었다. 나는 오늘 밤 벌어진 일에 대해 두서없이 이야기했다. 미스터 앤서는 한동안 별다른 말이 없다가 말을 꺼냈다.

[쫄쫄이 변태를 직접 목격하셨다는 말이군요. 혹시 시간이 된다면 내일 직접 만나서 자세한 이야기를 들려줄 수 있을까요?]

내가 그러겠다고 하자 그는 약속 시간과 장소를 정하고는 이런 말을 남기며 퇴장했다.

[고시맨? 흥미롭군요.]

옆방 사시생이 끄으응 앓는 소리를 냈다. 이제 자려고 눕는 모양이었다. 최면처럼 갑자기 나도 졸음이 쏟아졌다. 어제와 마찬가지로 오늘도 방문 앞에 책을 쌓아두려고 하는데 누가 노크도 없이 방문 손잡이를 잡

고
시
맨

아 돌렸다. 총무였다. 그는 나를 투명인간 취급하며 거침없이 내 방을 훑어보기 시작했다. 불안한 그의 눈동자와 마주하는 순간 따귀를 맞은 듯 정신이 번쩍 들었다. 서랍 속에 숨겨두었던 그의 노트 두 권이 그제야 떠오른 것이다. 예감은 적중했다. 그가 말했다.

"오늘 총무실 들어온 적 있어?"

주제를 바꿔야 했다. 떨리는 목소리를 숨기기 위해 일부러 큰 소리로 늦은 새벽에 이 무슨 경우 없는 짓이냐고 따져 물었다. 그러자 그는 총무실에 좀도둑이 들어와서 뭔가를 훔쳐 갔다고 말했다. 모르는 척 얼마나 비싼 것이냐고 묻자 그는 갑자기 풀 죽은 표정으로 자리를 피했다. 총무는 다른 방을 모두 돌며 잠들어 있는 원생들을 깨웠다. 범인 색출 작업은 한 시간 넘게 이어졌다.

"어느 놈인지 잡히기만 해봐. 바로 퇴실이야."

그가 툴툴거리며 총무실로 들어가는 것을 확인한 뒤 서랍에서 노트를 꺼냈다. 이 새벽에 고시원을 발칵 뒤집어놓은 걸 볼 때 노트에 공개되면 안 되는 중요한 무언가를 기록해둔 것은 아닐까? 어쩌면 이 노트야말로 낮에 본 총무의 〈관찰 일지〉보다 강력한 한 방이 되어 그를 몰아낼 수 있을지도 모른다. 그렇다면 빨리 읽어보는 수밖에 없다. 다 읽은 뒤 그가 다시 총무실을 비웠을 때 얌전히 가져다 놔야겠다고 생각했다. 느닷없이 총무가 또 들이닥칠 경우에 대비해 불을 끄고 침대에 누웠다. 핸드폰 액정 불빛에 의존해 노트를 읽기로 했다. 'IQ 350'이라고 적힌 표지를 넘기자 첫 페이지에 만화 한 컷이 그려져 있었다.

지붕 위에 새 한 마리가 앉아 있는 그림이었다.

2부 ─────────────────── 앵무새 아미고

6.

앵무새에게 아미고라는 이름을 지어준 이는 안씨 집안의 수행 비서인 박 기사였다.

"뭐, 거창한 건 아니고 친구라는 뜻이지."

박 기사가 빙글빙글 웃으며 이렇게 이야기할 때 앵무새는 물그릇에 부리를 박고 콱 죽어버리고 싶었다.

'새장에 갇힌 것도 서러운데 친구가 되어달라고?'

박 기사는 언제부턴가 아미고에게 말을 가르치기 시작했다. 그가 가장 먼저 알려준 말은 '안녕'이었다. 쉬운 단어였지만 아미고는 몇 개월간 전혀 알아듣지 못하는 척했다. '앵무새는 제 잘난 척 때문에 새장에 갇힌다'는 사실을 잘 알기 때문이었다. 박 기사는 집요하게 아미고를 몰아세웠다. 입을 벌리지 않으면 구워 먹겠다는 둥, 사냥개 우리에 집어넣겠다는 둥 온갖 협박을 했지만 아미고는 꿈쩍도 하지 않았다.

"한두 푼 주고 사온 것도 아닌데, 너 이러다 어르신들 밥상에 오르는 수가 있다. 그땐 나도 못 도와주는 거 알기나 하냐?"

박 기사가 쩔쩔매는 어르신들이란 안용상 노인과 그의 아들 안학수다. 안용상은 군부의 핵심 세력과 밀접한 관계를 유지하고 있는 지역의 세력가다. 그는 조부 때부터 쌓아온 재산으로 안학수를 정계에 진출시키려는 야심을 가지고 있다. 하지만 안학수는 외골수인 데다가 고약한 성미 탓에 정치를 하기에는 부족한 인물로 평가받았다. 원하는 건 수단과 방법을 가리지 않고 손에 넣으려고 해서 제 아비도 혀를 찰 때가 많았다.

하루는 안학수가 골프채로 새장을 두들기며 박 기사에게 말했다.

"훈련을 제대로 못 시키는 거 아니야?"

그러더니 새장 속에 손을 집어넣어 아미고의 날갯죽지를 움켜쥐었다. 강렬히 저항하던 아미고는 안학수의 손아귀에 잡힌 두 날개가 부러질 듯 아팠지만 소리를 지르지 않으려 바닥에 부리를 박고 꾹 참았다.

"아프면 비명이라도 지르겠지. 앵무새가 말을 못 하면 닭이랑 다를 게 뭐 있어?"

아미고의 날갯죽지를 움켜쥔 안학수의 손에 힘이 더 들어갔다. 이내 표독스러운 얼굴로 아미고의 꼬리 깃털을 쑥 뽑아버렸다. 그 순간 아미고의 입에서 쌍욕이 저절로 튀어나왔다.

"나쁜 놈. 갯새끼, 갯새끼. 쥐독한 샛끼."

안학수는 그제야 박 기사를 돌아보며 탐욕스럽게 미소 지었다.

그날 밤이었다. 안용상이 그의 첫 손주를 품에 안고 아미고를 찾아왔다. 낮에 앵무새의 말문이 드디어 트였다는 이야기를 듣고 신기한 광경을 아이에게 보여주기 위함이었다. 아이는 껍질 벗긴 삶은 달걀처럼 하얬다. 아이의 맑은 눈동자에 성미가 고약해 보이는 앵무새의 모습이 비쳤다. 입술을 삐쭉거리며 울기 직전인 아이를 달래기 위해 아미고는 "안녕"이라고 말해버렸다. 그러자 방금 전까지 울 것 같던 아이가 입을 활짝 벌리고 고개를 끄덕였다. 새알심 같은 손으로 아미고의 부리를 쓰다듬기 시작했다. 그 광경을 신기하게 바라보던 노인이 아미고에게 속삭이듯 말했다.

"야 이놈아, 잘 봐둬라. 장차 대법원장이 될 우리 집안의 장손이니라."

* * *

1970년 봄

"돈은 부자 되라고, 붓이랑 벼루는 우리 선주 도련님 난중에 공부 잘 허라고 준비했고요. 아랫마을 대장간에서 활이랑 화살도 빌려왔습지요. 원래 돌상에 군복이랑 권총 같은 건 재수 없다고 놓는 것이 아니라고 알고 있는디……. 어르신이 꼭 놔야 한다고 허시길래 놓긴 했지만서도……."

박 기사가 신나서 돌잔치 상차림에 대해 주워들은 것을 주절주절 늘어놓으면서 공치사를 하고 있었다. 돌상 한쪽 모서리에 잘 개어놓은 육군 전투복을 올려둔 것도, 박달나무를 깎아 권총 모형을 만들어 상에 올린 것도 그였다.

박 기사는 세력가의 수행 비서답게 손이 컸다. 첫 손주의 돌상만큼은 대통령 아들도 부럽지 않게 차려내라는 안용상의 지시가 있긴 했지만, 그렇다 해도 그가 준비한 상차림은 도를 지나친 듯했다. 임금의 수라상도 이보다 화려할 수는 없을 것 같았다. 사람 고기만 빼놓고 세상 모든 고기는 상 위에 올랐으며 장터를 이 잡듯이 뒤져 단맛 나는 과자나 음료도 죄다 펼쳐놓았다. 식모들은 이것저것 집어 먹어 기름기로 번들거리는 입술을 혀로 핥아대며 걸어 다녔다.

그러나 아들의 화려한 돌상을 물끄러미 바라보는 안학수의 표정은 어두웠다. 그는 얼마 전 자신의 처가 둘째를 임신했다는 것을 알았다. 문제는 첫째를 임신했을 때와 마찬가지로 아들인지 딸인지 궁금해 불러들인 점쟁이였다. 점괘를 본 후 새파랗게 얼굴이 질린 점쟁이가 내뱉은 말이 심상치 않았다.

"말이 수레를 끌어야 하는 법이지요. 수레가 말을 끌 순 없는 노릇이잖습니까? 그런데 수레가 너무 무겁고 크면 말이 도무지 끌 수가 없어요. 수레가 미끄러지는 대로 말이 끌려다니기도 하지요. 이 집 아들들 사주가 그래요. 수레가 말을 끄는 해괴한 힘이…… 세도 보통 센 게 아니에요. 말이 어떻게 되겠습니까. 다칠 수밖에요."

안학수가 떨떠름한 표정으로 물었다.

"우리 선주가 그렇게 많이 모자랍니까?"

"그렇진 않아요. 그런데 태어날 둘째 아드님이 보통이 아닌지라……."

안학수는 이 이야기를 아무에게도 하지 않았다. 그러나 점괘가 자꾸만 떠올랐다. 선주가 젖을 달라고 칭얼거리거나 이유 없이 울어댈 때마다 신경이 곤두선 안학수가 소리 질렀다.

"사내자식이 왜 이렇게 눈물이 많아. 애 좀 강하게 못 키워?"

즐겁게 축하받아야 할 아들의 돌상 앞에서도 안학수는 위장병을 앓는 사람처럼 쓰라린 표정이었다. 괜히 심술이 났고 아무것도 모르면서 미주알고주알 떠들어대는 박 기사가 꼴 보기 싫었다.

"왜 돌상에 법전이 없어? 가져다 놓으라고 했잖아."

"우리 선주 도련님은 지가 봐도 영락없는 장군감이라……. 보나마나 활이나 권총 집으실 건디요. 흐흐흐 법전까지 필요하겠어요?"

박 기사가 넉살 좋게 핑계를 대자 안학수가 그의 목덜미를 후려치며 말했다.

"니가 어떻게 알아. 우리 애가 뭘 잡을지 어떻게 아냐고. 이 새끼가 빨리 안 튀어가? 지금은 군인 세상이라도 언제 뒤집어질지 모르는 거야. 칼보다 펜이라는 말도 못 들어봤어?"

그러자 박 기사는 입을 삐쭉 내밀고서 상 위에 법전을 비롯해 오만 잡것을 다 올려놓기 시작했다. 식모들 방에서 찾아낸 머리빗, 골무, 손거울 등 사내아이의 돌상에 올리지 않아도 될 것들까지 모조리 올려놓고서 중얼거렸다.

"흥, 도련님이 뭘 집을지 아무도 모릉게."

돌잔치가 시작되자 축하 인사를 전하려 몰려든 사람들로 집 안이 가득 찼다. 아이를 끌어안고 가장 상석에 앉아 있던 안용상은 술이 몇 순배 돌자 거나하게 취해버렸다. 이날의 주인공 선주는 할아버지의 콧수염이 술에 젖은 것을 보며 자지러지게 웃었다. 아이는 인생 첫 시험을 앞두고도 천진난만했다.

선주가 나무를 깎아 만든 팽이를 집어 들었을 때 박 기사는 터져 나오는 웃음을 참아내느라 혀를 깨물어야 했다. 안용상의 옆에서 초조하게 지켜보던 안학수의 표정이 구겨진 것은 물론이다. 안용상은 선주의 작은 손에서 슬며시 팽이를 빼앗은 뒤 손가락으로 활과 권총을 가리키며 말했다.

"아가, 다시 골라봐라."

그러자 선주는 헝겊 인형을 집어 들고서 꺄르르 웃었다. 안용상이 헝겊 인형을 빼앗았고, 안학수가 법전을 집어 들더니 탬버린처럼 흔들기 시작했다. 헝겊 인형에 정신이 팔린 아들의 주의를 돌리기 위함이었다. 눈치가 빠른 손님 중 하나가 상 위에 놓인 붓을 들고서 부드러운 붓 끝으로 아이의 손등을 간지럽혔다. 그러나 고집 센 아이는 다른 것을 고르지 않고 끝내 노인의 목을 타고 기어올라 헝겊 인형을 손에 넣었다. 노인이 호탕하게 웃더니 좌중을 둘러보며 말했다.

"내가 이 쪼그만 놈한테는 못 당합니다 그려."

그제야 사람들이 어색하게 따라 웃으며 수저를 다시 집어 들었다.

잔치가 모두 끝나고 뒷정리로 집 안이 부산한 가운데 안학수는 박 기사를 불러 세웠다.

"음식은 다 나눠주거나 버리고 돌상은 그대로 내 방으로 가져와."

그날 저녁, 안학수는 아들과 함께 돌상 앞에 앉아 재시험을 치렀다. 그러나 아이는 재시험에는 관심도 없었고 오로지 낮에 본 헝겊 인형을 찾느라 정신없을 뿐이었다. 결국 안학수는 모범 답안을 아이 품에 직접

고
시
맨

안겨주기까지 했다. 그러자 아이는 한동안 두꺼운 법전을 깔고 앉아 엉덩이를 들썩거리더니 그 위에 오줌을 한 바가지 시원하게 싸버렸다. 흠뻑 젖은 법전과 아들을 번갈아 보던 안학수는 잊어버리기로 했던 점괘를 슬며시 떠올리다 고개를 세차게 흔들었다.

* * *

1971년 겨울

어느새 둘째 아들 선재의 돌잔치 날이 되었다. 돌상에 놓인 수많은 물건 중 당연하다는 듯 법전부터 만지작거리는 선재를 보며, 안학수는 기쁨보다 두려움을 먼저 느꼈다. 갓 돌이 지난 둘째는 제 형보다 머리가 컸고 말이 빨랐다. 노인은 둘째 손주인 선재의 머리통을 만질 때마다 기뻐했다.

"아이 머리가 이렇게 큰 것은 처음 본다. 대장군감이야."

그러나 안학수는 둘째가 총명한 모습을 보일수록 가슴이 답답했다.

첫째 선주는 기저귀를 찬 승려 같았다. 바람길이 잘 뚫린 대청마루에 등을 구부리고 앉아 멍하니 하늘을 쳐다보는 날이 많았다. 울거나 칭얼거리는 일도 거의 없었다. 슬슬 젖을 뗄 때가 됐는지 어미의 가슴을 보는 둥 마는 둥 했다. 가슴 두 쪽을 다 차지하고서 젖을 빠는 동생을 봐도 질투조차 느끼지 않았다. 오히려 동생이 젖을 더 잘 빨 수 있게 곁에 앉아 물고 있는 쪽의 가슴을 조몰락거리기도 했다.

선주가 조용한 아이라면 선재는 정반대였다. 시도 때도 없이 울어 식구들의 신경을 곤두서게 했는데 우는 이유도 다양했다. 바람이 차서, 하늘이 노래서, 식모들이 신발을 질질 끌고 다녀서, 엄마 젖에서 형의 침 냄새가 나서, 도자기가 너무 차가워서, 동전을 문 입술이 비려서 울었다. 넘치는 호기심에 이것저것 만져본 다음에는 무조건 울었다.

선주는 동생이 울 때마다 등을 바닥에 대고 누워 마치 음악 감상이라도 하는 것처럼 울음소리를 즐겼다. 음이 틀렸다는 것을 지적이라도 하듯 한번씩 일어나 동생의 옆구리를 쿡쿡 찌르고는 했다. 그러면 선재는 울던 것을 멈추고 옆구리가 간지러워 자지러지게 웃어댔다. 그러다가 지치면 형을 꼭 끌어안고 잠이 들었다.

세 살 무렵이 되자 선재는 형보다 몸집이 커졌다. 잘 먹고 활발하게 몸을 움직인 덕분이었다. 태어날 때부터 유난스럽던 머리는 형의 두 배 가까이 컸다. 둘째 손주의 머리 크기를 자랑스러워하던 노인도 이제는 걱정스럽게 바라보기 시작할 정도였다. 멍하니 장난감 상자를 뒤적거리며 놀고 있는 형을 엉덩이로 깔아뭉개며 깔깔거리는 날이 많았고, 식사 시간이 되면 형보다 먼저 상 앞으로 달려가 서투른 수저질로 고기반찬을 떠 제 밥그릇 위에 옮겨 담았다. 안학수는 그런 둘째를 볼 때마다 수레에 끌려다니는 조랑말이 떠올라 신경이 곤두섰다.

'말이 수레를 끌 생각이 없다면 채찍질을 해야지. 수레에 깔려 죽게 놔두는 것보단 낫잖아.'

그가 그렇게 마음먹은 날부터 집 안은 더욱 어수선해졌다. 선주를 근육질의 종마로 키워내기 위해 각계의 전문가들이 하나씩 달라붙었기 때문이다. 택견 사부, 서예 선생, 바둑 선생, 한자 선생, 영어 선생, 주산 선

생……. 그중에는 새총 쏘기와 돌팔매질을 가르쳐주는 박 기사도 포함
되어 있었다. 그는 스스로를 도련님의 사냥 선생이라 칭하면서 으스대곤
했다. 박 기사는 수시로 창고를 찾아와 선주 손에 돌을 하나씩 쥐여주
었다.

"도련님, 잘 보시요잉. 사냥은 이렇게 하는 거니까요."

박 기사는 사냥법을 알려준답시고 아미고를 향해 돌을 집어 던졌다.
그가 짓궂은 돌팔매질을 할 때마다 마음 여린 선주는 그의 팔뚝에 매달
려 그만하라며 울먹였다. 그럴수록 박 기사의 손에 쥐어지는 돌의 크기
는 커졌다. 그는 자꾸 계집아이처럼 울면 아버지에게 일러버리겠다며 선
주를 협박하기도 했다. 그러면 아이는 금세 울음을 뚝 그쳤다. 그러고는
제법 자라난 윗니로 아랫입술을 꾸욱 깨물면서 마지못해 아미고에게 돌
을 던졌다.

안씨 집안 식구들은 박수에 인색했다. 그중에서도 노인은 유독 더 그
러했다. 어지간해서는 자신의 감정을 잘 표현하지 않는 탓에 모두가 박
수를 치며 환호할 때도 홀로 뒷짐 진 채로 아무도 모르게 손가락만 까닥
였다. 아들 안학수가 민주공화당에 입당해 그럴싸한 감투 하나를 얻어
집안이 떠들썩하던 날에도, 선산에서 벌초를 하던 박 기사가 50년 된 산
삼을 발견해 가져다 바친 날에도 그랬다. 그런 노인이 어느 날은 하루 종
일 손뼉을 치며 방바닥을 뒹굴었다. 네 살배기 둘째 손주의 놀라운 재능
을 처음 발견한 날이었다.

그날 정오 무렵, 미간을 잔뜩 찡그린 채 낮잠에서 깨어난 노인은 신경
질적으로 눈을 껌뻑이며 방 안을 둘러보았다. 이부자리 끝에서는 손주

들이 전화기를 만지작거리며 장난을 치고 있었다. 천진난만한 아이들을 보고 나서야 노인은 숨을 몰아쉬며 자세를 고쳐 앉은 뒤 전화기에 손을 뻗었다. 머리가 깨질 듯이 아파왔다. 힘차게 다이얼을 돌리던 노인의 손가락이 한순간 멈췄다. 토씨 하나 틀리지 않고 달달 외우고 있다 자신하던 전화번호가 갑자기 떠오르지 않았던 것이다. 그는 수화기를 내려놓고 눈을 지그시 감았다. 그러나 어찌된 영문인지 병원 전화번호가 쉽게 떠오르지 않았다.

"내가 늙긴 늙었나 보군. 이승철 내과 전화번호도 기억하지 못하다니."

그는 혀를 끌끌 차며 서랍을 뒤져 전화번호가 적혀 있는 수첩을 찾기 시작했다. 그때였다. 형의 엉덩이를 베고 누워 있던 둘째 선재가 휘파람 불 듯 경쾌한 목소리로 외쳤다.

"이승철 내과 전화번호 7089."

고개를 끄덕이며 전화기 다이얼을 돌리려던 노인이 깜짝 놀라 동작을 멈춘 채 입을 벌렸다. 선재는 눈을 동그랗게 뜨고서 다시 반복했다.

"이승철 내과 7089. 집 전화번호 3434. 할부지 어디 아파요?"

노인은 수화기를 내려놓고 앉은걸음으로 선재 앞으로 다가갔다. 조금 전까지 자신을 괴롭히던 두통은 물론, 수년 전부터 달고 살아온 무릎 통증까지 씻은 듯 날아가 버린 것 같았다.

"선재, 니가 그걸 어떻게 알고 있느냐? 아니, 숫자는 언제부터 익힌 게냐?"

기가 막히는 일이었다. 그는 등을 구부려 어린 손주의 입만 바라보았다. 그러자 선재의 입에서 수많은 전화번호가 쏟아져나오기 시작했다.

고
시
맨

오화준 사무관 2711, 강병석 사단장 7100, 임현호 군수 7411……. 전화번호 수첩을 읽는 것처럼 선재의 암기는 정확했다. 전화번호가 서른 개쯤 튀어나왔을 때 노인은 그만하라고 외쳤다.

"네가 그걸 어떻게 다 외우고 있단 말이냐?"

놀란 노인의 목소리는 잔뜩 격앙되어 화내는 것 같기도 했다. 곁에서 손가락을 빨고 있던 선주가 놀라 뒷걸음질 쳤고, 선재는 입을 삐죽거리며 풀 죽은 목소리로 말했다.

"할부지, 잘못했어요. 나쁜 건지 모르고 딱 한 번 봤어요. 진짜예요."

"딱 한 번 보았다고? 그게 정말이냐?"

추궁당하는 동생이 가여워 보였던지 선주가 울음이 잔뜩 섞인 목소리로 답했다.

"할아버지, 선재가 한 번만 본 거 맞아요."

노인은 놀란 아이들을 진정시키기 위해 양팔을 벌려 품 안에 들어오게 했다. 애써 긴장된 얼굴을 감추려 했지만 숨이 막힐 것만 같았다. 냉큼 달려와 안긴 선재의 머리를 쓰다듬던 노인은 또다시 놀라고 말았다. 커다란 선재의 머리통을 감싼 자신의 손바닥에 느껴지는 생생한 감각이 예사롭지 않았다. 아이의 머리가 격렬하게 뛰고 있었다. 두개골에 심장을 옮겨놓은 것처럼 불끈거렸다. 손가락 끝에 집중하며 만져보니 선재의 두피는 물에 젖은 화선지처럼 얇았고 단단해야 할 두개골은 갓 태어난 아이의 것처럼 물렀다. 손가락에 힘을 주면 홍시처럼 일그러져버릴 것 같기도 했! 노인은 선재의 머리에서 손을 뗀 뒤 선주의 머리를 가만히 만져보았다. 선주의 머리에서도 미세하게 혈관이 뛰는 것이 느껴지긴 했지만 선재의 것처럼 들숨 날숨이 느껴지지는 않았다.

노인은 옆에 있던 신문을 펼쳐 머리기사를 가리키며 먼저 선주에게 읽어보라고 했다. 선주는 또래의 아이들이 그렇듯 문장을 한 번에 읽어내지 못하고 띄엄띄엄 한 글자씩 자신 없는 목소리로 읽어나갔다. 한 문장을 읽는 데 자그마치 5분이나 걸렸다. 노인이 눈짓하자 이번에는 선재가 입을 열었다. 형과 달리 금세 문단 하나를 읽어냈다. 그런데 노인은 글을 읽는 선재에게서 이상한 점을 보았다. 아이의 눈동자는 신문을 바라보고 있지 않았다. 시선이 한참 떨어진 곳에 놓인 벼루에 머물러 있었다. 그러나 입은 계속 움직였다. 토씨 하나도 틀리지 않고 신문에 있는 내용을 그대로 읊어냈다.

"설마 이것도 다 외워버린 게냐?"

아이의 대답이 돌아올 때까지 노인은 어금니로 자신의 혀를 꽉 깨물고 있었다. 아이가 고개를 끄덕였을 때 노인은 자리에서 벌떡 일어나 방문을 열고 고함을 질러 사람들을 불러 모았다. 그러고는 쉬지 않고 손뼉을 쳤다. 깜짝 놀라 달려온 박 기사도, 식모들도, 일꾼들도 영문을 모른 채 같이 손뼉을 치기 시작했다. 방문 밖으로 고개를 빼꼼 내민 선주와 선재도 키득거리며 손뼉을 쳤다. 창고에서 졸고 있던 아미고도 박수 소리에 놀라 잠에서 깼다. 노인이 외쳤다.

"야 이놈들아, 우리 집안에 드디어 천재가 나왔다! 그리고 당장 하이바 가져와!"

박 기사는 근처 부대에서 몰래 얻어온 군용 방탄 헬멧에 노란색 페인트를 칠했다. 칙칙한 국방색은 죽어도 쓰기 싫다는 둘째 도련님 때문이

고시맨

었다. 그날 이후 집 안은 소란스러워지기 시작했다. 노인은 하루 종일 수화기를 붙잡고 앉아 손주 자랑을 늘어놓기 바빴고, 눈치 빠른 사람들은 양손 가득 선물을 사 들고 찾아왔다. 어느새 소문이 퍼져 노란 헬멧을 쓴 천재를 구경하기 위해 사람들이 몰려들었다.

중생을 구제하기 위해 설법하는 고승처럼, 선재는 대청마루에 방석을 깔고 앉아 사람들을 내려다보며 이것저것 외웠다. 주로 그날 조간신문을 1면부터 마지막 면까지 뜻도 모른 채 줄줄 암기했고, 모여든 사람들의 취향에 따라 《홍길동전》, 《사씨남정기》, 〈전우신문〉 따위를 외우기도 했다. 그 모습을 본 사람들은 너나 할 것 없이 입을 쩍 벌리고 박수를 보냈다. 박수 소리가 커질수록 선재는 신이 나 더 빠르게 문장을 내뱉었다.

안학수는 천재 아들을 두었다는 사실에 내심 뿌듯했지만, 잘난 동생이 활개 칠수록 선주가 주눅 들까 걱정됐다. 노인은 걱정을 꾸짖음으로 되돌려줬다.

"놔둬라. 박수를 받아본 사람은 그 환호의 맛을 잊지 못하지. 그래서 더 박수받기 위해 노력하는 법이니라. 그래야 선주도 동생을 보고서 더 자극받을 것 아니겠느냐."

한번은 기자들이 카메라를 들고 오기도 했다. 그들 앞에서 선재는 전날 신문 내용을 토씨 하나 틀리지 않고 암송했다. 장래 희망을 묻는 질문에 선재는 마법사가 되고 싶다고 답했지만, 옆에서 지켜보고 있던 노인은 기자들에게 대법관이라 써달라고 부탁했다.

7.

1980년

언제부터인가 박 기사는 입을 반쯤 벌리고 고개를 옆으로 꺾은 채 돌아다녔다. 눈은 거의 감겨 있었다. 가만히 서 있을 때는 무엇에 한 방 크게 얻어맞은 것처럼 흐느적거렸다. 운전대를 잡으면 졸지 않으려 식초를 찍어 바른 손수건을 수시로 코에 가져갔다. 그럴 때마다 안학수는 뒷좌석에서 코를 벌름거리며 박 기사의 뒤통수를 후려갈겼다.

"야 이 자식아. 좀 씻고 다녀라."

그럴 때마다 박 기사는 억울한 감정이 목구멍까지 차올랐지만 어금니로 혀를 깨물며 웅얼거리는 소리가 새어 나가지 않게 했다.

'뉘 집 새끼 땜시롱 내가 이렇게 졸고 자빠졌는지 지가 더 잘 알면서 저런당게. 내가 이 집 기사지 머슴이간디?'

박 기사는 잠이 부족했다. 출근 시간이 두 시간이나 앞당겨진 뒤부터 쭉 그랬다. 아침마다 반복되는 수고스러움은 첫째 선주의 과외 강행군 때문이었다.

"굿모닝, 에브리원Good morning, everyone!"

6시부터 울려 퍼지는 원어민 교사의 수업은 첫째 선주만을 위한 것이었다. 그 시간 선재는 머리맡에 노란 헬멧을 둔 채 곤히 자고 있었다. 영어 따위야 하루 날 잡고 영어 사전을 통째로 외어버리면 그만 아니겠는가. 선주는 졸린 눈으로 박 기사의 등에 업혀 방문을 나설 때마다, 베개 위에 침을 흘리며 단잠을 자고 있는 동생을 부러워했다.

"와, 나는 죽어도 못 해! 아침에 얼마나 추운데! 난 절대 안 할 거에

고
시
맨

요!"

하지만 형의 스케줄을 들을 때마다 치를 떠는 동생의 모습을 보며 선주는 마음을 다잡았다. 동생이 하지 못하는 것을 매일 아침 해낸다는 형으로서의 자부심, 아니 그 알량한 자존심만이 선재에게 느끼는 열등감의 무게를 조금이나마 덜어주었기 때문이다.

아침식사가 끝나면 주산 선생이 찾아왔다. 열심히 암산 수업을 받고 나면 계주 바통을 넘겨받듯 웅변 선생의 모습이 보였다.

"공부만 잘 하면 뭐하나, 좌중을 휘어잡는 지도력과 말발이 없으면 말짱 헛것이다."

웅변 선생은 늘 이렇게 강조했다. 다음 타자인 글쓰기 선생도 마찬가지였다.

"헛소리하지 말라고 그래. 말발 좋은 놈치고 인생 좋게 끝나는 놈 못봤어. 글쓰기로 내면을 깊게 들여다볼 줄 알아야 성공하지."

머릿속이 뒤죽박죽이 된 선주는 해 질 무렵이 되어서야 고개를 푹 숙이고 창고로 향했다. 말린 고구마나 곶감 같은 것을 아미고에게 던져주기 위해서였다. 서서히 기운을 잃어가는 석양빛이 살짝 열린 문틈으로 쏟아져 들어오면 선주는 빛이 닿는 곳에 쪼그려 앉아 아미고가 간식을 먹는 모습을 신기한 듯 쳐다보며 수학 선생을 기다렸다.

어느 날 선주는 막간을 이용해 창고에 들어와 아미고를 품에 안았다. 선주를 올려다보던 아미고가 말했다.

"뭐얏, 왜 그랫?"

늘 무표정이던 선주의 얼굴에 말로 설명하기 힘든 기이한 표정들이 비쳤다 사라지고는 했던 것이다. 선주는 갑자기 눈썹을 위로 끌어올리며 도톰한 이마에 주름을 만들어냈다. 환하게 웃는 표정 같기도 하고 놀란 표정 같기도 했다. 그와 동시에 "히이익" 하는 소리를 입도 벌리지 않은 채 냈다. 목구멍에서 나는 매우 작은 소리였다. 그것은 전혀 예상하지 못한 타이밍에 쑤욱 나타났다 사라졌기 때문에 아미고는 그게 무엇인지 도무지 알 수 없었다. 그저 '조그마한 애를 이렇게 굴려대니 탈이 날 만도 하지'라고 생각했다.

* * *

당시는 병을 가진 사람을 탓하고 흉보는 시대였다. 훗날 매스컴을 통해 '뚜렛증후군', 일명 '틱장애'라는 용어가 알려지기 전까지 선주는 무수히 많은 질문을 받아야 했다.

"왜 버릇을 못 고치는 거니? 참을 수 있는데 참지 않는 거니? 아니면 일부러 그러는 거니? 따끔하게 혼내면 고쳐질 텐데 저 집안 식구들은 애를 그냥 놔두는 이유가 뭘까?"

눈썹 들어올리기부터 시작된 선주의 틱은 콧구멍 벌름거리기, 목 경련 일으키기, 코웃음 치기, 눈알 굴리기, 턱 내밀기, 눈알 굴리며 목에 경련을 일으키는 2단 콤보, 킁킁거리다가 목에 경련을 일으키며 혀까지 내미는 3단 콤보 순으로 이어졌다. 이러한 증상은 대체로 다른 이들의 눈을 피해 매우 빠르게 일어났지만 일정한 시간을 둔 채 끊임없이 반복적으로 발생했기 때문에 도무지 숨길 수 없었다.

고
시
맨

"버릇될지 모르니까 참아라."

틱장애에 가장 먼저 제동을 건 것은 안학수였다. 처음에는 밥상머리에서 잔소리 몇 번 하는 걸로 넘어가려 했다.

"그만하라니까!"

며칠 뒤에는 눈물이 쏙 나올 정도로 따끔한 꾸지람이 이어졌다. 그다음부터는 밥풀이 잔뜩 묻은 수저가 호통보다 빠른 속도로 선주의 가슴팍을 향해 날아왔다.

"내 앞에서 한 번만 더 쿵쿵대면 개처럼 밖에다 묶어놓을 테니 그런 줄 알아라."

그러나 예상치 못한 순간에 번갯불처럼 나타났다 사라져버리는 증상은 참아야겠다는 의지만으로는 제어할 수 없었다. 게다가 아버지 앞에서는 유독 심해지는 것 같았다. 선주는 매달 새로운 버릇을 온 가족이 모인 식사 시간에 꺼내어놓았다.

주치의는 매번 같은 소리만 했다.

"오줌싸개를 생각해보시지요. 야단칠수록 심해진다고 하잖습니까. 그냥 모르는 척 놔두시죠. 머리 굵어지면 자연스럽게 사라질 애들 버릇인데……"

하지만 매일 얼굴을 마주해야 하는 식구의 인내심에는 분명 한계가 있었다.

"차라리 다리도 절지 그러냐?"

안학수는 흰 쌀밥 위에 큰아들의 눈알 돌리기를 얹어 먹을 때마다 소화 불량을 느끼며 소리쳤다.

그해 겨울, 선주와 선재는 차례로 비뇨기과 수술대에 올랐다. 박 기사의 방정맞은 주둥이 때문이었다.

"국밥집 할매가 그러드만요. 그 집 손자도 몇 년 전까지 심하면 심했지 덜하진 않았는디 꼬치 간 뒤부터 말짱해졌다고."

박 기사가 여기저기 수소문해 해결 방법이랍시고 얻어온 것이 포경 수술이었다. 처음에는 안학수도 기가 막혀 박 기사의 정강이를 걷어찼지만 가만히 생각해 보니 전혀 일리 없는 말은 아닌 것 같았다.

'아들놈이 조금 더 남자답고 어른스러워지면 스스로 제어하지 않을까?'

남들 다 하는 것, 그걸 해주지 않아서 아이가 어긋나는 거라면 기꺼이 해주리라!

"나는 아무 잘못도 없잖아요! 형만 시켜요!"

박 기사는 반발하는 선재를 설득했다.

"다들 하는 거랑게요. 대한민국에서 태어나면 군대 댕겨와야 하는 것처럼 다 까는 거랑게요. 안 까고 뻐티면 나중에 목욕탕도 못 댕기니까 알아서 혀요. 웃음거리가 된당게요."

하지만 박 기사의 주장은 설득력이 없었다. '다들'이라는 단어에 힘주어 말할 때마다 선재는 고개를 절레절레 흔들며 말대답했다.

"다들? 이러니까 대한민국이 망하는 거예요."

박 기사는 선재의 이마에 꿀밤이라도 먹이고 싶은 것을 참아가며, 유대인이 아이가 태어나자마자 할례를 시켜버리는 이유를 알 것 같다고 중얼거렸다. 결국 수술을 마치고 나면 천체 망원경을 사주겠다는 안학수의 약속이 있고 나서야 선재는 입을 다물었다. 반면 선주는 "아버지가 하라고 하시니까 해야겠죠"라며 제법 어른스럽게 받아들였다. 아침 운동 나가는 것처럼 편안한 표정으로 박 기사 뒤를 따라나섰다.

"형이 먼저 들어가서 비명을 질러대면 더 무서울 것 같아. 내가 나중에 하면 의사 선생님도 집중력이 떨어질 테고 지루해서 딴청을 피우다가 뿌리까지 잘라버릴지도 몰라."

두려움에 떨고 있는 형을 두고 선재가 먼저 수술실에 들어갔다.

"마취제는 리도카인을 쓰시나요? 여기선 몇 밀리그램을 사용하시죠?"

선재는 수술 장갑을 끼는 배불뚝이 의사를 보자마자 물었다. 전날 밤 외운 의학 서적 내용 중 하나였다. 그밖에도 자신이 알고 있는 비뇨기 지식을 주저리주저리 늘어놓으며 시간을 끌었다. 의사는 히포크라테스의 환생이라도 본 것처럼 화들짝 놀라며 선재의 아랫도리에 가위를 댔다.

한편 대기실에서 서성이던 선주는 한쪽 벽면을 장식한 책장에 눈길이 갔다. 책장에는 만화책이 빽빽하게 꽂혀 있었다. 대기실에서 차례를 기다리는 아이들의 긴장을 덜어주기 위한 것 같았다.

비뇨기과 의사의 취미는 제법 독특했다. 샌프란시스코 유학 시절부터 이어온 만화책 수집이 그것이다. 그는 아무거나 수집하지 않았으며 나름의 규칙을 정했다. 첫째, 히어로를 다룬 작품이어야 할 것. 둘째, 구하기 힘들어도 출간된 해의 작품을 수집할 것. 셋째, 병원에 진열해두지만 누구에게도 빌려주지 않을 것. 무슨 일이 있어도 세 번째 원칙만큼은 철저히 지켰다.

그는 수많은 히어로물 중에서도 유독 《배트맨》 시리즈를 좋아했다. 이유는 단순했다. 유학 시절 자신의 별명이 브루스였기 때문이다. 배불뚝이에 엉덩이가 크다고 해서 '베이브 루스Babe Ruth(미국에서 가장 인기가 많았던 홈런 타자 - 편집자 주)'라고 불렸는데, 언제부터인가 짧게 브루스로 불리기 시작했다. 그는 브루스라는 별명이 싫지 않았다.

'사람들의 생명을 구하는 의사야말로 히어로지. 그러니 내가 박쥐 가면을 뒤집어쓴 브루스 웨인Bruce Wayne(《배트맨》 시리즈의 주인공 - 편집자 주)에 가장 가깝다고 할 수 있지!'

그의 신념에는 흔들림이 없었지만 코웃음 치는 사람들이 많았다.

"넌 피부도 노랗고, 게다가 비뇨기과잖아. 헛소리하지 말고 빨리 네 나라로 꺼져!"

사람들의 비난이 거셀수록 그는 더 열심히 《배트맨》을 수집했다. 만화책 외에도 배트맨과 관련한 상품을 하나씩 모으기 시작했다. 박쥐 가면, 검은 망토, 검은색 레인부츠, 박쥐 로고가 새겨진 부메랑, 노란색 허리띠, 나일론 슈트……

병원 책장은 브루스 웨인의 활약상이 담긴 《배트맨》 시리즈가 절반 가까이 차지했다. 그렇다 보니 선주가 가장 먼저 펼쳐든 만화책도 《배트맨》 시리즈 중 하나였다. 만화책을 난생 처음 접한 선주는 넋 나간 표정으로 책장을 빠르게 넘겼다. 자유분방한 그림체, 빠른 스토리 전개와 화려한 액션은 순식간에 선주를 매료시켰다. 배트맨이 악당 조커와 힘을 겨루는 절정에서는 어찌나 세게 주먹을 쥐었던지 손바닥에 손톱자국이 선명하게 남았다. 심지어 너무 집중한 나머지 책을 읽는 동안에는 쿵쿵거리는 버릇마저 잊을 정도였다!

동네 만화방에 들락거리는 친구들이 왜 그렇게 흥분한 표정으로 "슈퍼맨이 최고야, 배트맨이 최고야" 하며 떠들었는지 이해할 것 같았다. 만화책을 덮은 다음에도 선주는 배트맨과 함께 고담시 밤하늘을 활공하는 환상에 사로잡혔다. 그 감동은 눈물을 글썽거리며 꿏게 걸음으로 걸어나오는 선재를 보고서도 계속됐다.

"형은 왜 또 넋이 나가 있어? 형도 무섭구나?"

선재는 손가락으로 제 아랫도리를 가리켰다. 수술 부위 위에 종이컵을 덮어놓아 바지 한가운데가 볼록 튀어나와 있었다. 선재는 실눈을 뜨고 지켜봤던 수술 과정을 무용담처럼 늘어놓았다. 하지만 선주는 아무리 무서운 소리를 해도 눈만 껌벅거릴 뿐 전혀 두려워하지 않는 기색이었다. 선재는 형이 너무 무서워서 정신이 나가버린 거라고 생각했다.

수술대 위에는 아직 선재의 체온이 남아 있는 듯했다. 의사는 항아리같은 몸매에 납작코를 가지고 있었다. 하얀 가운은 몸을 너무 꽉 쥐어 단추조차 잠기지 않았고, 손등은 두들겨 맞아 잔뜩 부풀어 오른 것처럼 살집이 두툼했다.

'저 손으로 가위나 제대로 쥘 수 있으려나?'

선주는 고개를 떨군 채 눈을 질끈 감아버렸다. 다시 눈을 떴을 때 의사의 발이 눈에 들어왔다. 덩치에 비해 매우 작은 발이었다. 의사는 박쥐 로고가 새겨진 슬리퍼를 신고 있었다. 선주는 자기도 모르게 탄성을 질렀다.

"와, 배트맨이다."

의사가 기분 좋게 미소 지으며 선주의 머리를 쓰다듬었다.

"짜식이 보는 눈이 있구나. 너도 배트맨 좋아하니?"

선주는 고개를 여러 번 끄덕였다. 그러자 의사는 수술을 하는 내내 신이나 배트맨에 대한 이야기를 늘어놓았다. 브루스 웨인의 불우한 어린 시절부터 고담시의 히어로가 되기 위해 그가 얼마나 고된 훈련을 견뎌냈는지 상세히 설명해 주었다. 수술이 끝날 즈음 의사는 선주에게 질문 하나를 던졌다. 슈퍼맨과 배트맨이 싸우면 누가 이길 것 같냐는 것이었다. 그는 만화를 좋아하는 아이들을 만나면 꼭 이 질문을 던지곤 했다. 선주는 골똘히 생각하더니 수줍게 대답했다.

"사실 배트맨을 오늘 처음 알았어요. 슈퍼맨은 읽어본 적 없지만 애들이 그러는데 그 사람은 초능력을 가진 외계 행성의 신이라면서요. 배트맨은 초능력이 없는 평범한 인간이잖아요. 인간이 신을 이길 순 없겠죠."

그러더니 다섯 박자 정도 쉰 다음 말을 이어나갔다.

"그래도…… 저는 배트맨을 응원할래요."

브루스는 선주의 수술 부위에 살포시 종이컵을 덮어씌우며 배트맨보다 더 우수에 찬 표정으로 말했다.

"일주일 뒤에 실밥 풀러 오면 그때 더 재미있는 이야길 해주마."

선주는 조심스럽게 몸을 일으키며 물었다.

"선생님, 밖에 있는 《배트맨》 만화책 한 권만 빌려주시면 안 될까요? 실밥 풀러 올 때 꼭 돌려드릴게요."

난감한 선주의 부탁에 브루스는 머뭇거리다가 고개를 끄덕였다. 수집품을 절대 빌려주지 않는다는 원칙을 스스로 어긴 것이다. 선주가 수술실에서 나가자마자 간호사가 놀란 표정으로 물었다.

"선생님은 만화책 절대로 안 빌려주시잖아요. 저 아이에겐 왜 빌려주

고
시
맨

시는 거예요?"

브루스는 실실 웃으며 대답했다.

"보면 몰라? 저 녀석 진심으로 빠져들었잖아."

* * *

수술대 위에서의 첫 대면 이후 선주와 브루스는 급속히 가까워졌다. 선주는 이틀이 멀다 하고 병원에 찾아와 만화책을 빌려 갔고, 그때마다 자신이 습자지 위에 그린 배트맨과 악당들을 진료실 책상 위에 대여료 대신 두고 갔다. 브루스는 선주에게서 만화가의 재능을 보았다. 비록 원본 위에 기름종이를 올려놓고 본을 뜬 것이지만, 어린아이답지 않게 펜 끝에 제법 묵직한 힘이 느껴졌다. 몇몇 작품에는 원본과 다르게 기와집이나 고궁 같은 것이 등장하기도 했다. 기와집을 등지고 선 배트맨, 경복궁을 배경으로 웃고 있는 조커. 선주는 창작에 재능이 있어 보였다.

어느 날 브루스는 선주에게 배트맨이 아닌 다른 영웅을 만들어볼 생각이 없냐고 물었다. 선주는 속내를 들킨 사람처럼 얼굴을 붉히며 머뭇거리더니 말했다.

"사실 제가 그려놓은 것들이 있는데 봐주실래요?"

도화지 위에는 두더지맨이 있었다. 땅굴을 파는 재능이 있는 두더지맨은 북한 김일성의 총애를 받는 캐릭터였다. 청양고추를 바바리코트 속에 숨기고 다니는 고추맨도 등장했다. 그가 입을 벌리면 푸른 청양고추 미스트가 뿜어져 나왔다. 그 외에도 박 기사를 모델로 삼아 그린 사투리맨, 할아버지를 떠올리며 만든 올드맨 등이 등장했지만 브루스는 슬며시 웃기만 할 뿐이었다.

"영웅은 특별한 존재야. 그래서 고독하지. 배트맨처럼 외롭고 고독한 영웅을 그려보는 건 어때?"

다음 날 선주는 도화지 위에 비쩍 마른 어린아이 하나를 그려 왔다. 아이는 갈비뼈가 그대로 드러날 정도로 몸에 딱 붙는 쫄쫄이를 입고 어깨너비보다 큰 머리에는 노란 헬멧을 쓰고 있었다. 좁은 어깨 위에는 붉은 앵무새 한 마리가 올라가 있었다. 노란 헬멧에는 'IQ 350'이라는 글자가 새겨져 있었다. 영웅 이름은 아직 정하지 못했지만 일단은 IQ 350으로 부르고 있다고 했다. 브루스는 IQ가 350인 사람이 어디 있느냐며 웃었다. 그러자 선주가 화를 내듯 크게 말했다.

"있어요! 내 동생! IQ 350은 엄청 영리해서 뭐든 한 번만 보면 다 외워 버려요. 초능력을 가졌으니까요. 헬멧은 국방부에서 영웅의 두뇌를 보호하기 위해 특수 제작해 준 거고요. 달리기도 엄청 빠르고 배트맨이 동굴 속에서 박쥐들과 사는 것처럼, 얘는 열대 밀림에서 앵무새와 함께 살아요. 친구가 앵무새밖에 없어서 엄청 외로워요. 이 앵무새는 우리 집 창고에 있는 아미고를 보고 그렸어요. 어때요?"

브루스는 몇 달 전 수술대 위에 누워 마취제는 뭘 쓰냐고 묻던 아이를 떠올렸다.

"머리가 좋다고? 그런데 그걸 어디다 써?"

선주는 한참 대답을 찾지 못해 머뭇거렸다.

"달리기도 빠르다니까요?"

"달리기 빠른 걸 능력으로 하려면 차범근을 그렸어야지. 안 그래?"

선주는 말없이 고개를 끄덕였고 브루스는 그런 선주의 어깨를 다독이며 말했다.

"재미있어. 신선하고 그럴듯해. 뛰어난 두뇌로 뭘 해낼 수 있는지 콘셉트만 잘 잡으면 될 것 같아. 너랑 내가 머리 맞대고 궁리해 보면 답이 나올 거야. 어때? 나도 껴줄 거지?"

선주는 흔쾌히 그러겠노라 답했다. 너무 기뻐 자기도 모르게 브루스의 두툼한 뱃살에 안겨버렸다.

그날 이후 선주의 병원 출입은 더욱 잦아졌다. 말라깽이 간호사가 파리채를 휘두르며 성가시다고 짜증을 낼 정도였고, 모르는 사람은 브루스에게 "아들 녀석이 아빠를 참 잘 따르네요"라고 말할 정도였다.

선주는 답답하다 싶을 정도로 말이 없는 아이였지만, 브루스 앞에서만큼은 풀어내야 할 이야기보따리가 산더미 같았다. 한번은 이런 이야기를 하기도 했다.

"난 선재가 좋아요. 너무 귀엽고 착한 내 동생인데…… 선재만 생각하면 잘못 나눈 쌍쌍바가 생각나요. 선생님도 쌍쌍바 알죠? 반으로 정확히 가르려고 했는데 한쪽이 엄청 떨어져 나간 쌍쌍바요. 괜히 억울해요. 선재랑 내가 꼭 그 모양이거든요."

브루스는 선주가 동생에 대한 열등감을 드러낼 때마다 화제를 배트맨으로 돌리곤 했다.

"브루스 웨인이 들었다면 배부른 소리라고 했을 거야. 웨인은 어릴 적에 부모님을 여읜 데다 외동이었거든. 포경 수술도 혼자 하러 갔을걸."

그러면서 자신도 형이 둘이나 있는데 모두 모델처럼 키가 크고 잘생겨서 볼 때마다 화가 난다는 이야기를 했다. 브루스는 선주의 어깨를 토닥이며 이런 말도 했다.

"사람마다 각자 잘난 점이 하나씩 있단다. 동생은 공부를 잘하지만 너에겐 뛰어난 그림 솜씨가 있잖아. 만화 실력을 더 갈고닦아서 훌륭한 만화가가 되면 아버지도 널 인정해 주실 거야."

하지만 이는 안학수에 대해 전혀 모르고 하는 말이었다. 안학수는 도화지 위에 코를 박고 있는 큰아들을 볼 때마다 못마땅하게 여겼다.

'큰아들놈을 환쟁이로 키울 순 없잖아.'

그는 수시로 선주의 방문을 벌컥 열고 들어갔다. 그때마다 선주는 만화 그리는 모습을 아버지에게 들켰다.

"네가 집안의 기둥인데 이런 거나 붙잡고 있어서야 되겠냐?"

선주는 아버지가 꾸짖을 때마다 눈물을 글썽거리며 고개를 푹 숙였다. 아버지의 고지식함을 이해할 수 없어 답답했다.

'왜 내가 기둥이 되어야 하는 걸까? 선재가 있는데 왜? 아버지는 왜 튼튼한 대리석 기둥을 놔두고 나같이 삐쩍 마른 대나무를 기둥으로 쓰시려는 걸까? 난 만화를 그릴 때가 제일 행복한데……'

그나마 다행인 건 선재가 자신이 그린 만화를 좋아해 준다는 것이었다. 선재는 그중에서도 특히 자기를 모델로 삼았다는 IQ 350에게 애정을 보였다.

"형은 진짜 천재 같아. 재미있어. 다음은 어떻게 돼?"

선주는 선재가 자신을 치켜세워줄 때마다 적잖은 희열을 느꼈다. 천재에게 천재라고 불렀을 때의 기분. 그건 그에게 동생과 나란히 걸어가고 있다는 느낌을 주기에 충분했다.

* * *

2년 뒤, 1983년 2월의 어느 날

선주는 그날도 비뇨기과에서 시간을 보내고 집으로 돌아가고 있었다. 집에 거의 다다랐을 무렵, 좁은 골목에서 박 기사와 선재를 만났다. 자동차 뒷자리에 탄 선재는 형을 발견하자마자 창밖으로 고개를 내밀어 소리질렀다.

"형! 어디가?"

박 기사는 급히 자동차를 세웠고, 선주는 품에 안고 있던 만화책을 꺼내 흔들었다. 선재는 고개를 절레절레 흔들었다.

"에휴, 내가 못 살아. 형이 자꾸 이러니까 나만 고생하잖아. 형 대신 출장 다니는 것도 이제 지겹다니까! 그나저나 〈IQ 350〉 다음 이야긴 좀 그렸어?"

선주는 동생의 투정을 귀엽다는 듯 바라보며 들릴 듯 말 듯한 소리로 "미안해"라고 말했다.

"넌 어디 가는 거야? 오늘도 헬멧 벗었네?"

선주의 물음에 선재는 눈을 동그랗게 뜨고 놀란 표정으로 말했다.

"안선주 연기하러 가는 거잖아. 오늘은 육군사관학교까지 갔다 와야 해. 오늘도 형 대신 가는 거니까 천 원 추가야. 나중에 커서 돈 벌면 다

갚아야 해! 지금까지 이만 원도 넘었다고!"

선주는 주머니에서 밀크캐러멜 두 개를 꺼내 선재 손에 쥐여주었다.

"오호, 뇌물이다 이거지? 걱정 마. 형 대신 잘 하고 올게."

선재를 태운 자동차가 저 멀리 사라진 뒤 선주는 육군사관학교에 다녀오겠다는 동생의 말을 곱씹었다. 지난 추석과 설에도 그랬다. 선재는 선주의 중학교 교복을 걸치고서 연휴 내내 박 기사와 함께 돌아다녔다. 형의 교복을 말끔하게 다려 입은 선재의 품 안에는 수표가 든 흰 봉투가 한가득이었다. 군부 세력과 친밀해지려는 아버지의 속셈이었다. 박 기사는 서울시 지도를 펼쳐놓고 봉투를 전달하기 위해 들러야 할 곳에 동그라미를 쳤다. 표시한 장소에 도착할 때마다 선재는 바닥에 납작 엎드려 절을 하며 이렇게 말했다.

"안, 용 자, 상 자 선생 댁 큰 손주이자, 안, 학 자, 수 자 되는 분의 큰아들입니다. 조부님과 아버지께서 명절 인사드리라고 대신 보내셨습니다."

간단한 일이었지만 안학수가 선주를 보내는 일은 없었다. 언제 튀어나올지 모르는 틱 때문이었다. '그 집 큰아들이 바보인가 봐' 따위의 소리를 들을 수는 없는 노릇이었다.

"그냥 둘째라고 하면 되는데 왜 형이라고 거짓말까지 해요?"

그럴 때마다 박 기사는 선재를 설득했다.

"둘째를 보냈다고 하면 꼭 첫째는 어디 갔냐고 묻는 양반들이 있으싱게요. 첫째는 누구헌티 보내고 둘째를 내한티 보냈냐고 서운해하는 양반들 때문에 그러지요. 그렇게 삐딱선 타든 돈봉투고 지랄이고 다 필요

고
시
맨

110

없응게요. 이해해야지 뭐 어찌겠어요."

선재 입장에서도 영 싫은 것만은 아니었다. 친구들보다 일찍 중학교 교복을 입어볼 수 있어 좋았고, 일을 마치고 돌아가서 형을 골리는 재미도 보통이 아니었다. 선재는 바닥에 납작 엎드려 "어이 동생, 형 등허리 좀 긁어줄래?"라며 선주를 골려대곤 했다.

육군사관학교 졸업식 및 장교 임관식에서 축사를 낭송하는 것은 안학수가 어렵게 만들어낸 자리였다. 어깨 위에 별을 단 장군들이 한꺼번에 모이는 데다가, 대통령과 영부인까지 올 수 있는 자리라고 안학수는 침이 마르게 강조했다. 아들 덕에 그 자리에 참석해 군부 세력에 연줄을 얻겠다는 계산이 깔려 있었다. 그런데 문제는 사람들 앞에 서기만 하면 더심해지는 선주의 몹쓸 버릇이었다. 며칠 전까지 선주는 밥주걱을 거꾸로들고 대청마루에 올라 예행연습을 했다. 혼자서는 문제없이 매끄럽게 축사를 낭송했지만 아버지와 할아버지 앞에만 서면 말썽을 일으켰다. 식구들 앞에서 최종 리허설을 하던 날, 선주는 축사를 읽는 것인지 코미디를보여주는 것인지 모를 정도로 엉망이었다.

결국 육군사관학교 졸업식에도 선주를 대신해 선재가 다녀오기로 결정됐다. 선재는 형의 손에서 축사를 건네받고 눈을 몇 번 깜빡이며 순식간에 외워나갔다. 이어 밥주걱을 거꾸로 들고 또랑또랑한 목소리로 축사를 읊었다. 토씨 하나 틀리지 않았으며 마지막 문장에서는 두 주먹을 불끈 쥔 채로 포효하기까지 했다. 흠잡을 데 없는 멋진 축사였다.

"그래도 헬멧은 벗어놓고 가야겠지?"

안학수가 다행스럽다는 표정으로 물었다.

"형 대신 다닐 땐 항상 그래왔어요."

선재가 담담하게 대답했다.

8.

그날의 사고에 대해 박 기사는 이렇게 울부짖었다.

"예수님, 부처님, 하나님이 우리 선재 도련님을 시샘해서 벌인 장난질이
라고밖에 볼 수 없당게요. 셋이서 작당하고 덤벼드는디 나라고 별수 있
었겠어요? 옘병, 비러머글 구신들 같으니라고……."

육군사관학교 행사를 무사히 마치고 집으로 돌아오는 길이었다. 멀쩡
하던 하늘이 우중충해지는가 싶더니 빗방울이 떨어지기 시작했다. 금세
시야가 전혀 확보되지 않을 정도로 무섭게 비가 쏟아졌다. 아니나 다를
까 교차로 부근에서 버스 한 대를 트럭이 들이받아 버렸고, 사고 처리가
신속하게 되지 않아 흠뻑 젖은 도로는 자동차들로 꼭 막혀 있었다.

"아저씨, 집에 빨리 가야하는데요! 빨리 가서 할아버지한테 대통령 만
난 이야기해야 한다고요."

하루 종일 의기양양해 있던 선재는 박 기사를 재촉하다 지쳐 뒷좌석
에 몸을 웅크리고 누워 잠들었다. 피곤할 법도 했다. 무대에 오르기 전
까지 몇 번이나 예행연습을 했고 행사를 마친 뒤에는 아버지 손에 이끌
려 군복 위에 계급장과 훈장을 덕지덕지 붙여놓은 사람들 앞에서 재주
까지 부려야 했다. 안학수는 둘째 아들이 큰아들 대역으로 왔다는 것마
저 깡그리 잊은 듯 행동했다. 사람들 앞에서 선재의 타고난 두뇌를 자랑

고
시
맨

하고 싶어 안달이 났던 것이다.

"제 아들놈에게 미천한 재주가 하나 있습니다. 한번 스윽 훑어본 것은 모조리 외워내지요."

듣는 이들 모두가 하품을 하며 딴청을 피울 때까지 선재는 눈을 지그시 감고서 군법을 제1조부터 차례로 낭독했다. 여러 사람에게 칭찬받는 것도 보통 고된 일이 아니었다. 쉬지 않고 악수를 하느라 손목이 욱신거렸고 어른들이 어찌나 머리를 쓰다듬었던지 정수리가 기름기로 반질반질해졌다.

꽉 막힌 길은 도무지 뚫릴 것 같지 않았다. 제자리에서만 30분 정도가 흘렀다. 박 기사는 마음이 급해졌다. 빨리 어린 도련님을 집에 모셔다 놓고 다시 자동차를 돌려 육군사관학교 근처 요정으로 향해야 했다. 안학수는 행사가 끝난 뒤에도 그곳에 남아 군부 인사들을 접대한다고 했다. 식사가 끝나기 전까지 안학수 곁으로 되돌아가야 했다. 자동차를 번쩍 들어 머리에 이고서라도 빠져나가고 싶은 심정이었다.

그렇게 얼마나 흘렀을까? 그는 뒤에서 자동차들이 경적을 울리는 소리에 놀라 눈을 떴다. 자동차 시동까지 꺼놓고 깜빡 잠들었던 것이다. 도로는 어느새 뻥 뚫려 있었다. 하늘도 맑게 개어 운전대 위로 햇볕을 쏟아내고 있었다. 순식간에 다른 차원의 세계로 이동한 것 같다는 생각을 하며 그는 급하게 자동차를 몰았다. 서두르면 제시간에 왕복할 수 있겠다는 계산이 섰고 열심히 액셀을 밟았다.

집에 거의 도착했을 때였다. 갑자기 검정 도베르만 한 마리가 목줄이 풀린 채 찻길로 뛰어들었다. 동네 이웃이 키우는 눈에 익은 개였다. 녀석을 주인에게 데려다줘야 하나 생각한 찰나, 잠에서 깨어난 선재가 비명을 질렀다.

"아저씨! 뭐하는 거예요!"

개에게 신경 쓰느라 길을 건너던 사람을 보지 못한 박 기사는 선재의 비명에 놀라 급하게 핸들을 꺾었고 그대로 가로수를 들이받아 버렸다. 다행히 박 기사는 타박상 하나 입지 않고 무사했다. 조수석 앞 범퍼가 보기 싫게 우그러졌지만 큰 사고는 아니었다. 구경거리가 생겼나 싶어 순식간에 몰려든 사람들도 별거 아니라며 아쉬운 듯 뿔뿔이 흩어졌다. 정말 별것 아닌 사고였다! 그러나 어린 도련님은 무사하지 못했다. 의식을 잃은 선재를 들쳐 안고 자동차 밖으로 끌어내며 박 기사는 생각했다.

'왜 하필 오늘, 헬멧을 집에 두고 오셨을까! 왜 하필!'

아직도 뼈가 완전히 굳지 않아 다른 아이들에 비해 훨씬 무른 선재의 두개골은 어딘가에 부딪혀 으깨져 있었다.

두 형제의 어머니 김숙희 여사는 선재가 입원한 대학병원 근처에 방을 얻었다.

'다른 건 못 해줘도 눈감는 순간만큼은 함께 있어주고 싶어.'

그녀가 아들의 죽음을 준비할 만큼 선재는 가망이 없어 보였다. 깊은 잠에 빠져 도무지 깨어날 생각을 하지 않았다. 콧구멍에 새끼손가락 두께만 한 호스를 밀어 넣어도, 바늘로 이곳저곳을 찔러도 아무 반응이 없었다. 의사는 이런 상태로 20일이 넘어가면 의식이 깨어나더라도 그 이상 회복될 가능성이 없다고 했다. 그는 조심스럽게 '식물인간'이라는 단어를 입에 올렸다.

그녀는 매일 같은 자리에서, 그러니까 선재가 누워 있는 병원 침대 밑에 쪼그려 앉아 울고 기도하기만을 반복했다. 그녀야말로 화분에 심어 놓은 식물처럼, 좀체 자리를 떠나지 않았다. 그러면서 틈이 날 때마다 아이의 아버지를 증오했다. 이 모든 일이 출세에 눈이 먼 남편 때문인 것만 같았다.

'그날 아이를 보내는 게 아니었는데……. 국방부 장관이 오든, 대통령이 오든 무슨 콩고물을 주워 먹겠다고 아이를 앞세웠단 말인가. 제 체면 구겨질지 모른다고 선주 대신 선재를 보내기까지 했지. 예정대로 선주가 갔더라면 비웃음을 좀 샀다 해도, 사고가 났다 해도 이렇게 다치진 않았을 거야……. 아, 아, 무정한 인간. 그러면서 하는 꼬라지를 좀 보라지.'

안학수는 자신의 세를 과시하며 병원장과 주치의를 닦달해대는 것 말고는 아들을 위해 해줄 수 있는 것이 없었다. 느닷없이 팔 한쪽이 뚝 떨어져 나간 것 같은 고통을 느꼈지만, 그렇다고 아내처럼 병실에서 눈물이나 찔끔거리고 있을 수는 없었다. 그에게는 아들의 목숨만큼이나 포기할 수 없는 것이 있었다. 국회의원 보궐선거가 코앞으로 다가와 있었다. 그러나 아버지 안용상은 아직 때가 아니라며 극렬하게 반대했다. 그의 눈에는 아직도 아들이 정치 동향을 파악하지 못하는 어수룩한 애송이 같았다. 예전처럼 지원 사격을 해줄 수도 없었다. 어린 손주가 병원에 실려 간 날 이후로 그는 시름시름 앓기 시작했다. 그는 깨어나지도 못 하고 죽어버리지도 못 하는 선재를 생각할 때마다 이렇게 중얼거렸다.

"고 어린 것이 혼자 가기 무서운 게야. 이 할아비를 기다리는 게지. 그렇지, 그렇고말고……."

그런데 갑자기 선거판에 뛰어들겠다고 설치는 아들 녀석 때문에 맘대로 죽지도 못 할 것 같았다.

"모든 일엔 기운이라는 것이 작용하는 법이다. 지금은 아니다. 선재랑 나를 잡아가려고 대문 밖에 저승사자들이 삼삼오오 모여 있다. 문을 열지 말아라. 밖으로 나갈 생각일랑 하지도 말아. 다 죽는다. 다 죽는다고!"

그러나 안학수는 노인의 충고에 귀 기울이지 않았다. 그는 집안의 재산을 선거를 치르는 데 쏟아붓기 시작했다. 돈으로 안 되는 일이 어디 있던가? 돈이 있었기에 그는 자신만만했다. 지역에서 방귀 좀 뀐다는 사람들은 너나 할 것 없이 지원을 약속하며 돈을 받아 챙겼다. 무서울 정도로 빠르게 통장이 가벼워지는 것을 느꼈지만 안학수는 하나도 아깝지 않았다. 원래 그들로부터 받아 쌓아뒀던 돈이 아니던가! 그걸 잠시 돌려주는 거다. 그리고 국회의원만 돼봐라. 저들이 알아서 다시 통장을 채워줄 것이다.

안학수와 박 기사는 사람들이 많이 모이는 곳이라면 어디든지 돈 봉투를 챙겨서 달려갔다. 평소에는 치를 떨며 싫어하던 노숙자나 거지도 선거 기간에는 평등하게 대우해 주었다. 박 기사는 마대 자루에 1,000원짜리 지폐를 꽉꽉 채워 들고 돌아다니면서 가난한 이들의 표를 사기 위해 무진 애를 써야 했다.

안학수는 마치 항해 속도를 높이기 위해 배 안의 물건을 바다에 던져버리는 선장 같았다. "보물섬이 눈앞에 있다. 제일 먼저 깃발을 꽂는 놈이 다 가진다. 이것저것 재지 말고 다 버려라. 속도를 올려라! 속도를 올려!” 그러나 모든 것을 버리고 도착한 종착지는 보물섬이 아니었다. 보물은커녕 마실 물과 식량이 없어 지나가던 갈매기도 하루를 머물지 못하는 무시무시한 무인도였던 것이다! 키를 돌리려고 했을 때는 이미 늦었다. 돌아갈 양식은 남겨두었어야 했는데 그것마저 버렸기 때문에 닻을 내리고 정박할 수밖에 없었다.

그해 겨울, 보궐선거에서 보기 좋게 낙선해버린 안학수는 술독에 빠져 살기 시작했다. 원래 그렇게 정해진 수순처럼 술잔을 기울이며 좌절하는 그의 모습은 지극히 자연스러웠다. 모든 걸 잃었다. 재산은 조금 남아 있었지만 따르던 사람들의 신망도, 명예도, 친구도, 자존심도 모두 잃어버렸다. 한 가지 얻은 게 있다면 돈으로도 사람 마음은 살 수 없다는 교훈이었다. 득표수는 처참했다. 시골 국민학교 전교 학생회장 선거에서나 나올 법한 숫자였다.

“저 집은 친척도 없는가 벼.”

사람들은 이렇게 비웃었다. 안학수는 창피함과 배신감을 동시에 느꼈다. 아침에 해장국을 끓여다 바치는 식모들조차 자신을 조롱하는 눈초리로 쳐다보는 것 같았다. 그럴 법도 했다. 월급을 언제 줬는지 기억도 나지 않으니까.

앞으로 닥칠 일들은 너무 끔찍해서 생각도 하기 싫었다. 여전히 깨어나지 못하는 둘째 아들, 숨 쉬는 것조차 버거워하는 아버지까지, 집안에 반송장이 둘이나 됐다. 상대편 후보였던 이는 당선되자마자 정치적인 보복을 해왔다. 우편함에 꽂혀 있는 고소·고발장만 해도 책 한 권은 될 것 같았다. 결국 그는 비겁하게도 숨어버리는 쪽을 택했다. 재기를 위해서 마음 공부를 한답시고 잘 아는 주지승이 있는 암자로 기어들어 갔다. 그리고 그곳에서 급성 간염에 걸려 구급차에 실려 나올 때까지, 가지고 들어간 독주를 수십 병이나 비워버렸다.

다시 집으로 돌아온 그의 앞에 놓인 것은 검찰청에서 보내온 몇 장의 소환장과 선재의 진료비 청구서, 큰아들 선주의 담임 선생이 보내온 짧은 편지 한 통이었다.

[선주가 동생 일로 많이 힘들어하는 것 같습니다. 부모님께서 그 아픈 마음을 잘 어루만져주시기 바랍니다. 친구들과도 전혀 말을 섞지 않고 제게도 맘을 열지 않네요. 심히 걱정됩니다.]

그날 술에 취한 눈으로 편지를 읽던 안학수는 "어어억" 하고 놀라 넘어질 뻔했다. 이럴 수가! 큰아들 선주의 존재를 까마득하게 잊고 있었던 것이다. 얼굴을 보지 못한 지 반년은 된 것 같았다. 안학수는 속옷 바람으로 마당을 가로질러 선주의 방으로 향했다. 습기를 잔뜩 머금은 스산한 공기가 몸을 에워싸는 바람에 술기운이 확 달아났다. 선주는 아직 잠들지 않은 듯했다. 조그마한 창문 안쪽에서 마음을 차분하게 만드는 백열전구 불빛이 새어 나오고 있었다. 그는 방문 앞에서 한참을 망설였다. 선주는 보나마나 책상에 코를 처박고 만화 따위나 그리고 있을 게 뻔했다. 문을 열었을 때 선주는 책상 앞에 등을 구부리고 앉아 있었다. 무언가에 너무 집중한 나머지 방문이 열리는 것도 모르는 듯했다.

"이 시간까지 안 자고 뭐하나?"

오랜만에 아들과 대면하려니 머쓱해진 안학수는 인사도 없이 목소리부터 높였다. 그러자 선주가 자리에서 벌떡 일어나며 꾸벅 인사했다. 반가운 기색은 전혀 없었다. 지나가다 교장 선생님을 만난 것 같은 태도였다. 안학수는 못마땅하다는 표정으로 아들의 얼굴을 살폈다.

선주는 몰라볼 정도로 자라 있었다. 어느새 인중이 거뭇거뭇해져 있었고 포동포동한 젖살이 쪽 빠져 있었다. 못 보던 사이에 키가 훌쩍 자랐고 어깨도 다부졌다. 하얗던 피부는 까무잡잡해져 있었다. 그래서일까? 눈두덩이 밑에 선명해 보이던 주근깨도 어두운 피부에 파묻혀 그다지 눈에 띄지 않았다. 달라지지 않은 것이라고는 책상 위에 놓인 만화책과 도화지였다. 안학수는 '그럼 그렇지' 하는 마음으로 혀를 차다가 책상 위에 쌓인 도화지를 옆구리에 끼고 나와 마당 한가운데에 집어던졌다. 선주의 얼굴이 하얗게 질렸다. 〈IQ 350〉을 완결시켜 선재가 깨어났을 때 선물하고 싶었다는 말은 아버지 앞에서 차마 꺼내지도 못했다. 안학수는 침통한 표정으로 아들을 바라보며 말했다.

"이제 정말 너밖에 없는데 왜 아직도 정신을 못 차리는 거냐? 지금도 생사를 헤매고 있는 네 동생에게 창피하지도 않아?"

선재 이야기가 나오자 선주의 얼굴에 틱이 나타나기 시작했다.

'버릇을 아직도 못 고쳤구나. 왜 진작 이 녀석을 살펴보지 않았을까?'

안학수는 여태껏 옆집 불구경하듯 손 놓고 있던 자신이 한심했다. 그리고 그는 발아래 쌓여 있는 선주의 작품에 불을 붙였다.

3부 ——————— 미스터 앤서

9.

2007년 1월, 사법시험 D-35

긴 시간 집중해서 노트를 읽었다. 어느새 밖이 푸르스름하게 밝아 있
었다. 노트를 덮자 마치 먼 길을 다녀온 듯한 착각에 사로잡혀 약간의 허
탈감마저 들었다. 이어질 이야기가 궁금했지만 금세 '지금 내가 남이 쓴
소설 따위나 읽고 있을 형편은 아니잖아'라는 생각이 들었다. 총무의 약
점이 적혀 있을 거라는 기대와 달리 노트 속 내용은 그저 소설에 불과했
다. 나머지 한 권도 마찬가지일 것이다.

'총무가 소설을 습작하는 취미를 가진 걸까?'

어쩐지 총무와는 어울리지 않았다. 나는 서랍 속 퇴실 명령서를 꺼내
들고 총무의 서명과 노트 속 글씨체를 대조해 보았다. 비슷한 듯하면서
다른 것도 같다. 결국 누가 쓴 글인지 알 방법은 없었다. 피로감에 차라

리 그 시간에 기출문제라도 몇 개 더 훑어볼 걸 하는 후회가 밀려왔다.

날이 밝자마자 총무는 다시 고시원을 들쑤시고 다녔다. 목적은 지난 밤과 같았지만 방법은 훨씬 더 고약해졌다. 총무는 마치 소지품 검사를 하러 온 학생주임처럼 원생들의 서랍 속과 침대 밑을 살피기 시작했다. 반발이 이어지는 것은 당연했다. 하지만 기어이 도둑을 잡아내겠다는 총무의 집념은 꺾이지 않았고 수색은 계속되었다. 나는 그가 총무실을 비운 지금 재빨리 행동하기로 했다. 총무가 2층 원생들과 다투고 있는 것을 확인한 뒤 은밀하게 3층 복도 끝으로 향했다. 다행히 총무실 문은 반쯤 열려 있었고 비품을 쌓아둔 캐비닛도 잠겨 있지 않았다. 끝까지 다 읽은 노트 한 권과 읽어봐야 별 소득도 없을 것 같은 나머지 노트 한 권을 원래 있던 자리에 꽂아두고 서둘러 방으로 돌아왔다. 스릴을 느끼며 총무의 눈을 피해 고시원을 빠져나왔다. 미스터 앤서와의 약속 시간까지 학원 빈 강의실에 앉아 꾸벅꾸벅 졸며 시간을 보냈다.

* * *

미스터 앤서는 하늘색 중절모를 깊게 눌러쓰고 있었다. 광대뼈 위까지 올려 쓴 마스크부터 장갑, 선글라스까지 짙은 바다색이었다. 코발트빛 롱코트와 파란색 스키니진, 여기에 노트북 가방까지 진한 파란색이어서 마치 스머프 같았다. 그를 보자 홈페이지에서 본 문구가 이해됐다.

'푸른 가면은 고시생의 푸른 꿈을 상징합니다. 저는 언제나 여러분의 꿈을 응원합니다.'

고
시
맨

우리는 짧게 자기소개를 한 뒤 내가 자주 가는 카페로 자리를 옮겼다. 고시촌 카페 대부분이 그러하듯 공부하는 사람들이 많았다.

'모두들 인사드려! 이분이 바로 미스터 앤서님이라고!'

카페 안 사람들을 향해 소리 지르고 싶은 것을 참으며 앤서에게 무엇을 마실 것인지 정중히 물었다.

"저는 됐습니다."

그러더니 갑자기 생각났다는 듯이 주머니에서 무언가를 한 줌 꺼내놓았다. 볶은 원두였다.

"공부하던 시절 생긴 습관입니다. 이렇게 하면 커피 마시려고 돌아다니는 시간도 절약할 수 있고 돈도 절약할 수 있지요. 물론 졸음 쫓는 데도 효과 만점입니다."

순간 내 앞에 놓인 사치스러운 캐러멜 마키아토가 부끄러워졌다.

'오늘따라 사장님은 왜 이렇게 생크림을 많이 올려주셨을까? 원두를 씹어 먹으며 시간을 절약하는 자와 허구한 날 카페에 앉아 캐러멜 마키아토를 마시는 자의 차이……. 바로 그런 것이 합격과 불합격을 결정짓는 것일까?'

미스터 앤서는 내 눈치를 보며 마스크를 슬슬 아래로 잡아당긴 뒤, 조심스레 원두 서너 알을 입에 넣었다. 그러더니 다시 잽싸게 마스크를 눈 밑까지 올려 썼다. 무슨 일이 있어도 얼굴을 드러내지 않겠다는 각오가 느껴졌다. 오물오물. 그는 정성을 다해 원두 맛을 음미했다. 젊은 사장은 '저 방법이 고시촌에서 유행한다면 가게 문 닫겠는걸'이라고 생각하는 듯한 근심스러운 표정이었다. 내가 감탄스러운 표정으로 그를 바라보자 앤서가 내게도 권했다.

"한번 드셔보시겠습니까?"

미스터 앤서가 건넨 볶은 원두 한 알을 입에 넣고 오물거렸다. 직관적인 원두의 향이 전해져왔다.

"자, 이제 어제 본 것들에 대해 말씀해 주시지요."

나는 가방에서 주섬주섬 폭죽을 꺼냈다. 지난밤 일이 실재했음을 보여주는 증거품이었다.

"불꽃놀이라면 새벽에 저도 봤습니다. 꽤 장관이더군요."

"몽유병은 아니었어요. 다행인거죠?"

내가 다급하게 물어보자 그는 말을 잘랐다.

"흠, 제가 시간이 많지 않아요. 그 얘긴 온라인 상담으로 진행해 드리겠습니다. 어제 불꽃놀이를 하고 계셨을 때 나타났다는 사내에 대해 이야기 해주시죠. 그자를 직접 만났다는 게 정말 사실입니까?"

그에게 어제 일을 빠짐없이 설명했다. 앤서는 쉬지 않고 입안에서 원두를 오물대고 있었다. 딱딱한 원두가 입안에서 조금 부드러워지면 어금니로 씹어 삼키는 것 같았다. 이야기 도중 그렇게 먹으면 이가 상할까 봐 걱정된다고 하자 그는 슬쩍 짜증을 냈다. 쓸데없는 걱정으로 이야기의 맥을 끊지 말라는 것이었다. 과연 고시 3관왕의 집중력은 놀라웠다. 내가 폭죽 연기를 뚫고 등장한 미스터리한 사내의 등장에 대해 말할 동안 앤서는 마치 팝콘을 먹듯 끊임없이 원두를 마스크 안쪽으로 집어넣었다. 내심 놀라 '너무 먹는 거 아니야?'라고 생각하고 있었는데 내 표정을 읽었는지 앤서가 갑자기 소리쳤다.

고
시
맨

126

"저는 상관하지 말고 이야기에만 집중하세요!"

조용하던 실내가 술렁였다. 사람들이 우릴 힐끗거리며 쳐다보았다. 내내 점잖던 앤서의 태도도 전혀 딴사람처럼 변해가고 있었다. 그는 피의자를 취조하는 검사처럼 집요하게 묻고 또 물었다. 주로 전신 타이즈를 입은 사내에 관한 질문이었다. 어느 방향에서 나타났는지, 어디로 사라졌는지, 그와 별다른 접촉은 없었는지……. 그런데 내가 만족스러운 답을 주지는 못 한 것 같았다. 그가 '푸' 하고 한숨을 내쉬었다. 노란 헬멧을 쓰고 있었다는 것, 마른 몸에 굉장히 빠른 스피드를 지녔다는 것 정도는 앤서도 이미 알고 있는 내용인 것 같았다. 앤서는 그 괴상한 사내에 대해 오랜 기간 정보를 수집해왔다고 말했다. 피해를 호소하는 회원들이 꽤 된다는 이야기도 덧붙였다.

'결국 당신을 만난 건 시간 낭비였잖아!'

그가 이렇게 소리를 지르며 일어설 것만 같아 초조해졌다. 그래서 결국 홍소라에 관해 말하고야 말았다. 어젯밤 그 사내를 대하던 소라의 태도. 성완이의 말처럼 어쩌면 소라가 그 사내와 깊은 관계일지도 모른다는 이야기였다. 다만 소라가 매일 새벽 1시 20분에 신림 중학교 운동장에 나타난다는 말은 하지 않았다.

"소라가 고시맨이라고 불렀다는 그 남자, 위험한 사람 맞죠?"

앤서가 갑자기 주먹으로 테이블을 내리친 것은 그때였다. '쾅' 소리에 이어 '아그득' 하고 그의 입안에서 원두가 으깨지는 소리가 났다. 테이블 위에 굴러다니던 원두가 주르르 바닥으로 떨어졌다. 주변 사람 모두가 우리를 쳐다봤지만 미스터 앤서는 아랑곳하지 않고 목소리를 높였다.

"고시맨? 꼭 슈퍼맨, 배트맨처럼 들리는군요. 그런 놈에게 '맨'이라는 글자를 붙여주며 미화하다니 기가 찹니다!"

"저도 그렇게 생각했어요. 그렇지만 바바리맨도 뒤에 '맨' 자가 붙잖아요. 아마도 그런 거 아닐까요?"

그는 잠시 침묵했다.

"죄송합니다. 제가 너무 흥분했군요. 계속합시다."

미스터 앤서는 또다시 원두를 한 줌 꺼내놓았다. 시간을 되돌려 이야기를 처음부터 다시 시작하자는 의미인지 내게도 원두 한 알을 내밀었다. 나는 말없이 받아먹으며 앤서가 마음 속 깊이 그 사내를 증오하고 있음을 느꼈다. 미스터 앤서는 다시 차분한 목소리로 사내에 대한 이야기를 늘어놓았다. 그 사내 때문에 힘들어하는 수험생이 많다는 것이다. 그 사내는 단순한 변태 이상이며, 사실상 성희롱이 아니라 수험생들의 꿈을 희롱하고 다닌다고 덧붙였다. 꿈을 희롱한다는 게 무슨 의미냐고 묻자 앤서는 잠시 골똘히 생각에 잠기더니 속삭이듯 말했다.

"수험생들을 붙잡고서 저주를 퍼부어댄다고 합니다. 주술사처럼 말이죠."

"저주요?"

"네. 저주라고 밖에 설명드릴 수가 없군요. 사람들이 그자를 만난 뒤에 동요하는 걸 보면 말입니다."

내가 더 자세히 설명해달라고 요청하자 앤서는 그 사내의 저주에 동요해 고시촌을 떠나는 사람이 늘고 있다고 말했다. 또한 몇 개월 전 미스터 앤서 닷컴 홈페이지가 해킹당한 적이 있다고도 했다.

고
시
맨

"회원 정보가 다 유출되었어요. 저는 그자의 공격이라고 확신합니다. 왜냐? 그날 이후로 미스터 앤서 닷컴의 오래된 회원들이 그자의 먹잇감이 되고 있거든요."

"왜 그러는 걸까요?"

"그건 잡아서 캐봐야겠죠. 제 생각에 현우 씨가 많은 도움을 주실 수 있을 것 같습니다. 홍소라라는 분에 대해 더 자세히 들려주실 수 있을까요?"

"홍소라요?"

"덫을 놓죠. 그 여자를 통해 그자를 불러낼 수 있을 것 같은데요."

'아그득 아그득' 원두가 바스러지는 소리를 들으며 나는 한참 갈등했다. 덫을 놓자는 앤서의 말에 갑자기 거부감이 들었기 때문이다. 동시에 지난밤, 내게서 달아나듯 뛰어가던 소라의 뒷모습이 떠올랐다. 부탁이니 모른 척해달라고, 그녀는 그렇게 말하는 것 같지 않았던가. 나는 미스터 앤서의 제안을 정중하게 거절했다. 괜히 소라에게 피해를 주고 싶지 않다고 말했다.

아그드드드드득, 아그드드드드득, 아그드드드드득.

아그득득득득, 드르득득, 아그득득득득.

앤서는 못마땅한 심정을 원두 으깨는 소리로 표현하고 있었다.

"이것 보세요, 박현우 씨. 도움을 주기 싫다는 뜻으로 받아들여도 될까요?"

"그건 아니지만 소라를 엮이게 하고 싶진 않아요."

나는 단호하게 말했다. 그러자 갑자기 범상치 않은 소리가 그의 마스크 밖으로 새어 나왔다.

빠, 빠득.

순간 앤서가 고개를 짧게 두 번 좌우로 털어냈다. 그리고 다시 한번 '빠그그득……' 이가 부러지거나 깨진 소리라고 느낀 건 나만이 아닌 듯 했다. 아닌 척하면서 시종일관 앤서와 나의 대화에 귀를 기울이고 있던 카페 사장도 '내가 저렇게 될 줄 알았지' 하는 표정으로 자리에서 벌떡 일어났다.

그러나 앤서는 당황하지 않았다. 마른기침을 몇 번 하더니 웅얼거리는 소리로 내게 물 한 잔만 가져다 달라고 말했다. 내가 자리에서 일어나 뒤 돌아서자마자 앤서는 마스크를 벗고서 깨진 이의 파편들을 뱉어내고 있었다. 미스터 앤서의 얼굴을 볼 수 있는 기회였다. 나는 기회를 놓치지 않기 위해 빠르게 움직였다. 물 한 잔을 들고서 자리로 돌아왔을 때, 마스크를 미처 착용하지 못한 앤서가 나를 바라보며 씨이이이익 웃었다.

'재수 없게 걸렸네?'

그렇게 말하는 것처럼 보이는 기분 나쁜 웃음이었다. 미소를 유지하려는 그의 얼굴 근육이 부자연스럽게 움직였다. 그런데 이상한 일이었다. 그의 하관과 미소가 전혀 낯설지 않았다. 어디선가 본 사람 같았다.

그는 설치류처럼 조그맣고 날카로운 치아를 가지고 있었다. 위아래 할 것 없이 대부분이 충치로 새카맣게 썩어 들어가 있었고 진한 커피 물이 든 치아 사이에 원두 찌꺼기가 끼어 있었다. 톱날에 짓이겨진 바퀴벌레의 사체를 보는 것만 같아 나는 눈살을 찌푸렸다. 그의 이는 흡사 잔뜩 녹이 슨 톱날 같았다. 마스크 하나 벗었을 뿐인데 왠지 그의 비밀 일기장

고
시
맨

을 죄다 훔쳐본 것만 같은 기분이 들었다. 푸른 가면을 고집하고 얼굴을 공개하지 않는 이유는 아마도 저 흉측한 치아 때문일 것이다. 그렇다면 비밀을 알게 된 나는 어떤 대가를 치러야 할까? 슬며시 그의 눈치를 보고 있는데 그가 마스크를 고쳐 쓰며 자리에서 일어섰다.

"싫다고 하시면 할 수 없지요. 홍소라에 대해서는 시간이 걸리더라도 제가 알아보면 그만입니다. 저는 꼭 만나봐야겠거든요."

어쩐지 미스터 앤서의 발언은 협박처럼 들렸다. 소라를 만나 뭘 어떻게 하겠다는 걸까?

"오늘 나와주셔서 감사합니다. 감사의 표시로 제가 선물을 준비했는데 맘에 드실지 모르겠네요. 주소로 보냈으니 받아보시게 될 겁니다."

미스터 앤서는 떠나면서 내게 카드 한 장을 건넸다. 카드 위에는 그의 전화번호가 적혀 있었다. 뒷면에는 파란 별 하나가 인쇄되어 있었다. 병수 형이 늘 자랑처럼 여기곤 했던 바로 그것, 미스터 앤서 닷컴의 블루 레벨 회원권이 내게도 발급된 것이다.

***

고시원에 돌아오자마자 총무와 다퉜다. 미스터 앤서가 보내온 선물 때문이었다. 뜨끈뜨끈한 피자 열다섯 판이 나보다 먼저 와 있었다. 피자 박스마다 미스터 앤서 닷컴을 홍보하는 전단지가 붙어 있었고, 전단지 위에는 '성문 고시원 302호, 박현우 씨의 블루 레벨 등업을 축하드립니다. 모두 맛있게 드세요'라는 문장이 적혀 있었다. 미스터 앤서라면 질색

하는 총무는 피자집에 전화를 걸어 모두 회수해가라며 소리 질렀다. 그러든 말든 나는 골똘히 생각에 잠겼다.

내 주소를 어떻게 알았을까? 회원 가입란에 쓴 적도 없고, 그와 만났을 때도 성문 고시원에 산다고 말한 적이 없는데. 바로 그때 미스터 앤서에게서 문자가 왔다.

[피자 받으셨는지요? 현우 씨, 다시 한번 잘 생각해 보시길 바랍니다. 당신이 성문 고시원에서 퇴실 통보를 받았다는 소식을 들었습니다. 저를 도와준다면 몽유병 치료부터 새로운 고시원까지 모두 책임지겠습니다. 무엇보다, 많은 사람들의 희망을 보호하는 일이 될 거예요. 연락 기다리겠습니다.]

단언컨대 퇴실 명령서에 대해 그에게 단 한마디도 말한 기억이 없다. 그는 어디서 내 정보를 들었을까? 순간 미스터 앤서의 제안에 귀가 솔깃하기는커녕, 오히려 그가 두려워졌다. 게다가 나 때문에 표적이 되어버린 소라가 걱정되기 시작했다. 나는 방에 들어서자마자 인터넷에 접속했다. 미스터 앤서라는 인물이 너를 주목하고 있다고 그녀에게 알려야 할 것 같았다. 그런데 그녀와 연락할 수 있는 방법은 오래전 그녀가 자취를 감췄을 때 사라졌다. 나는 발만 동동 구르다가 아쉬운 대로 다음 카페 '고·사·모'에 들어가 그곳에 글을 남겼다. 고·사·모는 오랜 기간 휴면 중인 카페였지만 다른 방법이 없었다.

[소라야, 나 현우야. 중요한 일이니까 이 글 보게 되면 꼭 좀 연락해 줘. 전화번호 남길게.]

고
시
맨

＊ ＊ ＊

뉴스에서 예고한 대로 오후부터 기온이 확 떨어져 고시촌은 꽁꽁 얼어 있었다. 벌써 밤 11시였다. 그동안 소라에게서는 연락이 오지 않았고 병수 형도 연락이 없기는 마찬가지였다. 머릿속이 복잡한 채로 고시원을 빠져나왔다. 무작정 걷다 보면 고시촌 어딘가에서 소라나 병수 형을 만날 수 있지 않을까 싶었다. 목적지 없이 방황하던 중 나는 어느 여성 전용 고시원 앞에서 발걸음을 멈췄다. 기억을 더듬어보니 이곳은 고시촌에서 자취를 감추기 전까지 소라가 지내던 곳이었다. 어쩌면 소라가 다시 이곳으로 돌아왔을지도 모른다는 생각을 하며 약간 긴장된 마음으로 건물을 올려다보았다.

혹시 지금 내가 꿈을 꾸는 것은 아닐까 싶어진 것은 바로 그때였다. 눈앞의 광경을 도무지 믿기 힘들었다. 혹시나 하는 마음에 내 뺨을 갈겼다. 그렇지만 잠에서 깨어나거나 눈앞에 펼쳐진 광경이 달라지는 일 따윈 없었다. 오, 맙소사! 어제 본 노란 헬멧에 전신 타이즈 차림의 사내가 건물 벽 가스 배관에 매달려 있었다. 가로등 불빛이 헬멧에 반사되지 않았다면 발견하지 못했을 것이었다. 벽에 붙은 그는 등에 볼록한 배낭을 메고 있어서 흡사 자라처럼 보였다. 사내는 위태위태한 자세로 벽에 붙어서 불 켜진 2층 창문 하나를 톡톡 두드리고 있었다. 그러더니 고개를 내밀어 슬쩍 창문 안쪽을 쳐다봤다.

'역시 소문대로 변태 새끼였구나!'

박수라도 치고 싶은 심정이었다. 그렇다면 내가 직접 잡아서 진실을 밝혀주지! 이참에 소라와의 관계도 캐내야겠다고 마음먹었다. 슬금슬금 그에게 다가가고 있을 때였다. 갑자기 가방에서 장도리 같은 것을 꺼내든 그가 창문을 와장창 깨부수는 게 아닌가! 나는 다시 몸을 숨겼다. 그는 조금의 머뭇거림도 없이 안으로 미끄러지듯 들어갔다. 방 안에서 뿌연 연기가 솟구쳐 나오고 있었다. 빠져나온 연기는 순식간에 바람을 타고 내 코에 달라붙었다.

'맵다.'

그것이 번개탄 연기라는 것을 단박에 알아차릴 수 있었다. 그리고 고시원에서의 번개탄이 무엇을 의미하는지…… 그걸 모를 리 없었다. 창밖으로 김이 폴폴 나는 번개탄 하나가 떨어졌다. 번개탄 밑에 받쳐두었던 것으로 보이는 프라이팬도 떨어졌다. 그 다음에 떨어지는 것은…… 오! 맙소사, 그것은 사람이었다. 흐느적거리는 여자가 아래로 툭 떨어지는가 싶어 눈을 질끈 감았는데 마리오네트처럼 공중에 대롱대롱 매달렸다. 허리에 밧줄을 묶은 채였다.

뒤이어 노란 헬멧의 사내도 창밖으로 뛰어내렸다. 안전하게 착지한 그는 숨을 몰아쉬며 여자의 상태를 확인하다가 멀리서 사이렌 소리가 들리자 후다닥 도망쳤다. 이 모든 것이 불과 10분도 되지 않는 시간에 일어났다. 사내가 자리를 뜨고 나서야 건물은 소란스러워졌다. 여학생들이 우르르 건물 안에서 쏟아져 나왔고, 다들 몸을 부르르 떨며 2층 창문을 올려다보았다. 소리치는 사람, 우는 사람, 전화하는 사람. 그러나 그들 중 홍소라는 보이지 않았다.

구급차가 도착할 때까지 나는 그 자리에서 멍하니 서 있었다. 벽에 매달린 여자는 죽지 않았다. 아마도 사내의 빠른 조치 덕분일 것이다. 그녀는 흐느끼고 있었다. 울음소리에 섞여 잘 들리진 않았지만 "제발 나 좀 내버려 둬요"라고 말하는 것 같았다. 조금 전에 사라진 사내에게 하는 말인 것 같다고, 나는 생각했다. 사람을 구했으니 그는 영웅인 걸까? 그보다 어떻게 저 여자가 번개탄을 피울 것을 알았을까? 몰래 여자 고시원을 훔쳐보다 우연히 발견한 걸까? 그럼 그는 변태인 걸까? 소라가 고시맨이라고 불렀다던 그 남자…… 도대체 정체가 뭘까?

주위를 둘러봤다. 어디선가 그 사내가 이 모든 상황을 숨어서 지켜보고 있을 것 같았다. 옆에 웅크리고 앉아 있던 길고양이가 구경 끝났으면 가보라는 듯이 나를 빤히 쳐다보고 있었다.

나는 제일 먼저 병수 형에게 전화를 걸었다. 역시 받지 않았다. 정말 마지막 인사도 없이 고시촌을 떠난 걸까? 차라리 그랬다면 다행이라는 생각을 했다. 그럴 리는 없겠지만…… 그래도 걱정됐다. 나는 계속 전화를 걸었다. 열 번, 스무 번. 연락 달라는 메시지를 남기려고 했을 때 드디어 형에게서 짧은 문자 한 통이 왔다. 내용인 즉, 고향 집에 내려와 있으니 걱정하지 말라는 것이었다. '집에서 또 부모님을 설득하고 있나 보군.' 나는 그렇게 생각하기로 했다.

고시촌을 몇 바퀴를 돌다가, 새벽 1시쯤 신림 중학교 운동장으로 발걸음을 옮겼다. 혹시나 싶어 1시 30분이 될 때까지 앉아 있었지만 소라는 나타나지 않았다. 추위에 몸을 떨며 30분을 더 기다렸다. 부러진 나뭇가지로 운동장 바닥에 낙서를 하며 무료함을 이겨냈다. 바닥에 푸른 가면의 미스터 앤서를 그리다가 그 옆에 노란 헬멧을 쓴 사내를 그려보았다.

그리고 그들 사이에 'VS'라는 글자를 끼워 넣었다.

미스터 앤서는 노란 헬멧의 사내가 수험생들을 괴롭히기에 쫓고 있다고 말했다. 희망 충전소 사업에 위협이 되는 존재라며 그를 증오하고 있었다. 그러나 오늘 내가 목격한 것은 달랐다. 그는 사람을 구했다. 혼란스러웠다. 노란 헬멧은 대체 왜 미스터 앤서의 희망 충전소를 해킹했던 걸까? 왜 그와 대립각을 세우는 걸까? 그가 퍼부어댄다는 저주의 실체란 과연 무엇일까? 무엇보다 가장 중요한 것! 어쩌다가 내가 두 사람의 고래 싸움에 새우처럼 껴서 안절부절못하는 신세가 되어버린 걸까? 술이 덜 깬 상태로 시험장에 앉아 있는 기분이었다. '야 이놈아, 정신 차렷.' 강한 바람이 귀싸대기를 후려치고 지나갔다. 하늘에서는 함박눈이 갈기갈기 찢어진 시험지 조각처럼 내리고 있었다.

손에 묻은 흙을 털며 일어나려 했을 때 등 뒤에서 익숙한 목소리가 들렸다. 엉거주춤한 자세로 뒤를 돌아보니 홍소라가 서 있었다. 그녀는 두꺼운 오리털 점퍼 주머니에 손을 깊숙이 찔러넣은 채, 발로 툭툭 모래를 차고 있었다. '네 엉덩이를 차버리려다가 참았다'라는 투로 그녀가 다시 한번 내 이름을 불렀다.

"박현우?"

내가 고개를 끄덕이자, 그녀는 풋 하고 웃음을 터트리며 "너 혹시 여기서 나 기다린 거야?"라고 물었다. 내가 그렇다고 대답하자 그녀는 순식간에 태도를 무섭게 바꾸며 쏘아붙였다.

"너도 나 스토킹하는 거야?"

"그게 아니라……. 난 네가 이 동네 뜬 줄 알았어. 계속 여기에 있었던

고
시
맨

거야?"

그녀는 내 물음에는 대답도 하지 않고 내가 바닥에 그려놓은 그림을 물끄러미 바라보다가 돌연 발로 스윽 지워버렸다. 미스터 앤서와 노란 헬멧의 사내가 순식간에 사라졌다. 소라가 말했다.

"이 사람들이랑 엮이지 마. 알려고도 하지 마. 알겠어?"

나는 아무것도 모르는 척 "왜?"라고 물었다.

"왜? 시험 한 달 앞둔 사람이 지금 이러고 있는 게 말이 돼? 박현우, 너 철없는 건 여전하구나?"

그녀는 혀를 쯧쯧 차며 나를 노려보다가 따라오지 말라는 말을 남긴 채 뒤돌아서 걸어갔다. 그러나 나는 그녀를 이대로 보낼 수 없었다.

"홍소라, 너 그 이상한 변태랑 무슨 사이야? 도대체 그동안 무슨 일이 있었던 거야?"

소라는 대답하지 않았다. 그러나 그녀의 침묵이 내겐 대답 이상이었다. 잠시 후 그녀가 뛰기 시작했다. 나도 덩달아 뛰었다. 그녀를 쫓아갈 생각은 아니었다. 그냥 우두커니 서 있다간 왠지 커져가는 의문투성이의 그림자에게 잡아먹힐 것만 같아서 뛰었다.

"따라오지 말라고!"

한참을 정신없이 달리던 소라가 뒤돌아보며 소리쳤다.

"따라가는 거 아니라고!"

나도 소리쳤다. 사실이 그랬다. 나는 고시원으로 돌아가는 가장 빠른 지름길로 달리는 중이었다. 우연히 서로 달리는 길이 같았을 뿐이다. 결국 소라가 멈춰 섰다. 그녀는 위협적으로 팔을 휘둘렀다.

"야, 박현우. 너 자꾸 나 미행할래?"

"너 따라가는 거 아니라고. 여기 우리 고시원 가는 길이야."

그러자 소라는 팔을 쭉 뻗어 먼저 가라는 신호를 보냈다. 미행이라니 당치도 않다. 불필요한 오해를 사고 싶지 않아서 속도를 높여 그녀를 따돌렸다. 고시원으로 향하는 마지막 언덕인 해탈에 이르는 길 초입에서 잠시 숨 좀 돌리려고 편의점에 들렀다. 그런데 이게 웬걸, 음료수를 계산하고 나서려는데 창밖으로 홍소라가 뛰어가는 모습이 보였다. 여차했다간 또다시 스토커로 몰릴 것만 같아 속으로 100까지 센 뒤 편의점 밖으로 나왔다. 홍소라는 어느새 조그만 점이 되어 언덕을 오르고 있었다.

'설마 지금까지 같은 언덕 위에서 살고 있었던 거야? 그런데 어디까지 올라가려는 거야?'

그제야 나는 뭔가 심상치 않다는 것을 느끼고 다시 뛰어 소라와의 간격을 좁혀나갔다. 소라는 결국 언덕 꼭대기, 성문 고시원 앞까지 올랐다. 도무지 이해가 되지 않는 광경이었다. 그녀는 거칠게 숨을 몰아쉬면서 고시원 건물을 올려다보고 있었다. '도대체 네가 왜?'라는 질문이 머릿속에 떠오르기 무섭게 그녀가 건물 서쪽 벽면에 설치된 비상계단을 오르기 시작했다. 마치 곡예를 하듯 소라는 가파른 계단을 빠른 속도로 올랐다.

이 비상계단으로 말할 것 같으면 지그재그 모양으로 벽을 타고 올라가며 건물 4층과 이어져 있는데, 지금은 안전상의 이유로 폐쇄된 계단이다. 지금까지 6년을 이곳에서 살았지만 나는 한 번도 올라가본 적도, 올라가보려고 한 적도 없었다. 한 사람이 겨우 지나갈 수 있을 정도로 폭이 좁

고
시
맨

은 데다, 두 사람이 올라가면 무게를 지탱하지 못하고 무너져내릴 듯 허술해 보여서 아무도 사용하지 않았다. 물론 올라가야 할 이유도 없었다. 계단은 오로지 4층으로 통하는 철문으로만 이어져 있는데 4층에는 사람이 살지 않는다. 그곳은 잠시 해외에 나간 것으로 알려진 고시원장이 별채로 사용했던 곳이다. 고시원 어디든 제 방처럼 들락거리는 총무 안석주도 4층만큼은 들어가지 못한다고 들었다.

계단을 다 오른 홍소라는 건물 안으로 사라져버렸다. 마술을 보고 있는 것만 같았다. 나는 부리나케 뛰어가 비상계단을 올랐다. 한 발자국 내디딜 때마다 계단이 삐걱거리며 비명을 질러댔다. 고소 공포증이 있는 건 아니지만 중간에 내려가고 싶다는 생각이 들 정도로 계단은 가파르고 위험천만해 보였다. 벽에 몸을 바짝 붙인 채로 어금니를 꽉 깨물며 겨우 다 올랐지만 녹슨 철문은 단단히 닫혀 있었다. 그렇다면 홍소라는 열쇠를 가지고 있다는 말인가? 순간 떠올리기 싫은 얼굴이 스쳐 지나갔다. 그렇다. 내가 직행해야 할 곳은 단 한 곳뿐이었다. 총무실, 그곳에서 안석주를 만나야 했다.

10.

비상계단을 내려오는 것은 오르는 것보다 훨씬 어려웠다. 발을 디딜 때마다 비명을 지르며 요동치는 계단 때문에 한 걸음 내딛기가 쉽지 않았다. 이대로 추락할지도 모른다는 공포심과 함께 문득 병수 형과 나눈 대화가 떠올랐다.

그날 우리는 학원 빈 강의실에 앉아 감금죄에 관한 기출문제를 풀고 있었다. 공부 시간이 길어지자 슬슬 지겨웠던 모양인지 병수 형이 뜬금없이 사도세자에 대해 이야기했다.

"감금죄 하면 사도세자와 뒤주가 떠오르지 않아?"

"뭐야. 복잡해 죽겠는데 역사 공부까지 하자는 거야?"

"내가 심심해서 만들어본 이야기가 있는데 한번 들어봐."

병수 형이 지어낸 이야기는 사도세자가 뒤주 안에서 죽지 않았다는 것이다. 뒤주에 갇힌 것은 사실이지만 아버지인 영조와 함께 꾸민 쇼에 불과하다는 내용이었다. 나는 즉각 반박했다.

"그렇다면 사도세자는 일주일이 넘는 기간 동안 어디에 숨어 있었단 말이야? 의심이 많았던 노론 세력들이 한시도 휘령전 앞을 떠나지 않았을 텐데!"

그러자 병수 형은 뒤주가 놓인 휘령전 돌바닥 아래에 비밀스러운 지하 공간이 있었다며 이야기를 이어나갔다.

뒤주에 들어간 사도세자는 잠깐 멍 때리며 《명심보감》 따위를 외우고 있다가 주위가 조용해졌을 즈음 건성으로 짜 맞춘 뒤주 밑판을 살짝 뜯어낸다. 뒤주는 단단한 바닥 위에 놓여 있는 것처럼 보였지만, 사실 지하로 통하는 입구를 뒤주로 가려두었던 것이다. 사도세자는 그 아래로 끝없이 이어지는 계단을 타고 내려간다.

지하 궁궐은 호화롭기 그지없다. 악공들이 16비트로 현을 긁어대는 가운데 무희들은 양귀비꽃에 취해 궁궐의 예법 따위 잊은 지 오래다. 세자의 마음을 위로해 줄 무희들이 일렬로 쭉 늘어서 있고, 순금으로 빚은 그릇에 해구환海狗丸이 한가득이고 푹신푹신한 물침대도 있다. 한쪽에서는 세계 각국에서 데려온 유명 요리사들이 유려하게 팬을 놀리고 있다. 벽면을 가득 채운 책장에는 왕세자 체면으로는 도무지 볼 수 없었던 춘화집이 빼곡하게 진열되어 있다. 이것은 모두 세자직을 내려놓고 멀리 떠나야 하는 왕세자 '이선'을 위무하기 위해 영조가 마련해놓은 것이었다.

지하 공간은 창경궁 희정당과도 이어져 있어 사도세자와 영조는 매일 밤 비밀스럽게 만나 장기를 두기도 했고 서로의 등을 밀어주기도 했다. 떠나기 전날 밤에는 중간 지점에서 만나 "다음 생에도 아버지의 아들로 태어나고 싶습니다"라며 흐느꼈다고 한다.

"이걸 영화로 만들면 재미 좀 보겠지?"

병수 형의 질문에 나는 이렇게 비꼬았다.

"차라리 고시원 건물 지하에 배트맨 기지가 있다고 하겠다. 파산한 브루스 웨인이 역시 공무원이 짱이라는 걸 깨닫고 고시촌에 숨어 산다는 스토리. 헛소리 그만하고 공부나 하라고."

"살다 보면 그보다 더 황당한 일도 생겨. 황당한 일들을 해결해나가는 게 법조인이야. 명심하도록!"

병수 형이 자신 있게 대화를 끝맺었다.

'고시촌을 떠난 줄 알았던 홍소라가 바로 위층에서 살고 있었다니……. 그것도 남성 전용 고시원에 말이야.'

어쩌면 형의 말이 맞는 것도 같다고 생각했을 때, 나는 어느덧 무사히 계단에서 내려와 있었다. 중앙 현관을 통해 3층까지 단박에 올랐다. 총무실이 가까워질수록 가슴이 뛰었다. 뒤주를 탈출한 사도세자 이야기보다, 고시촌에 정착한 배트맨의 사연보다 더 받아들이기 힘든 이야기를 총무가 들려줄 것만 같았다. 3층 복도 끝 방, 총무실 문틈으로 불빛이 새어 나오고 있었다. 총무는 아직 잠들지 않은 것 같았다. 문을 두드렸다. 응답이 없어서 조금 세게 노크했다. 혹시 잠든 거라면 깨워야겠다고 생각하며 문고리를 잡아당겨 보았다. 스르륵 문이 열렸다. 잠시 머뭇거리다가 총무실 안으로 들어갔다. 총무는 보이지 않았다.

총무실은 다른 방에 비해 천장이 높았다. 벙커 침대 아래 공간에 놓인 책장에는 내 방에 아무렇게나 쌓아둔 수험 서적보다 세 배는 더 많아 보이는 양의 책들이 꽂혀 있었다. 시선을 다른 곳으로 돌리려 했을 때 책장 옆에 걸려 있던 조그마한 액자 속 낡은 사진 한 장이 눈에 들어왔다. 내 나이 정도로 보이는 남자가 팔짱을 끼고 환하게 웃고 있는 사진이었다. 남자는 반쯤 열린 문틈으로 비스듬히 상체를 내놓고 있었다. 턱을 잡아당기며 웃는 모습이 어쩐지 총무와 비슷해 보였지만 가만히 들여다보니 총무보다 콧날이 약간 날렵하고 눈썹이 진했다.

사진에 주목한 이유는 낯익은 배경 때문이었다. 남자의 등 뒤로 보이는 문에 '302'라는 숫자가 새겨져 있었다. 나무문의 모양이나 302호 푯말까지 모두 지금 내 방문 모습 그대로였다. 이게 누굴까 싶어서 액자를 떼어내 더 자세히 살펴보았다. 피부가 하얗고 구레나룻을 덥수룩하게 기른 사내는 어딘지 나와 닮은 듯했다. 그러고 보니 언젠가 총무가 내게 이런 말을 한 적이 있었다.

"가끔씩 이런 생각을 해. 사람이 방을 선택하는 게 아니라 방이 사람을 선택하는 게 아닐까. 참 신기해. 너 말이야, 전에 여기 살던 사람이랑

고
시
맨

이상하게 닮았단 말이지."

사진 속 인물은 아마도 그때 총무가 살짝 언급했던 302호의 전 주인일 거라고 생각했다. 액자를 원래 자리에 걸어두려고 했을 때였다. 액자 뒤에 숨어 있던 초록색 버튼이 눈에 띄었다. 일부러 액자로 가려둔 것 같았다. 혹시 4층으로 사라져버린 소라와 무슨 연관이 있진 않을까 생각하며 버튼을 눌렀다. 그러자 철컥 소리가 나면서 책장이 스르륵 옆으로 열렸다. 반사적으로 물러서니 이내 사람이 드나들 만큼 커다란 공간이 드러났다.

요 며칠 사이 놀랄 일은 충분히 겪었다. 거듭된 충격과 두려움으로 내 심장은 이미 강하게 단련되어 있었다. 그 안에서 총무를 빼닮은 아이가 튀어나온다고 해도 놀라지 않으리라고 다짐하며《이상한 나라의 앨리스》처럼 토끼 굴 같은 공간에 몸을 집어넣었다. 긴 통로를 빠져나오자 눈앞에 가파른 계단이 나타났다. 그 계단 끝에 불빛이 보였다. 무사히 계단을 오르고 나서야 비로소 이곳이 건물 4층이라는 것을 알 수 있었다. 길쭉한 직사각형의 공간은 반대편 철문이 희미하게 보일 정도로 넓었다. 저 반대편 철문이 홍소라가 외부 비상계단을 통해 들어온 문이리라 짐작됐다. 그렇다면 제대로 찾은 셈이다.

예상대로 소라가 보였다. 그녀 말고도 다른 사람이 몇 더 있었다. 눈에 보이는 세 사람은 모두 직사각형 공간 한가운데에 놓인 커다란 테이블에 앉아서 무언가에 집중하고 있었다. 조명은 어두웠지만 각자의 자리에 푸른빛을 뿜어내는 독서등이 놓여 있었다. 소라는 다리가 욱신거리는 모양인지 자꾸 주먹으로 허벅지 바깥쪽을 툭툭 때려댔다. 소라의 맞은편에는 나이가 지긋해 보이는 아주머니가 의자 위에 양반다리를 하고 앉아 있었고, 대각선에는 머리를 빡빡 민 왜소한 남자가 축 처진 자세로 의자에 기대 있었다. 빡빡머리를 보자마자 혹시 그가 노란 헬멧의 사내는 아닐까 하고 추측했다. 노란 헬멧과 빡빡머리는 체구도 비슷했고 소라와 함께 지내고 있다는 것도 일치했기 때문이다.

얼핏 보기에는 마작이나 카드놀이를 하고 있는 것 같았다. 불법 도박 시설인 건가? 소라는 가끔씩 도박을 하러 이곳에 들르는 걸까? 이런 생각을 하고 있는데 어디선가 커다란 새 한 마리가 툭 떨어지더니 부리로 빡빡머리를 마구 쪼아댔다. 빡빡머리는 머리를 손바닥으로 움켜쥔 채 고통을 참고 있었고, 커다란 새는 기계음 같은 목소리를 내며 말했다. 앵무새였다.

"조냣? 졸왔써? 졸지 맛!"

아마도 빡빡머리가 졸았던 모양이다. 졸거나 꾀를 부리면 벌칙을 받는 이들만의 규칙이 있는 걸까? 빡빡머리는 앵무새에게 혹독하게 당하고 있었다. 그런데 앵무새의 모습이 낯설지 않았다. 목소리도 처음 듣는 것이 아니었다. 생각해 보니 얼마 전 녹두 철학관에서 봤던 앵무새였다. 그렇다면 녹두 철학관의 괴짜 점쟁이 역시 이곳에 있을지도 모른다는 말인가? 갑자기 마주친 현실 앞에 머릿속이 뒤죽박죽이 되고 있을 때 소라가 자리에서 일어나며 이렇게 외쳤다.

"아미고! 그만 좀 해. 정신 사나워서 집중을 할 수가 없잖아."

앵무새의 이름은 아미고인 모양이었다. 아미고? 설마 〈IQ 350〉에 등장하는 욕쟁이 앵무새 아미고?

나는 무언가에 홀린 듯 성큼성큼 어두운 계단을 내려와 총무실 캐비
닛을 열고 오늘 아침에 내가 돌려놓았던 노트 두 권을 다시 집어 들었
다. 소설 속 앵무새가 실재하는 것만 놓고 보았을 때 어쩌면 이 안에 적
혀 있는 내용은 허구의 소설이 아닌 글쓴이의 자전적인 수기일지도 모른
다는 생각이 들기 시작한 것이다. 방에 돌아온 나는 전보다 빠른 속도로
〈IQ 350〉의 다음 이야기를 읽어나갔다.

4부   IQ 350

11.

유엔 사무총장과 월드 히어로 연맹 미국 지부장을 맡고 있는 '600만 달러의 사나이'가 무대 위로 오르자 그곳의 분위기는 절정을 향했다. 기자들도 어느새 본분을 잊고 함께 영웅들의 이름을 외쳤다.

"기분 좋지?"

어안이 벙벙한 IQ 350의 어깨 위에 앉은 아미고는 즐거워 죽을 지경이었다.

"그래! 정말 죽이는걸! 600만 달러의 사나이가 내 눈앞에 있다니!"

유엔 사무총장이 감사패와 순금으로 만든 앵무새 조각상을 IQ 350에게 건넸다. 600만 달러의 사나이가 직접 화환을 목에 걸어주었다. 그의 앞에 선 IQ 350은 마치 수줍은 소녀 같았다. IQ 350은 손에 쥔 감사패를 바라보았다.

인류는 당신을 영원히 기억하겠습니다.

축사에 나선 IQ 350은 한동안 생각에 잠긴 듯 말이 없더니 이내 무거운 입술을 뗐다.

"영원히 기억해 주시지 않아도 좋습니다. 다만 그동안 못 받은 야근 수당과 퇴직금이 제대로 정산되었으면 합니다. 다 먹고살기 위해 하는 일 아니겠습니까?"

기자들은 자지러지게 웃기 시작했고 600만 달러의 사나이는 못 말리겠다는 표정으로 그에게 손을 내밀었다.

"이제 어디로 갈 생각인가?"

"집에 돌아가야죠. 가족들이 기다리고 있을 겁니다."

"몇 년 만이지?"

"십 년이 조금 안 됐습니다. 그러고 보니 꽤 긴 시간이네요."

IQ 350의 머릿속에 지난 9년간의 아슬아슬한 모험이 주마등처럼 스쳐 지나갔다. 그동안 수많은 전쟁과 테러를 막아냈다. 아미고와 함께 감옥에 처넣은 악당들만 모아도 운동장을 가득 채울 것이다. 그때마다 받은 훈장은 이미 거실 벽을 빼곡하게 채우고 있다. IQ 350의 눈시울이 붉어졌다. 인류 평화에 이바지한 스스로가 자랑스러웠던 것이다.

한 무리의 아이들이 아미고와 IQ 350을 에워싸기 시작했다. 그러고는 떠나지 말라며 오열했다. 어찌나 슬프게 울며 바닥에 눈물을 쏟았는지 축축하게 젖어버린 레드카펫에 물웅덩이가 생길 정도였다.

IQ 350과 아미고는 진심으로 감동했다. 이보다 아름다운 선물이 또 있을까! 그는 바닥에 무릎을 꿇고 눈물 웅덩이에 두 손을 가져갔다. 빈 유리병이라도 있다면 아이들의 눈물을 채워 가져가고 싶은 심정이었다. 집에 돌아가서 할아버지와 부모님께 보여주고 싶었다. 그리고 누구보다 형에게 보여주고 싶었다.

* * *

잠에서 깨어난 선재의 눈에 가장 먼저 들어온 것은 투명한 비닐로 만든 눈물 주머니였다. 그것은 톡, 톡, 한 방울씩 눈물을 아래로 떨어뜨렸다. 그 눈물은 길게 늘어뜨린 고무 튜브를 타고 내려와 자신의 오른 팔목으로 스며들었다. 손에는 이쑤시개보다 두꺼운 바늘이 꽂혀 있었고 뼈만 앙상한 채 시퍼런 멍이 든 팔뚝은 꼭 대나무 같았다.

'병원인가?'

선재는 아직 다 뜨지 못한 눈에 힘을 줬다. 어렴풋이 어머니의 얼굴이 보이고 그 너머에 아버지도 눈에 들어왔다.

"아이고 선재야! 우리 아들이 깨어났구나. 여보, 선재가 눈을 떴어요!"

반가움에 어찌할 줄 모르는 어머니와 급히 어디론가 나가는 아버지를 보자 안도감이 밀려왔고 선재는 다시 스르르 잠들었다. 얼마나 시간이 지났을까? 다시 눈을 뜬 선재는 이내 눈을 질끈 감아버릴 수밖에 없었다. 이곳저곳에서 카메라 플래시가 터지며 빛이 쏟아졌기 때문이다. 이 좁은 공간에 족히 스무 명의 사람들이 자신을 에워싸고 있었다.

'도대체 여긴 어디야!'

겨우 실눈을 뜬 선재는 그들이 내는 소음 속에 파묻혀 있었다. 기자처럼 보이는 사람들은 격앙된 목소리로 '특종', '기적', '신의 은총', '기네스북' 따위의 단어를 말했다. 그들이 호들갑을 떠는 이유를 도무지 알 수 없던 선재는 자리에서 벌떡 일어나 모두 내쫓고 싶었다. 그런데 어째서인지 몸이 꿈쩍도 하지 않았다. 손끝 발끝에 힘을 주려고 할 때마다 끔찍한 고통이 찾아올 뿐이었다. 혼란스러움은 대형 카메라를 들고 병실을 찾은 한 무리의 불청객 때문에 더욱 커졌다. 마이크를 든 기자가 카메라 앞에 서서 말했다.

"여러분은 지금 기적의 현장을 보고 계십니다. 구 년하고도 오 개월 전에 교통사고로 의식을 잃었던 한 소년이 지금 막 긴 잠에서 깨어났습니다. 아무 일도 없었다는 듯 태연한 모습인데요, 의학계는 물론 과학계, 종교계가 모두 놀라움을 금치 못하고 있습니다. 잠시 안선재 씨의 부모님을 만나 심정을 들어보겠습니다."

어머니와 아버지가 카메라 앞에 모습을 드러냈을 때 선재는 까무러칠 뻔했다. 조금 전에는 시야가 흐릿해 제대로 보지 못했는데, 두 사람의 모습이 너무 변해 있었던 것이다. 어머니는 마치 아래부터 돌돌 말아가며 끝까지 쥐어짠 치약처럼 바짝 말라 있는 데다 등도 굽어 있었다. 아버지는 정반대로 어린아이처럼 퉁퉁한 몸집에 피부는 반질반질 빛이 나, 전보다 훨씬 젊어진 것 같았다. 게다가 아버지는 지금껏 들어본 적 없는 높은 목소리로 알아듣지 못할 말만 해댔다.

"구 년 오 개월이 아니라, 정확하게는 구 년하고도 십 개월이지요."

아버지는 기자의 멘트를 정정하는 것을 시작으로 꽤 긴 이야기를 이

고
시
맨

어나갔다. 10년 전 사고와 오랜 시간 식물인간 아들을 둔 아버지로 살아온 눈물겨운 삶, 그럼에도 희망을 잃지 않고 끝내 기적을 만들어낸 이야기까지……. 쉴 새 없이 입을 놀리는 아버지는 엄청난 달변가가 되어 있었다. 어머니와 아버지 뒤에는 핏기라고는 도무지 찾아볼 수 없는 사내가 유령처럼 서 있었는데, 그가 자신의 형이라는 것을 선재는 한참 뒤에야 알아차릴 수 있었다. 부모님에 이어 마이크를 쥐고 카메라 앞에 선 사내는 유난스럽게 헛기침을 하고 코를 뱅뱅 돌려대고 눈썹을 위아래로 빠르게 올렸다 내리길 반복했다. 선재가 알고 있는 사람 중 그런 버릇을 가진 사람은 딱 한 사람밖에 없었다. 형, 선주였다. 마이크를 쥔 선주는 코를 훌쩍이며 이렇게 말했다.

"할아버지가 살아 계셨다면 정말 좋아하셨을 거예요. 조금만 더 일찍 깨어났다면 할아버지도 편하게 눈감으셨을 텐데……."

인터뷰를 마친 선주가 기자에게 마이크를 넘길 때였다. 방송 중계를 위해 잠시 침묵하고 있던 기자들의 카메라 플래시가 일제히 선재를 향해 쏟아졌다. 9년 10개월 동안 누워 있던 식물인간이 드디어 입을 열기 시작한 것이다. 선재는 눈을 부릅뜬 채 부모님과 형을 노려보며 말했다.

"바…… 빴…… 어. 많…… 이. 바빴다…… 고."

선재는 형까지 왜 애먼 소리를 하는지 알 수 없었다. 자신에게 IQ 350이라는 이름을 지어주고 너의 뛰어난 두뇌로 인류를 구해보지 않겠냐고 제안한 사람은 형이었다. 유엔 소속 히어로가 되어 집을 떠나는 날 손바닥에 캐러멜을 쥐여주었던 것도 형이 아니던가! 그런데 왜 이렇게 늦었냐고? 뭘 하고 있었냐고? 세상을 구하느라 눈코 뜰 새 없이 바빴다고!

* * *

'나는 더 이상 영웅이 아니다. 아니, 영웅이었던 적이 없다. 그저 잠꾸러기였을 뿐이다. 나는 바쁘지 않았다. 세상 누구보다 편히 쉬고 있었다.'

선재가 이런 사실을 받아들이기까지는 채 이틀이 걸리지 않았다. TV에서는 처음 보는 사람이 대한민국 대통령이라면서 연단 위에 서 있었다. 노씨 성을 가진 얼굴이 넙데데한 자였다.

"1042."

선재는 들릴 듯 말 듯 중얼거렸다. 어린 시절, 할아버지의 수첩에서 같은 이름을 가진 자의 전화번호를 보았다. 머리를 다쳤다지만 선재의 기억력과 암기력은 여전했다.

"세상이 많이 변했을 거야. 네 모습도 많이 변했을 테고."

선주는 선재의 손을 꼬옥 잡고서 말했다. 그러고는 잠시 머뭇거리더니 신문을 건넸다. 1면에는 해맑게 웃는 어린아이와 광대뼈가 툭 불거진 마른 청년이 나란히 인쇄되어 있었다. 두 사람 모두 선재였다.

"거울 좀 보여줘."

선재가 힘겹게 말했다.

거울에 비친 자신의 모습은 신문에 실린 것보다 훨씬 마르고 지저분했다. 하지만 불쾌할 정도로 낯설지만은 않았다. 눈앞에 서 있는 형의 모습과 너무도 비슷했기 때문이다. 깨어난 지 사흘째 되는 날, 이발에 면도까지 하고 보니 쌍둥이라 해도 믿을 만큼 닮아 있었다.

어느 날 아침부터 거울만 들여다보던 선재가 말했다.

고
시
맨

"오줌 마려워. 형이 나 대신 화장실 좀 다녀와 줄래?"

"그게 무슨 말이야?"

"형이랑 나랑 하도 닮았다고 하니까 해본 말이야. 나 대신 오줌 좀 싸고 와주라. 앞으로 그건 형한테 맡길게. 형이니까 그 정도는 해줄 수 있잖아."

선재의 말에 빙긋 웃었지만 선주는 동생이 무심코 내뱉은 '대신'이라는 단어를 듣는 순간 머리카락 뭉텅이가 목에 걸린 듯한 갑갑함을 느꼈다.

'형도 잘 알잖아. 내가 형 대신 여기저기 끌려다니다가 이 모양 이 꼴이 된 거. 그런데 나 대신 오줌 싸주는 것도 힘들어? 내가 누구 때문에 이렇게 됐는데! 누구 때문인데!'

선재의 속마음이 이런 건 아닐지 선주는 늘 조마조마했다.

선재가 눈을 뜬 지 몇 개월이 지나고 조금씩 발가락과 손가락을 꼬물거릴 수 있게 됐을 즈음, 선주는 사법시험 1차에서 낙방하고 말았다. 누가 봐도 당연한 결과였다. 동생처럼 천재도 아니고 지난 몇 개월은 동생 병실에만 붙어 있느라 시험 준비도 제대로 못 했다. 풀 죽은 형의 모습이 이상해 보였던 선재는 이것저것 캐묻다가 깜짝 놀라고 말았다.

"그러니까, 형이 공부를 하고 있었다고? 그것도 사법고시를?"

선주는 도둑질하다 들킨 사람처럼 얼굴을 붉히며 고개만 끄덕였다. 이상하게도 선재에게만은 사법고시를 준비하고 있다고 말하는 게 부끄러웠다.

잠들어 있는 동안 선재의 머리뼈는 단단하게 굳었다. 이제 헬멧을 쓰고 다니지 않아도 괜찮을 것 같았다. 하지만 선재는 남들처럼 평범해져

버린 것 같아 걱정스러웠다. 종일 영어 단어 스무 개를 외우지 못하는 평범한 인간, 중요할 때마다 꼭 주민등록번호가 제대로 기억나지 않아 일을 더디게 만드는 사람들처럼 말이다.

다행히 그런 일은 일어나지 않았다. 오히려 그의 두뇌는 사고 전보다 훨씬 활동적이었다. 특히 암기 속도가 엄청 빨라져 잠들어 있던 9년 10개월 분량의 신문을 다 외우는 데 고작 4개월밖에 걸리지 않았다. 문제는 머리가 아니라 몸이었다. 의사는 재활에만 최소 2년 이상이 필요하다고 말했다. 게다가 만약 재활에 성공해도 예전처럼 자연스럽게 몸을 움직일 수 있을지 장담할 수 없다고도 했다. 실제로 선재는 오른 발목에 전혀 힘이 들어가지 않아 다른 사람의 도움 없이는 일어설 수도 없었다.

그래서일까. 선재는 사람들이 자신을 찾아오는 게 싫었다. 특히 국민학교 시절 친구들이 병문안을 올 때면 더욱 그랬다. 그들은 명문대 법학과에 다니는 선주와 마주칠 때면 존경심 가득한 눈빛으로 바라봤다. 친구들이 선주에게 깍듯하게 인사하며 부러움을 드러낼 때마다 가슴 깊은 곳에서 질투심이 피어올랐다.

"선주 형, 사시 공부하신다면서요. 와……. 형네 학교 합격률 진짜 높죠? 어떻게 그렇게 좋은 대학에 들어가셨어요? 진짜 부럽다."

이런 말을 들을 때면 선주는 수줍은 얼굴로 자리를 피했다. 그 모습마저 선재의 눈에는 위선으로 보였다. 학교 자랑을 하고 싶지 않은 사람이 대학 로고가 크게 박힌 점퍼를 입고 다니는 게 말이 된단 말인가!

하루는 선주에게 물었다.

"형 공부 싫어했잖아. 그런데 어떻게 좋은 대학에 들어간거야? 커닝이라도 했어?"

"그냥, 운이 좋았지 뭐."

선주가 빙그레 웃으면서 대답했다.

"좀 더 자세히 말해봐. 형은 만화가가 되고 싶어 했잖아. 아빠가 죽도록 공부만 시킨 거지? 내가 이렇게 돼버리니까 형이라도 판사 만들려고 닦달한 거지?"

선주는 별다른 말이 없었다. 하지만 선재의 날 선 질문에 귓바퀴가 베인 것 같은 느낌을 받았다. 아버지 때문에 법조인이 되려는 게 아니다. 하지만 법조인을 향한 긴 항해에 나선 자신의 배에 키를 쥔 선장이 아버지라는 사실만큼은 부정할 수 없었다.

선주의 가슴에 법조인이라는 씨앗이 언제 뿌려졌는지 선재는 상상이 안 될 수밖에 없었다. 선재가 사고를 당한 그해 겨울부터 선주는 '공부'라는 종교에 빠진 신자처럼 굴었다. 사고에 대한 책임감과 죄책감, 실의에 빠진 부모님, 외아들 아닌 외아들이 되어버린 부담감까지……. 그가 공부에만 매달릴 이유는 이미 충분했다.

선주는 우선 명문대에 진학하는 것을 목표로 잡았다. 그다음에는 사법고시 합격이었다. 아득히 먼 곳에 있는 목표에 도달하는 방법은 오로지 공부밖에 없었다. 그 어떤 지름길이나 샛길도 존재하지 않았다. 그러다 보니 그 길목은 같은 목적지를 향해 길게 늘어선 사람들로 꽉 막혀 있었다. 그곳은 피 튀기는 전쟁터였다. 선주가 전쟁터를 헤쳐나가는 군인이라면 그의 아버지는 길 밖에서 깃발을 흔들며 응원하는 전쟁광이었다.

"집을 팔아서라도 뒷바라지해 줄 테니 너는 공부만 해라."

선주네 학교에서 안학수의 극성스러움을 모르는 사람은 없었다. 이는 곧 학교 이사장부터 말단 행정 직원에게까지 그의 많은 재산이 흘러들어 갔다는 뜻이다. 덕분에 선주는 백일장에서 백지를 제출해도 장원을 받았고, 학교에서 주는 상이란 상은 모두 휩쓸었다. 게다가 학생주임이 경호원처럼 옆에 딱 붙어 다니면서 선주 주변에 꼬이는 불량 학생들을 쳐내곤 했다.

어느 날 반 전체가 체벌을 받게 되었다. 선생님은 아이들에게 차가운 바닥에 누워 엉덩이만 붙이고 머리와 다리는 모두 바닥에서 10 센티미터만 뗀 채로 양 손을 앞으로 뻗으라고 명령했다. 1분도 지나지 않아 여기저기서 끙끙거리는 소리가 들려왔다. 모두가 고통스러운 그때, 선주의 뒷목으로 무언가가 스윽 들어왔다. 선생님의 발등이었다. 선주는 생각보다 폭신한 그 발등을 베고 누워 생각했다.

'아버지가 이렇게까지 애써주시는데 성적이 떨어진다는 건 말도 안 돼. 더 열심히 공부하자. 그래서 좋은 대학에 가자!'

그렇다고 만화에 대한 열정이 완전히 식은 건 아니었다. 여전히 교과서 곳곳에 만화를 그리곤 했지만, 예전처럼 온종일 만화책을 읽거나 아버지 눈을 피해 새벽에 일어나 만화를 그리는 일 따위는 없었다. 만화를 그리고 싶을 때마다 아버지를, 선재를 생각했다. 어느새 선주에게 만화는 죄악이 되어 있었다.

그렇게 공부에만 매달린 덕분에 명문대 법학과에 들어갔다. 선주는 대학에 입학하자마자 휴학을 하고 신림동 고시촌에 들어갔다. 캠퍼스의 낭만은 사치일 뿐이었다.

고
시
맨

"고시원이 불편하면 언제든 말해라. 내가 학원 옆에 기와집이라도 한 채 지어주마."

아버지의 극성에는 좀처럼 익숙해지지 않았다. 그럼에도 사법고시라는 거대한 목표 앞에서, 아버지와 아들은 합이 잘 맞았다. 아버지는 뜻대로 움직여주는 아들이 믿음직스러웠고, 언제부턴가 아들은 부족함 없이 공부에만 전념할 수 있게 해주는 아버지에게 감사함을 느꼈다.

그러나 다른 사람들의 눈에는 두 사람이 평범한 부자 사이로 보이지 않았다. '공부는 잘 하고 있느냐?'라는 말밖에 할 줄 모르는 아버지. '열심히 하고 있습니다'라는 말밖에 할 줄 모르는 아들. 이들은 마치 '록키 발보아'와 그의 늙은 코치 '미키' 같았다. 아버지와 아들이라기보다는 선수와 코치 사이에 더 가까웠다. 이러한 관계는 긴 잠에서 깨어난 선재도 어렴풋이 느끼고 있었다. 어느새 서로를 종교처럼 맹렬히 믿는 아버지와 형……. 선재는 이 광신도들을 떼어놓겠다고 생각했다.

* * *

1994년 4월

선재가 드디어 혼자 걷게 되던 날, 가족들은 감격스러웠지만 마냥 기뻐할 수만은 없었다. 그날 선주가 다섯 번째 낙방을 했기 때문이다. 소식을 전한 것은 안학수였다. 그는 정식 발표가 나기도 전에 인맥을 통해 정보를 입수했고, 선주의 성적이 합격자 커트라인에 한참 모자란다는 충격적인 소식까지 전해 들었다.

"솔직히 이 점수면 다른 쪽을 알아보는 게 맞아. 사법고시는 엉덩이로 보는 시험이 아냐. 오랜 시간 죽어라 엉덩이만 붙이고 공부해서 되는 게 아니란 말이야. 엉덩이는 기본이고 머리가 따라줘야 겨우 합격하는 게 사법고시야, 이 사람아. 이러다 시간만 축내고 자네 아들 잡겠어."

미리 합격자 정보를 확인해 준 사람은 허탈함과 실망감, 좌절, 배신감을 넣고 푹 우려낸 뼈 있는 말을 했다. 선주는 아버지가 전해 준 그 언짢은 말을 병실 한쪽 구석에 쪼그려 앉은 채 마시기 시작했다. 뜨거운 국물에 혀라도 데인 듯 자꾸만 혀를 날름거리면서 말이다. 안학수는 아직도 어린 시절의 버릇을 고치지 못한 선주를 보며 결국 폭발해버리고 말았다.

"도대체 뭐가 문제냐? 밥을 굶는 것도 아니고, 학원비를 벌어야 하는 것도 아니고, 공부하는 데 부족한 거 하나도 없이 다 해줬는데 왜 성적이 그따위냐! 너 공부한다고 해놓고 딴생각 하냐? 아니면 그놈의 만화라도 다시 그리는 거야?"

호통을 내지르는 아버지의 모습에 저도 모르게 뒷걸음질 치던 선주는 그 자리에 주저앉고 말았다. 허나 안학수는 어떻게든 지금의 분노를 풀어야 했다. 선주를 향해 계속해서 독설을 날렸다.

"아버지는 형밖에 없어요? 지금 제가 걷는 건 안 보여요? 그깟 사법시험 제가 합격해버리면 되는 거예요?"

격양된 모습의 선재가 두 사람을 향해 소리쳤다. 긴 잠에서 깨어난 뒤 지금껏 두 사람 사이에서 왠지 모를 소외감을 느껴온 그였다. 소리를 지르자마자 후회가 밀려왔지만, 이미 통제할 수 없는 감정에 휩싸인 선재가 분노를 거둔다는 건 쉽지 않은 일이었다.

선재가 병원 밖으로 나서기까지는 1년이 넘는 시간이 더 필요했다. 그 사이 선재는 검정고시에 합격했고, 법전부터 수많은 고시 서적을 통째로 외워버렸다.

그즈음 병실에는 선주의 발길이 뜸해졌다. 동생이 자신을 향해 적개심을 드러낸 날 이후 병실에 방문할 때마다 어김없이 상처를 받아 돌아오곤 했기 때문이다.

"이렇게 쏘다닐 시간이 있으면 판례나 몇 개 더 외우지 그래? 아직도 민법 총칙에 발목 잡힌 거 아냐? 그렇게 해서 올해 합격하겠어?"

선재는 기분이 좋다가도 선주가 찾아오면 신경을 곤두세웠다. 보고 있던 신문을 집어던지고 법전을 펼쳐 들었다.

"나 공부하고 있으니까 할 말 없으면 빨리 가. 나중에 나 때문에 시간 뺏겼다고 핑계 대지 말고!"

동생의 심술이 이해되지 않는 건 아니었다. 하지만 동생이 자신에게 경쟁심을 느끼는 건 도저히 이해할 수 없었다.

"선재야, 우린 경쟁자이기 전에 형제잖아. 나 말고도 경쟁자는 수만 명이 넘어. 난 우리가 손잡고 같이 합격했으면 좋겠어."

"그렇게 물러터진 생각만 하니까 자꾸 떨어지는 거야. 사법고시가 불우 이웃 돕기 자선 마라톤 대회인 줄 알아? 손을 잡고 같이 골인하자고? 그게 지금 할 소리야?"

병실에 누워 법전을 한 번 훑어보는 것만으로도 합격권에 가까워져 있는 동생. 선주는 선재의 무서운 재능이 피부에 와닿을 때마다 견디기 힘들었다. 선재는 단순히 암기만 잘하는 것이 아니라 법조문의 입법 취지도 정확히 이해하고 있었다. 게다가 다양한 사례에 기존의 판례를 적용하는 능력도 탁월했다. 아마도 자신은 문턱도 넘지 못한 1차 시험은 물론, 2차 시험도 당연히 합격할 것이다. 이런 사실을 인정할 때마다 자신의 지난 여정이 통째로 부정당하는 것 같았다. 하지만 열등감을 표출하면 형의 품위라는 것마저 잃게 될까 봐 두려웠다. 솔직히 말하면 이제는 잃게 될 품위조차 남아 있지 않은 듯했다. 선재가 병실에서 차근차근 시험 준비를 하는 동안 선주는 한 번 더 낙방했다.

* * *

1995년 가을

선재는 고시촌으로 향했다. 한 달 째 연락이 없는 형의 근황이 궁금했기 때문이다. 한편으로는 시험에서 몇 번이나 떨어진 형이 죽어도 포기하지 못하는 고시촌의 마력이 무엇인지 궁금하기도 했다. 그걸 두 눈으로 직접 확인해 보고 싶었다.

고시촌 마을버스 정류장에서 내려 녹두 거리를 지나 학원가로 향할 때였다. 길을 따라 분식점이 죽 늘어선 좁은 골목에 새로 생긴 듯한 오락실이 하나 보였다. 선재는 그 안에 가득한 고시생들을 보며 혀를 찼다. '쯧쯧, 시험에 떨어지는 사람들은 다 이유가 있어'라고 생각하며 돌아서는데, 오락실 밖 인형 뽑기 기계 앞에 서 있는 익숙한 실루엣이 눈에 들어왔다.

고
시
맨

캠퍼스 점퍼를 걸친 선주였다. 못 본 사이 삐쩍 마른 선주는 점퍼가 아니라 마대 자루를 걸치고 있는 것 같았다. 선재가 조용히 형의 등 뒤로 바짝 다가섰다. 선주는 동전을 쌓아놓은 채 인형 뽑기에 열중하고 있었다.

'이 얼마나 한심한 풍경이란 말인가!'

너무 어이가 없어 잠시 지켜보기로 했다. 기계 안에는 배트맨, 슈퍼맨, 헐크, 스파이더맨, 울트라맨이 가득했다. 죄다 정수리에 열쇠고리를 매달고 있는 조그마한 인형이었다.

'형은 열쇠고리를 원하는 걸까? 아니면 배트맨 인형을 원하는 걸까?'

답은 뻔했다. 선재는 배트맨이라면 자다가도 벌떡 일어나던 어린 시절 형의 모습이 떠올라 잠시 정겨워졌다.

하지만 집게는 인형을 잡을 듯 움켜쥐었다가 금세 놓치길 반복했다. 선주가 쌓아둔 동전이 줄어들수록 공부할 수 있는 시간도 함께 줄어들고 있었다. 선주는 약이 바짝 올라 기계를 발로 차기도 하고 뒷목을 잡기도 했지만 좀처럼 포기할 생각이 없어 보였다. 동전을 모두 잃고 추리닝 바지 주머니에서 지폐 한 장을 꺼내 동전을 바꾸러 오락실 안으로 들어가려 할 때가 돼서야 선재가 형을 막아섰다.

"이 미련 곰탱아. 할 줄도 모르면서 왜 안 되는 걸 붙잡고 있어!"

느닷없는 동생의 등장에 놀란 선주의 귀가 빨갛게 달아올랐다.

"진짜 내 동생이네?"

선재를 위아래로 훑어보던 선주는 콧구멍을 빠르게 벌렁거리며 말했다. 반가워서 어쩔 줄 모르면서도 마음 놓고 좋아했다가 또 동생에게 면

박당하지는 않을까 눈치를 보는 모습이었다.

"앞장서. 고시원이나 안내해."

"…… 너도 고시원 잡으려고?"

"왜? 나는 고시원에 들어가면 안 돼? 거긴 뭐, 대학 나온 사람들만 들어가는 곳이야?"

선주는 말싸움하고 싶지 않다는 표정으로 바닥에 내려놓았던 가방을 어깨에 멨다. 가방이 무거운 건지, 선주가 힘이 없는 건지, 들어 올릴 때의 반동으로 몸이 휘청거렸다. 선재는 본능적으로 넘어질 것 같은 선주의 허리를 붙잡았다.

"고마워."

선주가 슬며시 웃으며 고마움을 표현하자 선재의 얼굴이 붉어졌다.

"고시원 들어가려는 거 아니야. 형이 어떻게 지내는지 보려고 그래."

나란히 길을 걷던 선주가 아직은 한쪽 다리를 절뚝거리는 동생을 바라보았다.

"다음에 보면 안 될까?"

"왜? 공부 방해하지 말고 가라 이거야? 인형 뽑기나 하고 있었으면서."

발끈하는 선재를 보며 선주가 곤란한 표정으로 말했다.

"아직 그 몸으로는 무리야. 내가 있는 고시원은 언덕 꼭대기에 있어. 네가 올라가기 힘들 것 같아서 그래."

대답을 들은 선재의 발걸음이 빨라지기 시작했다.

"잘난 척은……. 그 가방 내려놓고 나랑 달리기 한번 해볼래?"

또다시 튀어나온 경쟁심에 선주는 두 손을 들 수밖에 없었다.

5분 뒤, 선재는 오기를 부린 자신이 미워졌다. 가파른 언덕은 이제 겨우 재활치료를 마친 자신에게 확실히 무리였다. 몇 발자국을 뗄 때마다 울퉁불퉁한 땅바닥에 손을 짚어야 했고, 전봇대가 보일 때마다 등을 기대고 서서 숨을 골라야 했다.

"이게 뭐야. 왜 이렇게 높아. 형은 힘들지도 않아?"

선주는 동생의 건강이 걱정됐지만 한편으론 오랜만에 투정 부리는 선재의 모습이 귀여웠다. 언덕 꼭대기에 있는 성문 고시원 302호에 도착했을 때, 선재는 체면 따위는 완전히 내려놓고 창밖으로 헛구역질을 했다. 선주는 동생의 등을 두들겨주며 손가락 끝으로 언덕을 가리켰다.

"사람들이 이 언덕을 뭐라고 부르는지 알아? 해탈에 이르는 길이래. 올라와 보니까 어때? 그럴듯하지 않아?"

선재는 창틀에 몸을 기댄 채 한참 동안 언덕 밑을 내려다보았다. 주위를 온통 감미로운 빛으로 물들이던 해가 관악산 자락 뒤로 숨어버리고 순식간에 어둠이 내리자, 누군가 신호를 주기라도 한 것처럼 길을 따라 양옆으로 늘어선 고시원 건물의 창문에 하나둘씩 빛이 들어오기 시작했다. 마치 이 순간을 온종일 기다렸다는 듯이 수많은 창문이 별처럼 반짝였다. 어둠 속에 가파른 모습을 숨긴 채 불빛으로 치장한 언덕은 퍽 아름다웠다.

어느새 선재의 눈이 선주에게로 옮겨갔다. 그는 낭만적인 표정으로 언덕 밑을 내려다보고 있었다. 무엇이 형을 이토록 이곳에 붙잡아두고 있는 것인지, 선재는 조금 알 것 같기도 했다.

5부 ———————— 고시맨

12.

창문을 열고 찬 공기를 들이마셨다. 슬러시 입자처럼 곱게 언 공기가 목구멍과 코끝으로 파고들자 정신이 번쩍 들었다. 눈 쌓인 언덕은 스키 점프대처럼 아찔해 보였다. 이야기는 안씨 집안의 두 형제가 언덕을 내려다보며 끝났다. 그래서 두 형제는 어떻게 됐단 말인가? 아직 하지 못한 이야기가 많이 남은, 끝내지 못한 원고 같았다.

문득 총무실에서 본 낡은 사진 속 302호 남자가 떠올랐다. 이야기의 주인공인 '안선주'이자, 어쩌면 이 글을 썼을지도 모르는 그 남자는 총무와 무슨 관계인 걸까? 같은 안씨인 데다가 총무와 얼핏 닮은 걸 보면 그가 총무의 형일지도 모른다. 생각이 여기까지 미치자 나는 고개를 세차게 흔들었다. 만년 고시생 안석주가 초인적 두뇌를 가진 안선재일 리 없다. 두 권의 노트만으로는 4층에 숨어 사는 사람들, 녹두 철학관의 앵무새, 그리고 고시맨이라는 남자의 정체를 파헤치기 어려웠다. 나중에 한 번 더 천천히 읽어봐야겠다고 생각하며 노트를 침대 밑에 감춰두었다. 그리고 총무실로 향했다.

복잡하게 생각하지 말고 궁금한 건 냅다 물어보자는 마음이었다. 비밀 아지트를 발견한 것만으로도 총무는 꼼짝없이 내게 굽신거려야 할 것이다. 하지만 이 늦은 시간까지 총무는 돌아오지 않았다. 어쩌면 그도 4층에 있을지 모르겠다.

결국 한 번 더 초록색 버튼을 눌렀다. 이번에는 좀 더 은밀하게 4층으로 올라갔다. 유리문 앞에 숨어서 지켜볼지, 아니면 정면 돌파로 들이닥칠지를 고민하고 있을 때였다.

횃대 위에 앉아 있던 앵무새가 실내를 날아다니며 말했다.

"오늘 끝. 문 다더. 자. 자라고, 자."

앵무새의 말이 끝나자 신기하게도 가만히 앉아 있던 사람들이 하나둘씩 일어나기 시작했다. 일이 끝난 모양이었다. 나는 들키지 않으려고 잽싸게 계단 밑으로 숨다가 그만 발을 헛디뎌 넘어지고 말았다. 이런 제길, 소리가 크게 났다. 꼼짝없이 들켜버렸지만 오히려 잘됐다는 심정으로 누군가 나오기만 기다렸다. 잠시 후 소라가 모습을 보였다. 어둠 속에서 그녀와 눈이 마주쳤다. 소라는 유리문 안쪽을 살피더니 갑자기 다가와 내 입을 틀어막았다.

"박현우, 너 뭐야. 네가 왜 여기 있어?"

"홍소라, 너야말로 이게 뭐야? 왜 여기서 숨어 지내고 있는 거야?"

소라는 조용히 하라는 듯 검지를 입에 가져가더니 모기만 한 소리로

고
시
맨

속삭였다.

"나중에 다 말해 줄게. 일단 내려가."

"소라 너 때문에 경찰에 신고 안 했어. 대체 여긴 뭐야? 그리고 저 사람들은 누구고? 혹시 위험한 짓 하고 있는 건 아니지? 그거 알아? 너네들 꼭 간첩 같아 보이는 거?"

내 목소리가 컸는지 문 안에서 남자가 "소라야, 거기 무슨 일 있어?"라고 물어보았다. 그러더니 느린 걸음으로 다가와 유리문을 열고 고개를 내밀었다. 지난번에 본 빡빡머리였다. 흡사 승려처럼 보이기도 하는 그는 놀란 기색도 없이 합장하듯 두 손을 모으고 말했다.

"아, 오늘 새로 오신 분인가요? 저는 설봉태라고 합니다. 사시 준비 중이고 나이는 서른하나, 이곳에서 삼년 차입니다."

아마도 나를 다른 사람으로 오해하고 있는 모양이었다. 소라가 다급히 빡빡머리의 입을 틀어막았다.

"봉태 오빠, 이 사람 나 찾아온 사람이야."

그러자 설봉태는 마치 자살골을 넣은 축구선수처럼 움츠러들어서는 조용히 속삭였다.

"소라야, 너 스승님 알면 어떻게 하려고 그래. 비밀 유지 잊었어? 이렇게 된 거 조용히 해결하자. 일단 안으로 들여보내."

소라가 어쩔 수 없다는 듯 내게 들어오라고 말했다. 실내는 추웠다. 한쪽에서 난방기가 돌아가고 있었지만 역부족인 듯했다. 창문마다 쳐놓은 두꺼운 암막 커튼은 빛을 완전히 차단하고 있었다. 중앙의 커다란 테이블 위에 놓인 조명만이 은은한 빛을 쏟아냈다. 제법 푹신한 카펫의 질감을 느끼며 걸어가는 동안 '이쯤이 내 방일까?'라고 짐작되는 부분에 잠시 멈춰 서서 발을 굴러보았다. 소리는 카펫에 그대로 흡수되었다.

요란한 신고식이 시작된 것은 그때였다.

"비쌍이닷, 비쌍. 걸렷따, 딱 걸롯써."

어디선가 앵무새 목소리가 들리더니 순식간에 녀석이 부리로 내 허벅지를 쪼아버렸다. 뼈까지 욱신거렸다. 보금자리를 사수하려는 본능은 인간이나 조류나 마찬가지인 듯했다. 욕설은 덤이었다.

"나쁜 놈. 갯샛끼. 도독놈 샛끼."

난 종종걸음으로 도망 다닐 수밖에 없었다. 이 얼마나 우스꽝스러운 모습이란 말인가. 결국 소라가 나서서 앵무새를 진정시켰다. 앵무새는 거짓말처럼 조용해졌다.

"이 앵무새, 녹두 거리에 있는 철학관에서 본 적 있어. 대체 이곳 정체가 뭐야? 몇 명이나 모여 사는 거야?"

내가 투덜대고 있을 때 나이가 지긋해 보이는 아주머니 한 명이 화장실에서 나왔다. 그녀는 나를 보자마자 "혹시 302호 몽유병?"이라고 물었다. 설봉태도 놀란 표정이었다. 그가 미간을 찌푸리며 물었다.

"당신이 그 유명한 302호?"

놀란 건 나도 마찬가지였다. 이들이 어떻게 날 알고 있는 걸까! 나를 흘겨보던 설봉태가 말했다.

"맞네, 302호. 고시맨이 제일 골치 아파하는 사람."

소라는 걱정스러운 표정이었다.

"박현우, 고시맨 오기 전에 빨리 내려가."

그들의 입에서 '고시맨'이라는 말이 나오자 갑자기 흥분됐다. 드디어 그의 정체를 알아낼 수 있다는 기대감에 나는 소라의 말을 무시하고 테이블 앞에 놓인 의자에 눌러앉았다.

"누구라도 좋으니 여기가 뭐 하는 곳인지 설명해 줘요."

설봉태가 "이거 주거침입죄 아닌가?"라고 중얼거렸다. 말이 떨어지기 무섭게 앵무새가 "사형! 사형!"이라며 날개를 퍼덕거렸다. 아주머니가 효자손으로 등을 긁으며 한술 더 떠 앵무새를 나무랐다.

"틀렸어, 아미고. 주거침입죄는 삼 년 이하의 징역 또는 오백만 원 이하의 벌금이지. 그나저나 고시맨이 알면 우리 다 쫓겨나는 거 아니야?"

이쯤 되니 여기가 정신병동은 아닐까 하는 생각이 들었다. 고시 공부를 하다가 정신줄을 놓은 사람들을 감금하는 시설 말이다. 이들의 창백한 얼굴을 보니 의심에 더욱 힘이 실렸다. 그렇다면 내가 이들을 도울 수도 있을 것 같다.

"자, 제가 다 해결해드릴 테니 솔직히 말씀해 주시죠."

세 사람을 향해 힘 있게 말했다. 어이없다는 표정의 소라가 보다 못해 나섰다.

"저 때문에 온 사람이니 제가 해결할게요. 다들 들어가서 주무세요."

빡빡머리와 아주머니는 시큰둥한 표정으로 각자 방으로 들어가 버렸다. 소라가 말했다.

"약속 꼭 지켜. 내가 해주는 얘기 절대로 아무한테도 말하면 안 돼."

소라는 몇 번이나 다짐을 받고서야 품에 안고 있던 앵무새를 쓰다듬으며 이야기를 시작했다.

"여긴 이 아이 이름을 따서 아미고 고시원이라고 불러. 고시원 위의 고시원. 난 지금 이곳에서 공부를 하고 있어."

그녀의 말이 끝나기 무섭게 따지듯이 물었다.

"꼭 이렇게 숨어서 공부해야만 해? 뭐야, 불법 고액 과외라도 받는 거야?"

"죽고 싶었던 적 있어?"

이건 또 무슨 뜬금포일까? 그녀는 "나는 있어"라고 스스로 대답한 뒤 이야기를 시작했다.

소라는 어머니의 죽음으로 공부를 포기하려 했지만 남은 가족의 기대를 배신할 수 없어 다시 고시촌으로 돌아왔다고 말했다. 지독한 슬럼프에 빠져 폐인처럼 지냈고, 더는 살아야 할 의미를 찾을 수 없었다. 독서실 옥상 난간에 올라서서 몸을 던지려는 순간 앵무새와 괴상한 차림의 남자가 눈앞에 나타났다는 황당한 이야기를 이어나갔다. 그 순간을 떠올리며 소라는 살짝 미소 지었다.

"와쯔롱! 내 눈앞에 나타난 그 남자와 앵무새가 내뱉은 말이야. 와쯔롱. 와쯔롱. 그들은 같은 단어를 서로 주거니 받거니 하면서 나를 혼란스럽게 만들었어. 혹시 와쯔롱이라는 행성에서 온 외계 생명체가 아닐까 하는 생각까지 들었어. 그때였어. 남자는 다짜고짜 민사소송법을 1조부터 막힘없이 읊기 시작했어. 믿어져? 민법도 아니고 민사소송법을 토씨 하나 틀리지 않고 외운다는 거 말이야. 외계 생명체가 민사소송법 따위를 외우고 있을 리 없잖아. 넋을 잃고 그를 바라보는데, 민사소송법을 끝내고는 형사소송법을, 그다음에는 상법, 의료법까지 쉬지 않고 줄줄이

고시맨

말하는 거야. 마법에 걸린 시간 같았어.

얼마나 지났을까? 남자가 갑자기 가방에서 두꺼운 파일북을 꺼내더니 내게 건넸어. 앵무새 로고가 박힌 파일북에는 무려 스무 개가 넘는 각종 시험 합격증과 자격증, 멘사에서 발급한 회원증 등이 정리되어 있었지. 물론 변호사 자격증도 있었어. 나는 그게 모두 진짜라는 데 조금의 의심도 가지지 않았어. 법전을 통째로 외울 수 있는 사람이라면 충분히 가능한 일이니까. 파일북 마지막 장에는 '아미고 고시원 등록 신청서'가 붙어 있었어.

'죽음을 각오할 만큼 절박한 자여, 고시맨을 따라 아미고 고시원으로 오라!'

이런 문구와 함께.

그는 나를 구원해 주러 온 사람이었어. 나는 바로 고개를 끄덕였지. 그러자 그가 실력을 확인해 보겠다며 자신을 따라 외치라고 말했어. 그는 위엄 있는 목소리로 대한민국 헌법을 1조부터 차례대로 읊어나가기 시작했어.

대한민국은 민주공화국이다. …… 모든 국민은 인간으로서의 존엄과 가치를 가지며, 행복을 추구할 권리를 가진다. …… 모든 국민은 인간다운 생활을 할 권리를 가진다. …… 모든 국민은 건강하고 쾌적한 환경에서 생활할 권리를 가진다.

그를 따라 헌법을 복창하던 나는 어느새 바닥에 무릎을 꿇고 뜨거운 눈물을 흘리고 있었어. 그는 내가 가진 권리를 법전이 아닌 현실에서 처음으로 깨닫게 해준 사람이야. 그렇게 고시맨과 처음 만났어."

이야기를 마친 소라의 진심이 고스란히 전해졌다. 나는 미안한 마음에 고개도 들지 못했다.

'그 정도로 힘들었던 거야? 왜 우리에게 연락하지 않았어. 고·사·모가 도와줄 수도 있었을 거야.'

소라가 계속해서 말했다.

"고시맨의 눈에 띈 나는 정말 행운아야. 이제 더는 흔들리지 않아."

"방금 전까지 여기 있던 사람들, 너랑 비슷한 사연으로 여기 들어온 거야?"

"그건 나도 잘 몰라. 모두 자기만의 아픈 과거가 있겠지. 확실한 건, 두 사람도 나만큼 절박했을 거란 사실이야. 고시맨은 그런 사람들에게만 나타나거든."

"네가 말하는 고시맨이 이 앵무새랑 콤비라면…… 혹시 그자가 녹두철학관 점쟁이야?"

소라는 고개를 끄덕였다. 그러면서 이곳이 합격률 100퍼센트에 이르는 무시무시한 법조인 양성소라는 말도 덧붙였다. 고시맨에 대한 소라의 믿음은 절대적이었다.

"소라야, 혹시 총무도 여기 멤버야?"

"너 정말 모르는구나? 석주 씨가 고시맨이야! 그가 우리 스승이라고! 지금까지 내가 말한 사람이 너희 총무 안석주야."

예상치 못한 대답에 뒤통수를 얻어맞은 것처럼 현기증이 났다.

"총무가 법전을 통째로 외운다는 그 고시맨이라고? 그 인간이 너희 스승이라고?"

고
시
맨

"맞아. 우리 스승."

차라리 관악산 산신령이 가끔씩 내려와서 과외를 해준다고 대답했다면 믿었을지도 모르겠다. 제 코가 석자인 장수생 총무가 합격률 100퍼센트의 비밀 강사라니, 이 사실을 누가 믿겠는가.

소라는 지금까지 한 이야기는 무조건 비밀이라며 그만 내려가라고 재촉했다.

"안 돼. 난 오늘 여기서 꼭 그 사람을 만나야겠어."

"고집부리지 마. 너 때문에 내가 여기서 쫓겨나야 직성이 풀리겠어?"

그녀의 눈에 가득한 간절함 때문이었을까. 나는 결국 비밀 아지트를 빠져나와 방으로 돌아왔다. 불을 켜자, 달마가 '잠을 자야겠으니 불 좀 꺼주시게' 하는 표정으로 나를 바라보았다. 지난 몇 시간의 일이 꿈처럼 아득히 느껴졌다.

해가 뜨려면 얼마나 남았을까? 핸드폰을 확인해 보니 미스터 앤서가 보낸 메시지가 가득했다. 소라에 대한 정보를 알려달라, 미스터 앤서 닷컴이 또다시 해킹당했다, 함께 변태를 무찌르자, 너를 믿는다 등 끊임없이 메시지를 보냈다. 내 눈을 찌푸리게 만든 건 마지막 메시지였다.

[혹시 강병수 씨와 친한가요?]

누군가 내 뒤를 미행하는 기분이었다. 이제 병수 형을 통해 소라의 정보를 알아내려는 건가? 노란 헬멧을 쫓는 미스터 앤서의 집착이 놀라웠다. 나는 아무런 답장도 보내지 않았다. 핸드폰을 물끄러미 들여다보고 있을 때 그가 보낸 새 메시지가 도착했다.

[오늘 학원 모의고사가 끝난 뒤 봅시다.]

미스터 앤서의 올가미에 단단히 걸려든 느낌이었다. 미스터 앤서를 만나 내 앞에 놓인 수많은 방정식을 함께 푸는 것도 방법이겠지만, 이제는 그의 집착이 섬뜩했다. 그나저나 나는 어쩌자고 오늘 모의고사가 있다는 것을 까먹었단 말인가!

13.

한밤의 폭죽놀이가 펼쳐졌던 그 운동장이다. 한가운데 붉은 무사가 서 있다. 어디선가 흙먼지가 일어나더니 홀연히 달마가 다가왔다. 그의 등 뒤에는 108명의 제자가 함께했다. 천군만마를 얻은 난 이제 아무것도 두렵지 않다. 우쭐해진 내게 달마의 제자 중 한 사람이 속삭였다.

"모든 법 위에 불법佛法이 있다는 걸 잊지 말게나. 자네의 간절한 기도 때문만은 아니야. 스승님은 오래전부터 이 오만한 자를 주목하고 계셨지. 오늘 스승님이 이자에게 본때를 보여줄 게야. 지켜보게나."

달마와 108명의 제자가 무사를 에워싸고 뱅글뱅글 돌기 시작했다. 가볍고 경쾌한 걸음은 춤을 추는 듯했고 염불을 읊는 목소리에는 기백이 서려 있었다.

무사가 '이건 반칙 아닌가?'라는 표정으로 나를 쏘아보았다.

'쳐다본다고 달라질 게 있을 것 같아? 오늘이야말로 너의 제삿날이다!'

달마가 8척이 넘는 법봉을 허공에 휘둘렀다.

휘익

관악산 공기가 요란한 비명을 내지르며 찢어졌고, 운동장은 열기로 제

고시맨

법 따뜻하게 달궈졌다. 달마는 원을 그리며 빠르게 무사 주위를 돌기 시작했다. 그러자 붉은 무사도 '분위기에 맞춰 나도 돌아야 하나?'라는 표정으로 칼을 빼 들고 달마의 속도에 맞춰 같이 돌기 시작했다. 그러나 무사의 스텝은 자꾸만 엉켰다.

'저 녀석의 약점은 어설픈 사이드 스텝이구나.'

그때였다. 달마가 중심을 잃고 바닥에 나뒹굴었다. 순식간에 벌어진 일이었다. 재수 없게 돌부리에 발뒤꿈치가 걸린 것이다.

"그러게 빨리 승부를 봐야지 왜 돌기만 한 거죠?"

나는 소리쳤다.

팬티에 발을 잘못 넣다 넘어진 것처럼 우스꽝스럽게 누워버린 달마는 일어서지 못했다. 싸늘하고 차가운 표정을 한 무사가 장검 끝을 바닥에 끌며 다가와 달마를 향해 말없이 한 손을 내밀었다.

"일어서시죠, 선배님."

달마는 그가 내민 손을 붙잡고서 일어나 호탕하게 웃었다.

"자네 이제 보니 진짜 남잘세. 내가 졌네, 졌어. 헛헛헛."

달마는 진심으로 감동한 듯했고 무사와 뜨거운 포옹을 나눴다. 지켜보던 나는 발광했다.

"본때를 보여준다면서요! 싸우기도 전에 이게 뭐 하는 겁니까?"

내가 그러거나 말거나, 달마와 무사는 서로를 띄워주느라 정신이 없었다.

"이렇게 만난 것도 인연인데 내려가서 막걸리나 한 사발씩 하세."

"허허허, 선배님도 참."

둘은 마치 오랜만에 상봉한 형제처럼 다정하게 얘기를 나누다 서쪽으로 사라졌다.

* * *

창밖에는 매서운 눈보라가 휘몰아치고 있었다. 돌풍에 시달리다 떨어져 내릴 곳을 정하지 못한 눈꽃들이 창틀에 달라붙었다. 대열에서 이탈한 내 모습 같았다. 거센 바람은 고시원 건물을 타고 오를 때마다 곡소리를 냈다. 그럴 때면 건물이 흐느끼며 어깨를 들썩이는 것처럼 느껴지기도 했다. 그 소리를 가만히 듣고 있자니 이 모든 것이 죽은 자를 애도하는 레퀴엠일지도 모른다는 생각이 들었다. 그럴 법도 했다. 시체 안치소에 누워 있는 차가운 시신처럼, 나는 지금 알몸으로 누워 있으니까!

발바닥이 축축하게 젖어 있다. 엄지발가락에는 플라스틱 조각 같은 것이 박혀 있다. 잠잠해진 줄 알았던 몽유병이 다시 찾아왔다. 전혀 나아지지 않았던 것이다. 설마 알몸으로 고시촌을 활보한 건 아니겠지? 아찔했다. 대체 얼마나 잠들어 있던 걸까? 시계를 보니 오후 4시 30분이었다. 다른 사람들은 지금쯤 학원에서 모의고사를 보고 있을 것이다. 여기까지 생각이 미치자 간밤의 악몽이 되살아난 듯 괴로워졌다.

방문에 붙여둔 달마도가 사라졌다는 사실을 깨달은 건 그때였다. 옷을 대충 입고 방을 나왔다. 복도를 한번 둘러보고 잠결에 내버린 건 아닐까 싶어 분리수거함도 살펴보았다. 그런데 달마도는 의외의 곳에 있었다. 맙소사! 새벽에 소피보러 나오셨다가 길을 잃기라도 한 걸까? 달마도는

고시맨

화장실 소변기 위에 붙어 있었다.

"이 달마도, 그쪽이 붙여놓은 거죠? 사람이 참 엉뚱하네요."

오며 가며 눈인사를 하는 307호가 엉거주춤한 자세로 화장실에 들어서면서 말했다. 나는 아무것도 모르는 척 잡아뗐다. 그러자 그가 "어제 삼층 사람들이 다 봤어요"라고 말했다. 그러고는 소변기 맞은편 벽을 가리키며 "다행히 총무는 못 봤어요"라는 말을 덧붙였다.

그가 가리킨 곳에는 앵무새가 그려져 있었다. 앵무새 머리 위 말풍선에는 '와쯔롱'이라는 세 글자가 적혀 있었다. 불현듯 지난 새벽 아미고에게 공격을 당했던 일이 떠올랐다. 추리닝 바지를 걷어 올려 정강이를 확인해 보았다. 시퍼런 멍 자국이 또렷했다.

"총무가 보기 전에 얼른 지워요. 안 그러면 또 한바탕할 테니까요. 그리고 제발 부탁인데, 다른 고시원으로 옮겨주시면 안될까요? 다들 불안해하고 있어요. 그쪽도 뭐 여기에 인생 걸고 있겠지만, 다른 사람한테 피해 주면서까지 있는 건 아니지 않아요?"

307호의 말에 아무런 대꾸도 할 수 없었다. 그저 말없이 걸레로 낙서를 지웠다. 누구든 붙잡고 지난밤 목격한 비밀 아지트와 총무의 수상한 행적에 대해 말하고 싶었지만 관두기로 했다. 그런 소리를 했다간 더 정신 나간 놈으로 몰릴지도 모른다. 왠지 나만 몹쓸 놈이 된 것 같아 억울했다.

낙서는 잘 지워지지 않았다. 어차피 내가 한 짓이라는 걸 다 알고 있는데 이러고 있는 게 무슨 소용일까 싶어서 그만뒀다. 벽을 닦던 걸레를 내던지고 총무실로 향했다. 문은 굳게 잠겨 있었다. 다시 한번 비밀 아지트의 존재를 확인하고 싶었지만 방법이 없었다.

정신 차리자. 지금이라도 서두르면 3교시 시험은 볼 수 있을 것이다. 언덕을 내려오며 본 눈 쌓인 고시촌은 도로와의 경계마저 희미해 잔뜩 주름진 와이셔츠를 펼쳐놓은 것처럼 보였다.

* * *

학원에 도착하니 3교시 민법 시험까지 시간이 조금 남아 율무차를 한 잔 마시기로 했다. 헌법과 형법 시험이 꽤 어려웠던 모양인지 학원생들의 표정이 좋지 않았다. 그중에는 한때 고·사·모의 회원이었던 진호 형도 있었다. 그는 나를 보자마자 눈이 휘둥그레져서 달려왔다.

"현우야, 너 미스터 앤서랑 많이 친하냐?"

"네?"

"친하냐고."

"아니요. 갑자기 그건 왜 물어요?"

"왜긴 임마. 부러워서 그러지."

"뭐가요?"

그는 내 어깨를 툭 치더니 "얌마, 나도 앤서 닷컴 회원이야"라고 말했다. 그러면서 어젯밤 미스터 앤서 닷컴 종례를 못 봤냐고 했다. 안 봤다고 하자 그는 대단한 일이라는 듯 큰 소리로 말했다.

"앤서가 박현우라는 이름을 호명하자마자 나는 넌 줄 알았지. 따로 연락 못 받았나본데 네가 2월 장학생으로 선정됐어. 이따 시간 되면 사이

세로로 쓴 글자: 고시맨

트에 들어가 봐. 앤서 장학생이면 진짜 끝발 좋은 거 아니냐?"

이 무슨 얼토당토않은 소리란 말인가. 미스터 앤서 닷컴에 재가입한지 얼마 되지도 않았는데 고속 등업도 모자라 장학금까지 받는다고? 미스터 앤서는 대체 무슨 생각일까? 그가 나에게 원하는 건 오직 하나, 소라에 대한 정보다. 그걸 얻어내자고 이렇게 시간과 돈을 들일 필요가 있을까? 어제 온종일 회유한 것도 모자라 장학금까지 주겠다니. 차라리 홍신소에서 사람을 고용하는 게 더 쉽고 빠를 텐데 왜 이런 수고를 하는걸까? 그의 행동이 도무지 이해되지 않았다. '아드득 아드득 아드득 아드득.' 그가 지금 이 순간에도 원두를 씹어 먹으며 내 연락만 기다리고 있을 것 같았다. 당장 앤서에게 메시지를 보냈다.

[앤서님, 제게 더 이상 홍소라에 대해 묻지 말아 주십시오. 그리고 장학금은 다른 분에게 양보하겠습니다.]

앤서는 바로 답장을 보내왔다.

[잘 알겠습니다. 그럴만한 이유가 있겠지요. 더는 묻지 않겠습니다. 신경 쓰게 해서 죄송합니다. 이번 일과 별개로 2월 장학금은 몽유병에 맞서 고군분투하고 계신 현우 님께 드리는 게 좋겠다고 생각했습니다. 시험이 얼마 남지 않았습니다. 파이팅. 당신을 응원하겠습니다.]

그의 호의가 더욱 의심스러워졌다. 미운 아이 떡 하나 더 주겠다는 심보인가? 얻어낼 것도 없고 비협조적인 나를 왜 자신의 사람으로 만들려는 것일까? 그와 메시지를 주고받는 동안 다시 한번 그의 얼굴을 떠올렸다. 기억 속 어딘가에 분명히 그의 얼굴이 있는데 생각 날 듯 말 듯 머릿속에 뿌연 안개가 차오르듯 아득해지니 답답할 노릇이었다.

시험 시작을 알리는 예비종이 울렸다. 시험 시간은 70분. 소란스럽던 강의실 분위기가 순식간에 가라앉았다. 시험 감독으로 들어온 베테랑 학원 강사는 결시자 수를 체크하다가 "대체 돈 내고 시험 보러 안 오는 사람은 뭐죠"라고 혼잣말을 했다. 대여섯 자리가 비어 있었다. 병수 형은 끝내 모의고사를 보러 오지 않았다. 처음 있는 일이었다. 시험이 끝나면 그를 찾아봐야겠다고 생각했다. 새로 옮긴 옥탑방 주소는 학원 사무실에서 알아낼 수 있을 것 같았다.

강사는 한 달 뒤에 있을 본고사에서 유의해야 할 점을 간단하게 설명해 주었다.

"부정행위를 하다 적발되면 오 년간 공무원 시험에 응시할 수 없다는 거 아시죠? 여기에 그러실 분은 없을 거라고 믿습니다."

"이번에 떨어지면 관두려고 했는데 이러나저러나 마찬가지니까 커닝이나 해야겠네요."

맨 뒤에 앉아 있던 넉살 좋은 수험생 하나가 우스갯소리로 받아쳤다.

그러나 아무도 웃지 않았다. 모두 시험 시작종이 울리기만을 기다리고 있었다. 괜히 멋쩍어진 모양인지 그가 한마디 더 보탰다.

"선생님, 지금까지 처벌받은 사례 있어요? 한 사람 인생 종 치게 만드는 건데 감독관들이 커닝했다고 잡아낼까요?"

강사는 안경을 고쳐 쓰며 이렇게 대답했다.

"없을 것 같죠? 있어요. 내가 아는 수험생들만 서넛 됩니다. 그러니까 그런 생각일랑 애초에 하지도 마세요. 응시 자격 제한이 일 년도 아니고 오 년입니다, 오 년."

고
시
맨

순간 책상 위에 놓인 시험지 위로 미스터 앤서의 얼굴이 떠올랐다. '응시 자격 제한'이라는 단어. 그 테트리스 조각 하나가 기억 속 어딘가에 정확히 내려앉으며 수많은 블록들을 줄줄이 격파했다. 그렇게 드러난 빈 공간에 미스터 앤서와의 첫 대면이 선명하게 떠오른 것이다.

14.

2003년 여름이었다. 7월, 아니면 8월. 어쩌면 그보다 이른 6월의 장마철이었던 것도 같다. 몇 월인지는 정확히 기억나지 않지만 금요일이었던 것은 확실히 기억한다.

고시촌에는 좀처럼 변하지 않는 불문율이 몇 가지 있다. 그중 하나가 고시식당의 메뉴 선정 기준인 '월돈수우금계'다. 월요일은 돼지고기, 수요일은 소고기, 금요일은 닭고기 배식을 줄여 말한 것인데, 대부분의 고시식당이 이 방식을 고수하고 있다. 그날 우린 닭갈비를 먹었다. 모처럼 좋아하는 음식이 나와 밥을 두 공기나 먹었고 덕분에 속이 더부룩해 소화제를 사 먹었다. 그러니 잊을 수 있겠는가. 그날은 월돈수우금계 중 금계에 해당하는 금요일이었다.

요일을 가리지 않는 것이 이 거리 사람들의 특징이라지만 금요일 오후는 이유 없이 싱숭생숭한 법이다. 오랜만에 병수 형과 포켓볼이나 칠 요량으로 학원 앞에서 형을 기다렸다. 한림 법학원 앞은 수업을 마치고 쏟아져 나온 고시생들로 붐볐다. 학원에서 내걸은 홍보 현수막들이 하늘을 가리고 있어 해가 지기 전인데도 거리는 어둑어둑했다.

'이 동네에서 돈을 제일 많이 버는 사람은 간판집 사장이 아닐까?'

이런 생각을 하며 종일 더부룩하던 배를 쓸어내리고 있을 때였다. 수험생들이 웅성거리는 소리가 들려 시선을 옮기니 생소한 광경이 눈에 들어왔다. 학원 강사들이 자동차를 주차하는 빈 공터에 책상 하나가 놓여 있고, 그 옆에 한 사내가 피켓을 들고 서 있었다. 1인 시위 중인 듯했다.

사내는 며칠은 감지 않은 듯 떡이 진 장발 위에 하얀 야구모자를 푹 눌러쓰고 있었다. 가까이 가기도 전부터 술 냄새를 풍겼다. 조금 전까지 퍼마신 모양이었다. 구경거리가 생긴 줄 알고 모여들었던 사람들은 그의 암울함이 전염이라도 될까 봐 금세 자리를 떠났다. 마스크로 얼굴을 가린 사내는 다음과 같은 내용이 깨알같이 적힌 피켓을 들고 있었다.

올해 사법고시 1차 시험을 보던 중 부정행위로 적발되었습니다. 그로 인해 5년간 사시는 물론, 모든 종류의 공무원 시험에 응시할 수 없게 되었습니다. 억울합니다. 사소한 부주의로 일어난 일이었습니다. 5년이라는 응시 제한은 너무 가혹합니다. 이대로 모든 걸 포기하고 싶지 않습니다. 법무부에 선처를 요청하는 탄원서를 제출할 생각입니다. 수험생 여러분, 도와주십시오. 탄원서에 서명을 부탁드립니다.

사람들이 앞을 지나갈 때마다 그는 들릴 듯 말 듯한 소리로 "부탁드립니다"라고 말했다. 볼품없이 마른 몸에 고개를 숙이고 신발 끝만 바라보는 그의 모습은 마치 아라비아 숫자 1을 연상시켰다. 더하기 빼기 곱하기

고시맨

나누기를 수없이 반복하다가 결국 모두 까먹고 홀로 남은 숫자 1……. 탄원서에 서명해 주는 사람은 없었다. 모두가 그를 외면했다. 그럼에도 사내는 매일 피켓을 들고 나타났다. 학원 강의가 없는 주말에는 마을버스 정류장 앞이나 녹두 거리에 자리를 잡고 서 있었다. 언제부턴가 사람들은 그를 커닝맨이라고 부르기 시작했다.

예고도 없이 비가 쏟아지던 날, 나는 지쳐 있었고 별 이유 없이 침울했다. 강의가 끝났지만 독서실로 갈 생각도 하지 않고 학원 3층 난간에 기대 서서 비 내리는 풍경을 바라보았다. 시선을 아래로 떨어뜨리니 비를 쫄딱 맞고 서 있는 커닝맨이 보였다. 그의 비닐우산은 책상 위에 놓인 파일북에 양보한 채였다. 그 안에는 그가 목숨처럼 소중히 여기는 탄원서가 들어 있을 것이다.

사람들이 모두 뿔뿔이 흩어져 사라지고 빗소리만 요란해졌을 때, 그가 고개를 들어 하늘을 바라보았다. 굵은 빗줄기를 받아내고 있는 그의 얼굴과 나의 눈이 자연스럽게 마주쳤다. 물끄러미 나를 바라보던 그는 비에 젖어 우그러진 피켓을 높이 받쳐 들며 내게 보이려 했다. 그러더니 연거푸 두 번 나를 향해 고개를 숙였다. 그 모습이 너무 절박해 보여 당황스러웠다. 나는 '내가 법무부 장관은 아니잖아요'라고 생각하며 그의 시선을 피했다. 그러자 그가 다시 피켓을 들어 보였다. 그 순간 거센 빗줄기를 받아내고 있던 피켓이 젖은 비스킷처럼 힘없이 무너져내렸다.

'내가 서명한다고 변하는 게 있을까?'

자판기에서 따뜻한 커피 한 잔을 뽑아 들고 그에게 향했다. 우산을 씌워주려 다가서자 그가 바짝 붙었다. 시큼한 땀 냄새가 코를 찔렀다. 그는 말없이 파일북을 내밀었다. 비닐 안의 탄원서를 보자 그의 처량한 신세가 피부에 와닿았다. 2주 가까운 시간 동안 서명에 응한 사람이 고작 다섯 명뿐이었던 것이다.

"이것 좀 드세요. 그리고 힘내세요. 잘 되길 빌어요."

"고맙습니다. 연락처라도 남겨주세요. 나중에 꼭 보답하겠습니다."

그는 커피를 마시기 위해 축축하게 젖은 마스크를 벗었다.

누렇게 뜬 낯빛에 입술이 파랗게 질린 그는 선량해 보이는 얼굴이었다. 커피를 들이켠 그가 나를 향해 환하게 웃었을 때, 그의 독특한 치아가 드러났다. 조그만 치아들이 벌어진 구리색 톱니처럼 다닥다닥 붙어 있었다.

* * *

'오 맙소사! 그래, 커닝맨이었어!'

4년 전의 일을 떠올리느라 시험 시작종이 울린 줄도 모르고 있었다. 감독을 하고 있던 강사가 정신 차리라면서 내 옆구리를 쿡 찌르지 않았더라면, 시험이 끝날 때까지 멍하니 앉아 있었을지도 모른다.

'집중하자, 박현우. 지금은 다른 생각할 때가 아니야.'

스스로에게 암시를 걸며 글씨로 빼곡한 시험지를 바라보고 있자니 또다시 미스터 앤서의 얼굴이 떠올랐다. 새카맣고 작은 글자가 마치 그의 치아처럼 보였다. 혼인 무효 소송 판례를 풀 때도 그가 떠올랐다. 변호사인 줄로만 알았던 남편이 사실은 사기꾼이었을 때, 남편의 기망행위가 혼인 무효 사유에 해당하는지를 묻는 문제였다.

'앤서가 고시 3관왕이라 사칭한 것은 명백한 사기 행위다. 그는 불과 4년 전까지도 커닝맨이었어. 고시촌 전체가 속고 있는 거야.'

그에 대한 생각 때문에 시험에 집중할 수 없었다. 결국 문제를 절반도 풀지 못한 채 시험이 끝났다. 핸드폰 전원을 켜자마자 병수 형에게 전화를 걸었다. 형은 전화를 받지 않았다. 결국 하고 싶은 말은 문자 메시지로 대신해야 했다. '미스터 앤서는 고시 3관왕이 아니라, 4년 전에 피켓을 들고 서명 운동을 벌였던 커닝맨이다'라고 요점만 정리해서 문자를 보냈다. 그러자 병수 형에게 바로 답장이 왔다.

[그랬구나.]

도무지 이해할 수 없는 반응이었다.

[형도 알고 있었어?]

병수 형은 아무런 대답도 하지 않았다. 전화도 받지 않았다. 그제야 병수 형에게 이야기를 전한 것이 후회됐다. 그가 얼마나 미스터 앤서에게 의지했는지 누구보다 잘 알고 있지 않은가. 병수 형이 받을 충격은 나보다 수십 배는 클 것이다. 며칠 전, 미스터 앤서라는 말이 나올 때마다 표정이 굳어지던 병수 형의 얼굴이 떠올랐다. 조금 전 내가 전한 메시지는 그에게 마치 관 뚜껑에 못 박는 소리처럼 들렸을지도 모른다.

학원 사무실에서는 지난달 모의고사 성적표를 발송했던 주소라면서 흔쾌히 형의 집 주소를 알려주었다. 나는 형을 찾아가는 내내 자괴감에 사로잡혀 있었다. 어떻게 법조인을 꿈꾸는 사람들이 지금껏 미스터 앤서라는 사기꾼에게 놀아날 수 있었단 말인가! 학원 건물 벽에는 모든 고시생을 비웃기라도 하는 듯 앤서의 얼굴이 박힌 대형 현수막이 바람에 흔들리고 있었다.

마지막 모의고사를 치른 수험생들이 거리로 쏟아져 나왔다. 함박눈을 쏟아내고 있는 하늘 아래, 그들은 하나같이 발갛게 상기된 얼굴이었다. 다음 전투에 대비해 무기 손질을 마친 병사와 같은 눈빛을 하고 있었다. 그들 사이에서 나는 '중대장님, 혹시 제 총 못 보셨어요? 어제부터 안 보여서요'라고 묻는 얼치기에 불과했다. 병수 형도 마찬가지였다. 우리 두 사람은 가장 중요한 총을 미스터 앤서라는 작자에게 맡겨두었던 것이다. 그가 우리 진지에 숨어든 적군인지도 모른 채 말이다!

병수 형의 집은 가정의학과 건물 옥탑이었다. 족구 경기도 할 수 있을 정도로 너른 옥상에는 주거 공간으로 보이는 컨테이너와 이동식 간이 화장실, 무너져 내릴 것 같은 투명 비닐 천막이 삼각형의 꼭짓점처럼 멀찍이 떨어져 자리 잡고 있었다.

"형, 나 왔어."

불러보았지만 대답이 없었다. 혹시 바닥에 납작 엎드려 숨어 있는 건 아닐까 싶어 창문으로 컨테이너 안을 꼼꼼히 들여다보았다. 전기담요와 아담한 온열기가 눈에 들어왔다. 저걸로 난방이 되는 걸까? 걱정스러웠다. 대체 왜 형은 따뜻한 고시원을 나와 이 허름한 옥탑방으로 이사를 한 걸까? 그런 생각을 하다가 문득 미스터 앤서 덕분에 고시원비를 절약하게 되었다며 즐거워하던 형의 모습이 떠올랐다. 어쩌면 이곳은 미스터 앤서가 마련해 준 집일지도 모르겠다.

'이 바보 같은 인간! 도대체 얼마를 받아먹은 거야. 배탈 나려고.'

창문틀에 붙어 있던 '미스터 앤서 닷컴의 희망 충전소' 스티커를 떼어 내면서, 그동안 형에게 너무 무심했던 것은 아니었을까 반성했다. 그때 누군가 계단을 오르는 소리가 들렸다. 푸른 마스크에 청색 중절모를 쓴 미스터 앤서였다. 그는 집세라도 받으러 온 주인처럼 당당하게 계단을 올라오고 있었다. 놀란 것은 그도 마찬가지였다.

"이런 우연이 있나요, 박현우 씨."

앤서는 나를 보자마자 손을 내밀며 태연한 척했지만 떨리는 목소리만큼은 숨길 수 없었다. 아무도 없는 둘만의 공간, 그의 베일을 벗기기에 더없이 좋은 장소였다.

"당신이 왜 병수 형을 찾아온 거죠?"

"현우 씨는 왜 여기에 계시죠?"

"저야 병수 형을 만나러 왔죠."

"저도 그렇습니다. 병수 씨와 연락이 잘 닿지 않아서요. 직접 보러 왔지요."

"그러니까 왜요?"

"병수 씨는 지금 충전이 필요하거든요."

미스터 앤서는 싸늘한 나의 태도에 당황한 듯 눈치를 보다가 말했다.

충전? 기가 찰 뿐이었다. 누가 누굴 충전해 주겠다는 말인가. 나는 목 구멍까지 차오르는 분노를 간신히 가라앉혔다. 패는 내가 쥐고 있다. 서두를 이유가 없다.

"이는 좀 괜찮으십니까?"

"네?"

"치료받으러 가지 않으셨어요? 왜죠? 가면을 벗어야 하니까 안 가셨군요? 그렇죠?"

"현우 씨, 무슨 말인지 모르겠지만 지금 뭔가 오해하신 것 같네요. 제가 시간이 없어서 말이죠. 다음에 또 찾아오도록 하죠."

돌아서서 계단을 내려가는 그에게 치명타를 날리고 싶었지만 이번에도 참았다. 쥐도 빠져나갈 구멍을 보고 쫓으라 하지 않는가. 궁지에 몰린 그가 마스크를 벗어던지고 쥐처럼 생긴 이로 나를 물까 봐 두려웠던 건 아니다. 오로지 병수 형이 걱정됐기 때문이었다. 앤서와 병수 형 사이에 내가 모르는 무서운 계약이 존재하는 것 같았다. 더는 병수 형이 상처받는 일은 만들지 않겠다고 결심한 만큼 섣부른 판단이나 행동은 하지 않을 생각이었다.

밑을 내려다보니 이제야 건물을 빠져나가는 앤서의 모습이 보였다. 그가 잠시 멈춰 서더니 고개를 들어 옥탑을 올려다보았다. 4년 전 비가 많이 내리던 그날처럼 그와 나의 눈이 마주쳤다. 결국 우리 중 누구도 고시촌을 벗어나지 못했다는 생각이 들자 등골이 서늘해졌다. 우리는 왜 이곳을 떠나지 못하는 걸까?

15.

고시원이 소란스러웠다. 현관 앞은 떼 지어 담배를 물고 있는 사람들로 붐볐다. 여러 무리로 나뉜 사람들 중에서는 불안하게 다리를 덜덜 떨어대는 사람, 마른기침만 내뱉는 사람, 가려운지 몸을 긁는 사람, 추운데

고
시
맨

이게 무슨 난리냐며 투덜거리는 사람까지 있었는데, 그들은 하나같이 불안에 떨고 있었다.

"무슨 일이에요?"

근처에 있던 307호에게 물어보았다.

"아이고, 드디어 오셨네. 한바탕 난리였어요."

"왜요?"

"총무가 그쪽 쫓아낸다고……. 빨리 올라가 봐요."

현관 앞에 쌓인 책 무더기는 내 것이 확실했다. 총무 짓일 것이다. 창문을 열어두어 차갑게 식어 있는 내 방에는 배가 볼록해진 쓰레기 종량제 봉투 너댓 개가 굴러다니고 있었다. 봉투 안에는 내 옷가지와 소지품이 아무렇게나 뒤섞여 있었다. 책상 위에는 메모 한 장이 놓여 있었는데, 그걸 읽는 순간 무엇이 총무를 이토록 화나게 만들었는지 알 수 있었다.

이제 도둑질까지 해? 양심이 있으면 알아서 나갈 거라고 믿어.
내일 이 방에 새로운 원생이 오기로 했으니 오늘 안에 무조건
방 뺄 것!!!

나는 바닥에 납작 엎드려 침대 밑으로 몸을 반쯤 집어넣었다. 깊숙한 곳에 숨겨 두었던 총무의 노트 두 권은 역시나 사라지고 없었다. 변명을 해야 할까, 용서를 빌어야 할까. 처음에는 두 가지 선택지를 놓고 갈등했다. 그러다가 변명하는 것도, 용서를 구하는 것도 총무에게는 먹히지 않을 거라고 확신했다. 그렇다면 고시원에서 쫓겨나지 않기 위해 선택할 수

있는 길은 하나밖에 없었다. 이판사판이다! 맞불을 놓으며 정면 돌파하자! 최근엔 내게도 좋은 패가 꽤 많이 들어오지 않았던가.

크게 심호흡을 한 뒤 총무실로 향했다. 다행히 문도 잠겨 있지 않았고 총무 역시 보이지 않았다. 비밀 아지트로 향하기 전, 비품 캐비닛을 열어 '관찰 일지'라는 라벨이 붙은 노트부터 확보하기로 했다. 그런데 웬걸. 캐비닛은 언제 그런 것이 있었냐는 듯 깨끗하게 비워져 있었다. 약삭빠른 총무가 행여 내게 약점을 잡힐까 봐 미리 수를 써둔 것이 분명했다. 설마 비밀 아지트도 말끔히 정리해버린 건 아니겠지? 조바심을 느끼며 어두컴컴한 계단을 올랐다. 소란스러웠던 것일까? 그게 아니라면 나의 침입을 미리 예상이라도 하고 있었던 것일까? 홍소라가 내가 올 것을 있었다는 듯 문을 열어 나를 맞이했다.

"들어와. 기다리고 계셔."

소파에 앉아 있던 총무는 나를 흘겨보면서 지겹다는 듯 한숨을 크게 내쉬었다. 다만 내 방에서 노트 두 권을 발견한 것에 대한 분노는 많이 누그러진 것 같았다. 그가 말했다.

"고집부리러 왔다면 그냥 돌아가. 마지막 인사를 하러 왔다면 그건 내가 받아줄 수 있지."

그는 내가 이곳에 침입했다는 사실에 대해 조금도 놀란 것 같지 않았다. 오히려 평소보다 차분한 어투였다. 설봉태가 입꼬리를 얄밉게 올린 채 나를 바라보고 있었다. 아마도 녀석이 어젯밤 나의 침입에 대해 이야기한 것 같았다. 총무가 나지막한 목소리로 설봉태와 소라에게 말했다.

"봉태, 소라, 너희들 지금 뭐 하는 시간이야. 내가 몇 번 말해야 알아

고
시
맨

들어. 무슨 일이 벌어져도 평상심을 유지하라고 했잖아. 지금까지 어렵게 만들어온 패턴 다 깰 거야?"

총무의 말이 끝나기도 전에 두 사람은 명령을 수행하는 로봇처럼 움직였다. 내게 눈길도 주지 않은 채 방문을 닫고 들어가 버렸다.

총무가 어두컴컴한 복도 끝, 천체 망원경이 놓여 있는 창가로 느릿느릿 걸어갔다. 말하지 않아도 따라오라는 뜻을 알 수 있었다. 횃대에 앉아 꾸벅꾸벅 졸고 있던 아미고도 뒤뚱거리면서 내 뒤를 쫓았다. 총무는 창문을 가린 커튼을 걷어내고는 말없이 천체 망원경을 만지작거렸다. 커다란 창문을 등진 채 선 내 모습을 본 아미고가 신경질적으로 소리 질렀다.

"꺼졋, 안 보엿."

하는 수 없이 총무 옆에 나란히 섰다. 유리창에 비친 그와 나의 실루엣이 꼭 우애가 좋지 못한 형제처럼 보였다. 한참 창밖을 바라보고 서 있던 총무가 말했다.

"아는 의사가 있어. 소개해 줄 테니까 찾아가도록 해. 그리고 이곳에서의 일은 잊어줬으면 좋겠어. 부탁하지."

목소리를 작게 내는 것은 이곳에서의 습관인 듯했다. 덩달아 내 목소리도 작아졌다.

"믿기지 않아서 그래요. 속 시원하게 말 좀 해봐요. 대체 정체가 뭡니까? 점쟁이에요? 사기꾼이에요? 과외 선생이에요? 변태입니까? 아니면 뭐…… 영웅이라도 됩니까? 당신이 노란 헬멧 쓴 그 남자 맞아요? 왜 그러고 다니는 거죠?"

묵묵히 질문을 듣고 있던 총무는 괴롭다는 듯 마른세수를 했다.

"이메일 주소 하나 남겨두고 가. 물어본 것들은 다 메일로 정리해서 보내줄 테니까. 그리고 그냥 제발 좀 내려가. 왜 인정을 못 해. 너도 끝났다는 거 다 알잖아."

"아니요. 당신 정체를 파헤치기 전까진 내려가지 않을 겁니다."

"나에 대해 논문이라도 쓰겠다는 거야?"

총무가 치통을 앓는 사람처럼 눈을 질끈 감았다. 나는 대꾸했다.

"여기서 육 년을 살았어요. 내려갈 때 내려가더라도 이야기의 결말은 보고 가야겠어요."

그는 아무 말도 없이 천천히 뒤돌아 반대편 벽에 달린 전등 스위치를 껐다. 실내가 순식간에 암흑으로 변했다. 다시 내 옆에 선 총무가 손가락으로 창밖을 가리켰다. 조금 전까지 거울처럼 우리의 실루엣을 비추고 있던 유리창에 고시촌의 야경이 선명하게 펼쳐졌다. 마술 같다는 생각이 들었다.

하루 종일 내리던 눈은 그쳤고, 고시촌은 여느 때와 같이 어둠 속에서 불타오르고 있었다. 불 켜진 창문들은 전장에 나부끼는 횃불처럼 보이기도 했고, 기적을 염원하는 촛불처럼 보이기도 했다. 이렇듯 창밖 풍경에는 무섭고 아름답고 아련한 광경이 뒤섞여 있었다. 총무의 손가락이 수많은 불빛들 중 무엇을 가리키는지 도무지 짐작할 수 없었다. 그저 총무에게도 이런 낭만적인 면이 있다는 사실이 놀라울 뿐이었다. 분위기에 취해 조금 누그러진 목소리로 물었다.

"무슨 뜻입니까? 뭘 보라는 겁니까?"

그러자 총무가 혀를 쯧쯧 차며 대답했다.

"내려가라고. 몇 번을 말해야 알아들어."

역시 총무에게 낭만 따위를 기대하는 게 아니었다. 나도 손가락을 들어 창밖을 가리켰다. 그가 "왜?"라고 물어왔을 때 대답했다.

"다 같이 내려가죠. 내가 보기에 여기 있는 사람들 전부 제정신이 아닌 것 같은데."

총무는 어둠 속에서 아랫입술을 잘근잘근 씹었다. 한참을 그러더니 조금 더 낮은 목소리로 물었다.

"토끼와 거북이 이야기 알지?"

"계속해요."

"거북이가 왜 토끼랑 달리기 시합을 하는지 생각해 본 적 있어? 자기가 잘하는 수영을 놔두고 왜 굳이 뭍에서 토끼와 달리기를 하는 걸까?"

야심한 밤 이 무슨 뜬금없는 질문이란 말인가.

"우승 상금이 커서 그런가 보죠. 그리고 결국 거북이가 이겼잖아요."

내가 목소리를 높이자 총무는 주먹으로 자신의 관자놀이를 꾹꾹 눌렀다.

"내려가라 제발. 아무리 생각해 봐도 너는 진짜 내려가야겠다. 당장 내려가!"

9시가 되자 총무가 천체 망원경으로 창밖을 바라봤다. 엉덩이를 뒤로 쭉 뺀 불편한 자세로 꼼짝도 하지 않았다. 아미고도 총무의 어깨 위에 자리 잡고 앉아 창밖 풍경에 집중했다. 매일 이어져 온 일과인 것처럼 이들의 행동은 너무도 자연스러웠다. 아미고는 내가 무슨 말을 꺼내려 할 때마다 "시꾸럿, 닥쳐!"라고 소리를 질러댔다. 총무 옆에 다가서려고만 하면 몸을 부풀리며 위협적으로 굴었다. 나는 벽에 기대어 총무가 무슨 말이라도 해주길 기다렸다. 그러나 총무는 들릴 듯 말 듯한 목소리로 아미고와만 대화를 나누었다.

"아미고, 보여? 저 아저씨 정신 못 차리고 또 취해서 돌아다니네."

"사형, 사형."

"쟤는 언제 우리가 손 좀 봐줘야겠어."

"오키도키."

"저 여자는 추운데 뭐 한다고 놀이터에 쪼그려 앉아 있지? 체크해둬야겠어."

"어딧? 어딧?"

"그나저나 오늘은 C급 애들이 좀 되는군. 큰일은 없겠어."

대화 내용으로 짐작해 보건대 이들은 별을 관측하는 것이 아니었다. 관음증 환자처럼 언덕 아래 고시촌의 사람들을 관찰하고 있었다. 더 정확히는 관찰을 넘어 그들의 삶에 관여하려 하고 있었다. 손을 봐주고 체크를 해두겠다니⋯⋯. 도대체 무슨 권한을 가졌기에 이런 소리를 늘어놓는 걸까.

슬슬 지겨워질 즈음 방문이 열렸다. 도둑처럼 소리 나지 않게 살금살금 걷는 이는 빡빡머리 설봉태였다. 화장실에 가려는 그를 붙잡았다. 그는 더 이상 내게 존대할 필요가 없다고 생각한 것 같았다.

"뭐야, 아직까지 있었네."

"저 둘, 지금 뭐 하는 거예요?"

고
시
맨

설봉태는 곁눈으로 총무를 의식하면서 내 어깨에 팔을 걸쳤다. 그가 귀에 대고 속삭이듯 말했다.

"너 같은 애들 찾고 계시잖아. 너 말이야, 스승님이랑 아미고 아니었으면 진작 얼어 죽었어. 알기나 해?"

"그게 무슨 소리죠?"

"어제 새벽에 얼어 뒈지려고 길에서 자고 있던 널 아미고가 발견했다고. 302호랬지? 넌 진짜 감시 대상 1순위야. 너 때문에 요즘 스승님이 잠도 못 자. 알아?"

몽유병을 부정할 수는 없었다. 그렇다고 총무를 향해 "감사합니다" 하며 고개 숙일 수도 없는 노릇이었다. 감시당해 왔다는 말에 불쾌함을 느꼈기 때문이다. 경찰이 해야 할 일을 왜 총무가 하고 있는 걸까? 그걸 명분으로 사람들의 사생활을 일일이 엿보고 있지 않은가. 그 점에 대해 지적하자 빡빡머리는 더 작은 목소리로 속삭였다.

"경찰은 사건이 터져야 움직이잖아. 그 전에 예방하는 게 우리 스승님의 임무라고. 너 진짜 아이큐가 몇이야? 이해가 안 돼?"

"네. 머리가 나쁘진 않은데 이해가 잘 안 되네요. 예방을 하다니요. 대체 뭘 예방한다고 저러는 겁니까? 제 눈엔 그냥 다들 미친 것 같아요."

"너 같은 애들 고시촌에서 쫓아내는 게 예방이지 뭐겠어. 고마운 줄 알고 스승님 말씀대로 빨리 돌아가. 가서 다른 일이나 찾아."

같은 수험생 주제에 너 같은 애들이라니……. 살면서 이처럼 무시당하는 기분은 처음이었다. 주제에 무슨 큰 벼슬을 한 것처럼 구는 녀석이 아니꼬워 더는 대화를 하고 싶은 기분이 아니었다. 어두워서 실수한 것처

럼 그의 발등을 밟아버렸다. 그는 자리에 주저앉더니 손으로 입을 틀어
막고서 신음이 새어 나가지 않도록 했다. 아파도 소리조차 못 지르는 주
제에 어디서 거들먹거린단 말인가. 고것 참 쌤통이다 했을 때였다.

"비상, 비상, 일급 비상. 떨어진닷, 떨어졋."

한동안 잠잠하던 아미고가 총무의 어깨 위에서 꽥꽥 소리 질렀다. 창
밖에서 무언가를 발견한 것 같았다. 설봉태가 "또 터졌어요?"라고 물었
다. 망원경을 살피고 있던 총무가 나지막하게 대답했다.

"그런 것 같다. 위치 파악할 동안 네가 출동 준비 좀 해둬."

"알겠습니다, 스승님."

그들은 이런 돌발 상황에 충분히 단련되어 있는 모양인지 당황하지 않
았다. 후다닥 다른 방으로 뛰어 들어가 부피가 큰 박스를 들고 나왔다.
꽤 무거운 것 같아 나도 모르게 그를 돕고 말았다. 박스는 설봉태의 방
침대 매트리스에 내려놓았다. 그는 고시원 뒤쪽 담벼락을 향한 창을 활
짝 열었다. 차가운 바깥공기가 안으로 밀려들자 머리가 쭈뼛 섰다.

"무슨 일이죠?"

질문을 던졌지만 그는 말없이 자기 할 일만 했다. 돌아보니 소라가 손
톱을 물어뜯으며 문턱을 밟고 서 있었다. 그녀 곁에 가까이 붙어 서자 이
모든 사달이 나 때문이라는 것처럼 눈을 흘겼다.

"다들 왜 이러는 거야?"

"이왕 이렇게 된 거 두 눈 똑바로 뜨고 지켜봐."

소라는 더는 대꾸하지 않겠다는 듯 뒤돌아서 버렸다.

박스 안에는 암벽 타기 할 때나 쓰일 법한 굵은 로프가 돌돌 말린 채

고
시
맨

정돈되어 있었고, 화재 시 비상 탈출을 위한 간이 완강기도 보였다. 마대 자루 수십 장, 검은색 가방과 부츠, 그리고 노란 헬멧이 들어 있었다.

빡빡머리가 간이 완강기를 창틀에 설치하는 동안, 다른 쪽에서는 아미고가 이미 창문 밖으로 빠져나가 30여 미터 떨어진 공중에 둥둥 떠 있었다. 팔뚝만 하던 녀석이 테니스공처럼 작아 보였다. 총무는 아미고가 움직이는 방향으로 망원경을 조정했다. 마치 아미고를 과녁 삼아 바주카포를 날리는 것 같은 모양새였다.

"보인다. 잡았어. 오케이 아미고."

총무가 아미고를 향해 수신호를 보내자 공중에 떠 있던 아미고는 믿기지 않을 만큼 빠른 속도로 하늘을 가르기 시작했다. 눈 깜짝할 사이에 시야에서 사라져버렸다.

총무는 망원경에서 눈을 떼자마자 이쪽으로 달려왔다. 그는 서둘러 검은색 마스크로 얼굴을 가리고 노란 헬멧을 썼다. 창밖으로 가방을 집어 던지고 마대 자루 서너 장도 같이 던져버렸다.

"도대체 뭐 해요? 민방위 훈련이라도 하는 겁니까?"

그는 빠르게 체크 셔츠 단추를 풀었다. 통이 큰 추리닝 바지도 벗었다. 그러자 스판덱스 재질의 검은색 전신 타이즈가 모습을 드러냈다. 잔근육이 도드라져 보이는 상체와 사타구니에 툭 불거져 나와 있는 돌무덤이 너무 도발적이어서, 저절로 웃음이 나왔다. 그의 오른쪽 가슴 부근에는 검은 실로 앵무새가 수놓아져 있었다. 원단과 같은 색이어서 눈을 부릅뜨고 살펴보지 않으면 보이지도 않을 것 같았다. 노란 헬멧은 턱 끈이 다 낡아 있었지만 광택제를 발라 닦아놓은 듯 반짝거렸다. 앞쪽에는 조그마한 글씨로 'GOSIMAN'이라 적혀 있었다.

잠깐이지만 이 황당무계한 순간이 영원처럼 멎어버린 것 같았다. 눈앞에 펼쳐진 모든 장면이 만화책 속 한 장면처럼 느껴졌고, 내 머리 위에는 말풍선이 떠다니는 것만 같았다. 물론 말풍선 안에는 느낌표만 200개 정도 찍어야 할 것이다.

총무는 순식간에 구렁이처럼 창문을 빠져나가 건물 외벽을 타고 내려갔다. 안전하게 착지한 그는 바닥에 놓인 것들을 챙겨 빠른 속도로 건물을 돌았다. 소라가 말한 대로 그를 지켜보기 위해서는 다시 천체 망원경이 놓여 있던 자리로 뛰어가 창문 앞에 서야 했다. 열린 창문을 통해 이가 시릴 정도의 강풍이 쏟아져 들어왔다. 거센 바람이 가파른 언덕을 타고 올라오며 눈보라를 만들어내고 있었다. 그러나 총무는 조금의 주저도 없었다. 스키 점프대처럼 위험해 보이는 언덕을 활공하듯 내려가고 있었다. 자세히 보니 여러 장 겹쳐놓은 마대 자루를 썰매 삼아 내려가는 것이었다. 그 모습은 마치 저예산 삼류 히어로 영화처럼 우스꽝스러웠지만 이상하게도 가슴이 벅차올랐다.

설봉태가 소리도 없이 뒤에서 다가와 옆구리를 찔렀다.

"봤지? 이래도 우리가 수상해 보여?"

"갈수록 더 수상해지는걸요. 지금 누구를 구하러 내려간 거죠? 차라리 119에 신고를 해요!"

"흥, 119가 그 사람의 영혼까지 구해주진 못 하지. 지켜봐."

"뭘요?"

"스승님이 무슨 일을 하시는지."

그가 망원경을 손가락으로 톡톡 건드렸다. 그러고는 알아서 하라는 듯 쪼르르 방으로 들어갔다.

망원경에 눈을 가져다 댔다. 렌즈는 어느 빌딩 옥상에 고정되어 있었다. 컨테이너를 개조해 만든 것 같은 조그마한 옥탑방이 보였고, 쌓인 눈의 무게를 견디지 못해 곧 무너질 듯한 비닐 천막도 눈에 들어왔다. 잔디처럼 넓게 깔린 하얀 눈이 달빛을 반사하고 있었기 때문에 옥상은 대낮처럼 환했다.

아미고는 벌써 그곳에 도착해 있었다. 움직임이 굼뜬 어떤 사내의 머리 위를 날아다니며 그를 위협했다. 사내는 두 주먹을 턱에 바짝 끌어당긴 채 아미고를 피해 다녔다. 뒷걸음치다가 미끄러져 넘어지기도 하고 허겁지겁 눈을 뭉쳐 아미고를 향해 던지기도 했다.

'이 남자에겐 또 무슨 사연이 있는 걸까?'

사내의 얼굴을 자세히 살펴보는데 오, 맙소사! 이게 대체 어떻게 된 일이란 말인가! 옥탑 위의 사내는 병수 형이었다. 병수 형이 왜 저기에…… . 형, 대체 뭐 하고 있는 거야. 형 진짜 미쳤어?

16.

망원 렌즈에서 눈을 뗐을 때 시야가 온통 두려움으로 출렁거렸다. 미친 듯이 흔들리는 해먹 위에 누워 태풍이 지나가기만을 바라는 기분이었다. 어떻게 4층에서 내려왔는지도 몰랐다. 오로지 형을 구해야 한다는 생각만으로 현관 앞까지 내려와 보니 종일 내린 눈은 발목까지 쌓여 있었다. 한 걸음 내디딜 때마다 슬리퍼가 벗겨졌다. 어차피 젖어버린 발, 슬리퍼를 벗어 양손에 장갑처럼 끼웠다.

하지만 가장 큰 문제는 역시 미끄러운 언덕이었다. 다치지 않기 위해서는 기마 자세로 한 걸음씩 천천히 걸어야 할 것만 같았는데, 그렇게 천천히 내려가다가는 병수 형을 구하기는커녕 그의 장례식에도 참석하지 못할 것 같았다. 썰매처럼 타고 내려갈 만한 것을 찾기 위해 주위를 둘러보았다. 고시원 현관문 앞에 총무가 나일론 끈으로 묶어 내놓은 내 수험서들이 눈에 들어왔다. 허리 높이까지 쌓인 책 두 묶음을 집어 바닥에 뉘어놓으니 제법 쓸 만해 보였다.

책을 엉덩이에 깔고 앉아 바닥을 굴렀다. 지금껏 책과 한 몸이 되어야 한다는 이야기를 귀에 딱지가 앉도록 들어왔다. 결국 이런 방식으로 책과 한 몸이 된 나는 무시무시한 속도로 언덕을 내려왔다. 언덕을 내려온 뒤에도 속도를 줄이지 않고 달렸다. 그렇게 병수 형의 옥탑에 도착했을 때는 탈진 상태가 되어 바닥을 기었다.

"형, 병수 형!"

성대가 꽁꽁 얼어버려 목소리가 제대로 나오지 않았다. 그렇다고 안 들릴 정도로 작은 소리는 아니었는데 병수 형은 대답하지 않았다. 다시 크게 외쳐봐도 병수 형은 답이 없었다.

아미고와 총무가 보였다. 그들은 투명한 비닐 천막 안에 있었다. 총무는 LPG통을 연결해놓은 가스난로 앞에서 몸을 녹이고 있었고, 아미고는 그의 발아래 웅크리고 앉아 있었다. 그런데 어떻게 된 일인지 주위를 둘러봐도 형은 보이지 않았다. 끔찍한 생각이 머리를 스쳐 지나갔다.

'이미 늦어버린 걸까? 구하지 못한 거야?'

너른 옥상을 가로질러 난간 앞에 도착했지만 차마 고개를 숙여 그 아래를 내려다볼 용기가 나지 않았다. 저 멀리에서 사이렌 소리가 들리는 것도 같았다. 비닐 천막에 들어서며 떨리는 목소리로 물었다.

"병수 형 어떻게 됐어요? 늦었어요?"

나무 의자에 앉아 있던 총무가 얼굴을 가리고 있던 마스크를 벗어던지며 대답했다.

"내가 묻고 싶은 말이야. 어떻게 된 거지? 302호 네가 왜 여길 따라왔어?"

"병수 형 어떻게 됐냐고요. 빨리 말해!"

"아는 놈이야?"

"늦었어요? 못 구했어요?"

총무의 양 어깨를 흔들며 물었다. 그는 대답하지 않았다. 대신 총무의 발이 내 눈에 들어왔다. 총무는 부츠를 한쪽만 신고 있었다. 부츠를 벗은 오른발은 양말조차 신지 않은 맨발이었고 눈에 띌 정도로 부어 있었다. 다친 모양이었다. 이곳에 머물고 있는 이유도 다친 발목 때문인 것 같았다. 그가 말했다.

"302호, 아는 사람이면 네가 데려와."

"네? 병수 형이요?"

"내가 저놈 이름을 어떻게 알아. 가서 잡아 와."

이제야 겨우 상황 파악을 한 나는 눈을 질끈 감고 가슴을 쓸어내렸다. 총무와 아미고가 병수 형을 살린 것이다. 어떻게 고마움을 표현해야 할지 몰라 쭈뼛거리고 있자 총무가 신경질적으로 말했다.

"지금부터가 시작이야. 원인을 해결하지 않으면 두 번이고 세 번이고 이런 일이 반복될 수 있어. 저 안에서 또 이상한 짓 할지도 모르니까 빨리 잡아 와."

서둘러 병수 형이 들어간 컨테이너 앞에 섰다. 문을 두드리며 형에게 내가 왔음을 알렸다. 문을 열고 나오면 일단 손부터 꼭 잡아줄 생각이었는데 나를 맞이하는 형의 반응이 전혀 의외였다. 병수 형은 여전히 겁먹은 목소리로 말했다.

"넌 또 누구야. 나 좀 가만히 놔둬. 죽는 것도 맘대로 못 해? 꺼져, 꺼지라고!"

머리가 이상해진 게 분명했다. 갑자기 앵무새가 날아와 공격을 하고 괴상한 복장의 사내가 쳐들어와 난리굿을 펼쳤으니 그럴 만도 했다. 고시맨과 그의 앵무새 아미고에 대해 어디서부터 설명해야 할지 막막했다. 창문에 바짝 붙어 안을 들여다보려 하자 형은 겁 많은 어린아이처럼 벽에 고개를 처박고서 "열지 마. 열지 말라고!"라며 간절히 외쳤다.

"형, 정신 차려. 나 현우라고."

"웃기시네. 현우가 갑자기 왜 여기에 와."

"나라고, 멍청아. 오 년 된 친구 목소리도 못 알아들어?"

"잠깐만……."

창을 등지고 선 병수 형이 크게 숨을 들이쉬었다. 화장이라도 하는 것처럼 한참 얼굴을 매만지던 그가 천천히 돌아섰을 때, 나는 귀신을 본 듯 화들짝 놀라버렸다. 형의 얼굴이 너무도 낯설었기 때문이다. 그는 못

고
시
맨

본 사이 20년은 늙어버린 것 같았다. 눈두덩과 코끝이 멍든 것처럼 새카맣게 변해 있었고 양쪽 구레나룻 근처에는 저승꽃들이 선명하게 피어 있었다. 잔뜩 부풀어 오른 얼굴에는 지독한 나른함이 어려 있었다.

한마디로 죽었다 살아난 사람의 얼굴이었다. 축 처진 그의 어깨엔 아직도 사신이 앉아 있는 것만 같아 나는 시선을 살짝 돌렸다.

"어라, 진짜 현우네. 맞지? 내 동생, 현우."

형은 꽉 잠긴 목소리로 물었다.

"내가 형 때문에 못 살아. 얼마나 놀랐는지 알아?"

"나 여기 사는 거 어떻게 알았어? 그리고 쟤들 뭐야? 저 쭐쭐이, 혹시 니가 아는 사람이야?"

뭐라고 답을 해야 할지 몰라서 이야기가 길다고 얼버무렸다. 왜 나에게 연락하지 않았냐고, 그동안 어디서 뭘 하고 있었냐고 물었다. 형은 고개를 푹 숙이고는 절레절레 흔들기만 할 뿐이었다. 묻지 않기를 바라는 것 같았다. 잠시 침묵이 이어졌다.

"먹을 거라도 사올까?"

얼굴을 보아하니 사나흘은 굶은 것 같았다.

"됐어, 현우아. 혼자 있고 싶어. 나중에 전화할 테니까 저것들 좀 데리고 돌아가 줄래?"

"내가 지금 어떻게 돌아가겠어. 형이라면 그럴 수 있어?"

"부탁한다."

"먹기 싫으면 먹지 마. 내가 배가 고파서 안 되겠어. 지금 당장 치킨 한 마리 시킬 거야. 여기서 다 먹고 돌아갈 때까지 안 돌아갈 테니 그런 줄 알아."

　많고 많은 음식 중에서 왜 하필 치킨이 떠올랐는지 모르겠다. 아마도 치킨이라면 사족을 못 쓰는 병수 형 때문이었을 것이다. 개나 고양이도 아닌데 음식으로 유인한다는 게 이 상황에 통할 리 없다는 건 잘 알고 있지만, 안타깝게도 이게 내가 할 수 있는 최선이었다. 때마침 '꼬르르르르르륵' 소리가 벽을 타고 나지막하게 들려왔다. 병수 형이었다. 다시 '꼬르르르륵.' 그 소리는 마치 '양념 좀 많이 묻혀달라고 해'라는 말처럼 들렸다. 서림 치킨에 전화를 걸었다. 양념 반 프라이드 반을 시키려다가, 비닐 천막 안에 있는 총무가 눈에 들어와 치킨 두 마리를 배달해달라고 했다.

　치킨이 도착할 때까지는 병수 형을 혼자 놔두는 것이 좋을 것 같아 비닐 천막으로 돌아왔다. 총무는 가스난로에 바짝 붙어 앉아 두꺼운 파일북 하나를 뒤적거리고 있었고, 아미고는 아직까지도 분이 풀리지 않은 듯 "망햇쏘, 망햇쏘"라는 말만 되풀이하고 있었다. 가까이 다가가자 총무가 물었다.

　"혹시 저놈 이름이 어떻게 돼?"

　"병수 형이요? 강병수예요. 왜요?"

　"너랑 친하면 혹시 쟤도 미스터 앤서 닷컴 회원이야?"

　"네. 병수 형은 진짜 오래됐어요."

　파일북에서 서류를 꺼내어 한참 훑어보던 총무가 소리쳤다.

　"옳거니! 드디어 잡았네. 프리즘 회원 강병수. 어디 갔나 했지."

　알 수 없는 말에 의아해진 나는 그가 들고 있던 서류를 빼앗았다. 발목을 다친 그는 속수무책으로 당할 수밖에 없었다. 서류에는 미스터 앤

고
시
맨

서 닷컴 회원들의 이름과 주소, 가입일, 게시물 작성 횟수, 전화번호와 같은 개인 신상이 담겨 있었다. 미스터 앤서 닷컴이 해킹 공격을 받았다는 것은 사실이었던 모양이다. 그중 맨 마지막 페이지에는 내 이름과 처음 회원 가입할 때 기재해두었던 정보도 포함돼 있었다. 병수 형은 첫 페이지에 있었다. 프리즘 회원이라는 글자에 형광펜으로 밑줄이 그어져 있었다.

"미스터 앤서가 관리하는 회원 명단이야. 어렵게 얻어냈지. 앞부분에 있는 게 프리즘 회원이야. 앤서라는 놈이 특별 관리하는 애들이지. 강병수도 그중 하나야. 언제 폭발해도 이상할 것 없는 애들……."

프리즘 회원이 있다는 이야기는 처음 들었다. 총무가 덧붙였다.

"결국 부처님 손바닥 안이야. 문제 있는 놈들은 결국 이렇게 밖으로 튀어나오거든. 302호, 저 녀석을 보고도 미스터 앤서를 믿어?"

"갑자기 그건 왜 물어요?"

총무가 파일북에서 다른 서류 하나를 꺼내 내게 건넸다.

"미스터 앤서가 강병수를 어떻게 가지고 놀았는지 다 기록돼 있어. 저 녀석이랑 친하다고 했으니 내용이 맞는지 한번 살펴봐."

서류에는 프리즘 회원 강병수에게 지금까지 지급한 장학금 액수와 횟수, 희망 충전소 이용 횟수와 개별 면담 횟수, 그 외에도 병수 형이 제출한 것으로 보이는 학원 모의고사 성적 등이 일목요연하게 정리되어 있었다.

희망 충전소 이용 횟수 918회, 개별 면담 17회, 지난 2년간 지급한 장학금 총 480만 원. 그리고 공부 계획표 제공 27일 차에 잠시 중단이라고 적혀 있었다. 공부 계획표를 제공했다는 건 무슨 뜻일까? 내 물음에 총무가 답했다.

"자세한 내용은 나도 잘 몰라. 미스터 앤서가 프리즘 회원들에게 계획표를 짜주고 있다는 것만 알고 있어. 계획표대로만 하면 합격할 수 있다고 현혹하면서 말이지."

미스터 앤서는 병수 형을 길들이려 했던 걸까? 왜? 뭘 위해서? 말 잘 듣고 충성심 높은 신도로 만들기 위해? 그런 신도들을 모아 사이비 교주처럼 자기만의 왕국을 건설하고 싶었던 걸까? 복잡한 내 표정을 읽은 총무가 말을 이어나갔다.

"희망 충전? 웃기지도 않는 소리지만 어쨌든 그런 상담을 918번이나 해달라고 했다는 게 정상으로 보여? 그런 애들이 있어야 할 곳은 고시촌이 아니야. 신경정신과에 가야지. 무슨 미련으로 여기에 남아 있어. 302호, 그렇게 생각하지 않아?"

"저 정도일 줄은 몰랐어요."

"본인도 모를 거야. 대체 뭐가 잘못된 건지 다들 모르더군. 미스터 앤서는 오랫동안 이 녀석들을 세뇌해버린 거야. 고시촌에 묶어두려고! 희망 충전이라는 그럴듯한 말 하나로 말이지."

총무는 고시촌에서 가장 부패하기 쉬운 음식이 무엇인지 아냐고 내게 물었다. 잘 모르겠다고 대답하자, 그건 바로 희망이라고 말했다. 희망은 제때 먹으면 그보다 좋은 약이 없지만, 유통 기한도 짧고 부패하기 쉬우며 누군가가 던져주는 부패한 희망이야말로 독이라고 강조했다. 그러면서 미스터 앤서 닷컴 게시판에 올라와 있는 합격 수기는 모두 같은 아이

고
시
맨

피로 작성된 글이었다고 알려주었다.

"아주 악질인 놈이라는 건 알겠는데, 대체 왜 이런 장난을 하는지는 잘 모르겠어."

"복수 아닐까요?"

나도 모르게 복수라는 단어가 튀어나왔다. 지난날, 도움을 요청했던 자신을 외면했던 사람들에 대한 복수. 그들을 영원히 이 고시촌이라는 어항 속에 가둬두기 위한 미스터 앤서만의 계획이 아닐까 싶었던 것이다. 낙관적인 미래, 희망이라는 상표가 붙은 물고기 밥을 던져주며 키득키득 웃는 앤서의 모습이 떠올랐다.

나는 총무에게 미스터 앤서의 과거를 폭로하기로 마음먹었다. 4년 전 학원가에서 서명 운동을 펼치던 이가 미스터 앤서가 되어 돌아왔다는, 〈그것이 알고 싶다〉에나 나올 법한 이야기를 했다. 총무는 가방에서 두꺼운 가죽 수첩 하나를 꺼내 살펴보며 내 이야기를 끝까지 들었다.

"고시 삼관왕도 다 헛소리라고요."

내 말을 들은 총무는 수첩을 덮으며 한숨을 쉬었다.

"커닝맨 유기현. 내 짐작이 맞았어. 역시 그 녀석이었군."

"알아요?"

"알다마다. 사 년 전에 말이야, 아미고! 너도 그놈 기억나지? 마스크 쓰고 밤마다 길거리에서 처울던 놈. 그 자식이 아직 남아 있었어!"

아미고는 꾸벅꾸벅 조느라 대답이 없었다. 총무는 앤서를 아니, 유기현이라는 인물을 잘 알고 있었다. 그것은 그가 서명 운동을 그만둔 이후의 이야기였다.

　　　　　　　　　　* * *

　결국 법무부로부터 구제받지 못한 유기현은 술독에 빠져 살았다. 7년 넘게 사귀었던 여자 친구가 가장 먼저 그를 버렸다. 같이 수험 생활을 했던 친구들까지 구제 불능이 된 그를 떠났다. 홀로 남겨진 그는 더욱 비참해졌다. 수험생들에게 방해가 된다는 이유로 고시원에서도 쫓겨났다. 그러다 늦은 새벽, 거리에서 고시맨을 만났다. 고시맨은 하루라도 빨리 고시촌을 떠나 새로운 삶을 시작하라고 설득했지만 그는 고집불통이었다. 고시맨은 최후의 수단으로 부모님 소환 신공을 써서 그를 돌려보내려 했으나, 유기현의 부모는 매몰찼다. 가족도 그에게 등을 돌린 지 오래였다.

　"고시원에서 쫓겨난 뒤 부도난 건물 지하에 숨어 살고 있었는데, 어느 날 찾아가 보니 사라졌더라고. 유서 같은 것도 없길래 미련 접고 고향에 내려갔나 보다 했지."

　대체 총무가 모르는 게 있을까? 나는 계속 참아왔던 질문을 해버렸다.

　"그런데 왜 이런 일을 하는 거예요?"

　"보고도 몰라?"

　"구조대원처럼 사람 구하러 다닌다는 건 알겠어요. 그런데 해킹은 왜 하고, 애먼 사람들을 고시촌에서 쫓아내요?"

　총무는 졸고 있는 아미고를 품에 끌어안으며 대답했다.

　"이 거리에서 방황하며 허송세월하는 애들을 찾아다니는 게 내 임무야. 믿기 힘들겠지만 내 눈엔 말이야, 그런 애들이 좀 보여."

고
시
맨

212

총무는 확신에 차 있었다.

"그런 애들 붙잡고 설득해서 내려보내는 게 내가 할 일이야."

"그런다고 설득이 되나요?"

"어렵지, 어려워. 고시라는 건 말이야, 그런 애들에게 이곳저곳으로 전이되는 암세포 같거든. 말기가 되면 어떻게 되는 줄 알아? 고시생이 직업인 줄 알고 살아. 그러다 지치면 바보 같은 선택을 하곤 하지. 가만히 놔둘 순 없어."

총무는 아미고와 함께 철학관을 운영하는 것 역시 그런 이유에서 비롯된 것이라고 털어놓았다. 방황하는 이들의 정보를 수집하고 그들에게 조언을 해주기에 철학관만 한 곳이 없다는 것이다. 그렇겠군. 갈피를 잡지 못하는 이들이 제 발로 찾아오니까. 그런데 왜 이렇게 화가 나는 걸까? 그때 병수 형이 지불했던 복채를 뱉어내라고 말하고 싶은 심정이었다.

"역시 철학관은 엉터리였군요. 다시 말해 봐요. 고시맨의 관점에서 저는 어때요?"

"불합격."

"왜죠?"

"목표 의식도 없고 절실하지도 않아. 게다가 병까지 얻었어. 무슨 말이 더 필요해?"

"저 정말 절실합니다."

"웃기지 마. 정신은 온통 아마존 밀림에 가 있는 녀석이 몸만 고시촌에 있다고 고시생이야? 절실함과 오기를 착각하지 마. 서른이 다 됐으면 그 정도는 구분할 줄 알아야지."

이건 또 뭐람? 아마존 밀림을 들먹이는 건 나의 과거까지 알고 있다는 뜻인데. 대체 어떻게 알았을까? 이야기를 들어보니, 총무는 내 방 침대 밑에서 노트 두 권만 찾아낸 것이 아니었다. 손때 묻은 《모험도감》 책, 애장품 1호 해먹과 세계지도, 인도 여행 때 신었던 등산화와 그 당시 썼던 일기장, 형광펜으로 밑줄을 가득 쳐놓은 《론리 플래닛》 브라질 편까지……. 모두 6년 전 고시원에 들어올 때 가지고 온 물건들이었다. 오늘 낮에 그것들을 일일이 살펴보며 총무는 안심했다고 한다. 좋아하는 일이 있다는 건 축복이라고, 지금이라도 그걸 찾아서 떠나라고 했다. 그러면서 다시 한번 토끼와 거북이 이야기를 꺼냈다.

"거북이가 왜 토끼랑 달리기를 하려고 하지? 헤엄을 치란 말이야. 사람마다 자신이 잘할 수 있는 일, 좋아하는 일이 다 달라. 그런데 왜 달리기만 하려고 하지? 고시 합격만이 성공한 인생일까? 302호, 너도 정말 그렇게 생각해?"

질문이 쏟아졌지만 명쾌하게 대답할 수 있는 것은 아무것도 없었다. 나는 그저 고시생이기에 고시생처럼 살았고, 머릿속에 채워 넣을 법조문이 너무 많다는 핑계로 이런 질문들을 회피하며 살았다. 총무의 말처럼 고시생이라는 직업을 가지고, 고시촌이라는 직장에서 그저 습관대로 살았던 것이다.

'퇴직금은 없는 거 아시죠? 이렇게 관두다니요. 다시 생각해 보세요.'

누군가 흔들리는 나에게 이렇게 소리치는 것만 같았을 때, 총무가 최면을 걸듯 낮은 목소리로 말했다.

고
시
맨

"널 볼 때마다 안 되는 걸 붙잡고서 힘들어하던 우리 형이 생각나. 떠나. 네 친구도 데리고. 302호, 고시촌에서의 오지 탐험은 이제 끝내자."

어렵사리 최면에 걸린 사람처럼 나는 고개를 끄덕였다. 눈물이 핑 돌았다. 총무가 내 손을 잡아주었다.

"현우아, 그것도 용기야. 잘 생각했어."

늘 죄수 번호 부르듯 302호라고 부르던 그가 처음으로 내 이름을 불러주었다. 그 순간 갑자기 번호표가 달린 죄수복을 벗어던진, 특별 사면 대상자가 된 것 같은 기분을 느꼈다.

17.

"이런 날에 배달을 시켜? 현우 너니까 배달해 준 거다. 그거 알아?"

치킨집 사장은 컨테이너 앞에 치킨을 내려놓고서 한참을 투덜거렸다.

"병수 이놈은 오랜만에 보면서 인사도 안 하냐?"

치킨집 사장이 비닐 천막을 향해 외쳤다. 그 안에서 등을 돌리고 있는 총무를 병수 형이라고 생각한 모양이다. 노란 헬멧에 전신 타이즈 차림의 총무가 모르는 척 고개를 푹 숙였다. 치킨이 담긴 비닐 봉투를 집어 들었을 때 컨테이너 문이 열렸다. 그새 숨죽이며 많이 울었던 걸까? 퉁퉁 부은 눈의 병수 형이 맨발로 걸어 나오며 말했다.

"쿠폰 열 장 있는데……. 그거 줄걸."

다시 돌아온 형의 모습이 너무나 반가워서 흐흐흐, 흐흐흐 한참을 웃고 서 있었다.

"치킨 때문에 나온 거 아니다. 오해하지 마. 춥네, 들어와. 저기 저분도 들어오시라고 해. 밤이 길겠어."

컨테이너 안에 들어서자마자 병수 형은 총무와 나에게 담요를 하나씩 건넸다. '왜 나는 주지 않지?' 하는 눈으로 아미고가 털을 부풀리자 녀석 몫으로 방석 하나를 던져주었다.

방 안에는 책상 하나와 접이식 침대가 전부였다. 쌓여 있어야 할 책들은 전혀 보이지 않았다. 한쪽 벽면은 노란 포스트잇으로 도배되어 있었다. 바닥에 떨어진 포스트잇도 꽤 많아서 꼭 은행나무 숲에 들어온 것 같은 기분이었다. 포스트잇에는 짧은 문장이 적혀 있었다. 살펴보니 대부분 희망과 낙관적인 미래에 대한 주옥같은 명언이었다. 어딘가에서 한 번씩 들어봤음 직한 명언들이 생명을 잃고 집단으로 뭉쳐 있으니 오히려 공포감만 조성했다.

차가운 바닥에는 장판 대신 깔아놓은 게 아닐까 싶을 정도로 수많은 인쇄물이 무질서하게 널려 있었다. 고뇌에 찬 소설가가 집어던진 원고 같다는 생각이 들었다. 이상하다고 생각한 건 총무도 마찬가지였는지 부축을 받아 방에 들어오자마자 벽에 등을 대고 앉아 인쇄물을 살펴보았다. 그러더니 짧게 탄식했다.

"병수 씨, 이게 그 공부 계획표야?"

병수 형은 그걸 어떻게 알고 있냐는 표정으로 총무를 쳐다보다가, 내가 옆구리를 쿡쿡 찌르자 그제야 고개를 끄덕였다.

"지금까지 이런 식으로 공부해온 거야? 대체 이 고리타분한 수험 계획표는 뭐야? 쌍팔년도에나 써먹던 공부 방법을 지금까지 쓰고 있으면 어

고
시
맨

떻게 합격해?"

병수 형은 얼굴이 빨개져서 말을 잇지 못하다가 조금씩 털어놓았다.

"저도 좀 이상하다고 생각하긴 했어요."

형은 미스터 앤서의 지시에 따라 그동안 공부하던 책도 모두 헌책방에 팔아버렸다고 했다. 앤서가 새로운 수험 서적들을 제공해 주겠다고 해서 계속 기다렸다는 것이다. 그게 이곳으로 이사한 지 얼마 되지 않았던 12월이었다고. 모의고사 성적이 갈수록 떨어져 조마조마한 심정에 앤서와 면담을 신청했다고 한다. 앤서는 형과 만나 왜 자신을 신뢰하지 못하냐며 무척 화를 냈다. 시험이 올해에만 있는 것도 아닌데 왜 이렇게 초조해하느냐며 새로운 공부법을 따라서 다시 시작하려면 합격할 때까지 최소 4년은 잡아야 한다고 꾸짖었다고 했다.

"사 년이나 더 버틸 자신이 없었어요. 새로운 책으로 다시 공부한다고 해서 사 년 뒤에 꼭 합격한다는 보장도 없고요. 될대로 되라는 심정으로 그렇게 항의했더니 조금 더 빠른 방법을 찾아보겠다면서 일주일 뒤에 낡은 책들을 보내오더군요. 새로운 공부법에 대한 내용이 담긴 편지도 같이 있었는데, 그걸 읽자마자 이건 아니다 싶었어요. 저도 바보는 아니거든요. 누가 봐도 케케묵은 공부법이었어요. 좀 이상하다 싶어서 잠시 연락을 끊었어요. 그랬더니 지나치다 싶을 정도로 저한테 집착하면서 끝내 본심을 드러내더군요."

"집착? 어떤 식으로 집착을 해?"

"그만두겠다는 말을 한 적도 없고 떠난다는 말을 한 적도 없어요. 그런데 자꾸만 제 위치를 파악하려고 하고, 시험을 포기하거나 고시촌을 떠나려 하면 가만 놔두지 않겠다는 식으로 협박을 하기 시작했어요. 하루에 한 번씩 보내주던 희망 메시지도 두 배, 세 배로 늘어났고요."

병수 형은 부르르 떨면서 말을 이어나갔다.

"고시촌을 떠날 거면 그동안 받았던 장학금과 지원받았던 것을 죄다 토해내고 가라며……. 그렇게 협박을 해서라도 저를 이곳에 붙잡아두려는 것 같았어요. 병적인 그의 모습을 보면서 자연스럽게 희망 충전 사업에 대해 의문을 갖게 됐어요. 고시촌에 우릴 묶어두려고 한다는 확신이 생겼을 때, 그러니까 며칠 전에…… 문자 한 통을 받았어요. 같은 등급 회원이던 여학생 하나가 '이게 다 오빠 때문이야'라는 문자를 보내왔어요. 제가 이 년 전에 미스터 앤서에게 직접 소개해 줬던 동생이거든요. 오늘 소식을 들었어요. 미스터 앤서 닷컴 게시판에 유서를 써놓고 죽으려고 했대요. 미수에 그쳤지만……. 어쨌든 그 소식을 들은 순간 저는 무너져버렸어요. 모두에게 미안했어요. 미스터 앤서가 악당이라면, 저는 그를 키워낸 원흉들 중 하나니까요."

병수 형은 무릎을 꿇고 괴로워했다. 그러나 어금니를 꽉 다물고 두 주먹을 불끈 쥔 그는 더 이상 나약한 인간의 모습이 아니었다. 그에게서 미스터 앤서에 맞서겠다는 결의가 느껴졌다. 대화 내용을 전부 이해했다는 듯 방석 위에 앉아 있던 아미고가 "사형, 사형"이라고 외쳤다.

"병수 씨, 부탁 하나만 할게."

"말씀하세요."

"오늘 그 녀석 좀 불러내 줄 수 있겠어?"

"지금 여기로요?"

고
시
맨

"그래. 가능해?"

"연락처야 알지만……. 부른다고 나올까요?"

"조금 전까지 병수 씨 입으로 말하지 않았어? 앤서는 병수 씨가 고시촌을 떠나는 걸 병적으로 싫어한다면서. 지금 여길 떠나겠다고, 짐을 정리하고 있다고 해봐. 아마도 달려올 것 같은데……. 어때?"

"믿고 해보겠습니다."

"나를 믿어? 그렇게 당하고도 처음 보는 사람을 믿는다고? 대체 왜 그렇게 순진한 거야?"

병수 형은 조금도 주저하지 않고 대답했다.

"현우를 믿거든요. 현우가 이렇게 딱 달라붙어 있는 분이면 믿어야죠."

갑자기 볼이 화끈거리는 것 같아 딴청을 피웠다.

미스터 앤서를 기다리는 동안 우리는 자연스럽게 치킨 두 마리를 가운데 두고 둘러앉았다. 어느새 형은 총무를 생명의 은인이라 생각하기로 한 것 같았다. 언제부턴가 자연스럽게 총무를 선생님이라 부르고 있었다. 호칭이 마음에 든 모양인지 총무는 일부러 그러는 것처럼 병수 형에게만 질문을 던졌다. 공부는 얼마나 했느냐, 무엇을 기본서로 삼았느냐, 구체적인 공부 패턴에 대해 말해 보라는 등 관심을 보이더니, 갑자기 법과 관련된 돌발 퀴즈를 내기도 했다. 주로 시험을 앞둔 수험생이라면 반드시 암기해두어야 하는 판례와 기출문제에 관한 것들이었다. 총무는 병수 형의 대답이 틀리면 오답을 지적해 주기도 했다. 두 사람은 마치 입단 테스트를 받는 프로 선수와 스카우터처럼 보였다. 마지막으로 총무는 어쩌다 법을 공부하게 되었냐고 물었다. 병수 형은 들고 있던 닭다리를 내려놓은 뒤 두 손을 공손히 모은 자세로 대답했다.

"방패가 되어주고 싶어서요."

"방패?"

"네, 법을 무기로 사용하는 사람들이 많잖아요. 속수무책으로 당하기만 하는 억울한 사람들 편에 서서 방패가 되어주고 싶어요."

"그래? 의외네. 참 재미있는 사람이야."

그나저나 총무는 왜 공부 접고 내려가야 하는 사람에게 이렇게 마음이 싱숭생숭해지는 질문을 하는 걸까?

"대강 간을 보니 병수 씨는 이미 합격할 준비가 되어 있어. 포장된 삼분 요리처럼 말이야. 데우고 뜯어서 먹기만 하면 되는데 지금까지 그 방법을 모르고 있었던 거야."

급작스러운 총무의 말에 우리는 어안이 벙벙해졌다. '아니 근데 나는 왜 안 돼?' 내 표정을 읽었는지 그가 말을 이었다.

"현우랑은 완전히 다른 케이스야. 현우는 지금까지 계속 양파만 볶고 있었거든. 다 꺼져가는 연탄불에서 말이지. 그런데 병수 씨는 준비가 다 됐어. 봉지째 물에다 넣고 끓이기만 하면 돼."

형보다 내 점수가 더 높다는 사실을 알려주고 싶었지만 꾹 참았다. 내려가기로 마음을 먹은 지 고작 한 시간도 지나지 않은 시점이었다. 내 눈에는 총무도 미스터 앤서와 똑같은 수법으로 병수 형을 희롱하고 있는 것 같았다. 바로 그때, 똑똑똑 문 두드리는 소리가 났다.

미스터 앤서였다. 그가 '희망 충전은 제가 전문입니다'라고 말하는 것 같은 표정으로 창문 밖에서 우릴 내려다보고 있었다. 언제부터 지켜보고

고
시
맨

있었던 걸까? 오싹한 기분이 들어 나도 모르게 총무 옆으로 바짝 몸을 붙였다. 총무는 벗어두었던 노란 헬멧을 다시 쓴 후 다친 발목을 꽉 부여잡고 힘겹게 일어섰다. 부축을 하려 하자 손을 내저었다. 절룩거리며 문을 활짝 열고 밖으로 나갔다. 차갑고 강한 바람이 방으로 밀려들자 벽에 붙어 있던 포스트잇들이 노란 은행잎처럼 몸을 떨었다.

미스터 앤서와 총무는 얼마간 거리를 두고 서로를 마주보며 서 있었다. 총무가 고시맨 복장을 하고 있었기 때문에 소개하지 않아도 앤서는 고시맨을 알아본 듯했다. 그들은 1라운드 시합 종이 울리기만을 기다리는 복서들처럼 서로를 노려보며 단 1초도 눈을 떼지 않았다. 본의 아니게 일대일의 대결 구도가 만들어져, 병수 형과 나는 일단 물러나 있을 수밖에 없었다. 아미고는 라운드걸이라도 된 것처럼 주위를 돌고 있었다.

가볍게 잽을 날리듯 총무가 먼저 선제공격을 했다.

"아이고, 희망 충전소 사장님이 여기까지 오셨네. 오신 김에 여기 이 앵무새 좀 맡아주시죠. 요 녀석이 말입니다, 엊그제부터 사람이 되고 싶다고 울고불고 난리를 쳐대는데 제가 해줄 말이 없더라고요. 이 녀석한테도 희망 충전 좀 해주시죠. 전문이실 텐데."

총무의 뼈 있는 조롱에 앤서가 잠깐 주춤했다. 어떻게 받아칠지 원두를 오물거리며 곰곰이 생각하던 앤서가 목소리를 다듬은 뒤 말했다.

"희망 충전 사업에 대해 뭔가 오해를 하고 계시는 모양입니다. 그러니 자꾸 길을 막는 거겠지요. 그런데 이걸 아셔야 해요. 고시는 긴 여정입니다. 수험생들이 그 길을 달리는 자동차라면, 희망이야말로 그들에게 꼭 필요한 연료랍니다. 저는 그들에게 도움이 되고자 그저 주유소 하나를 마련해둔 것뿐입니다."

총무가 바로 받아쳤다. 이번엔 격식 따위는 갖추지 않았다.

"좋아. 고시뿐이겠어? 살아가는 데 희망이 필요하다는 점에는 나도 동의해. 주유소? 많으면 많을수록 좋지. 그런데 주유소 주인이란 놈이 휘발유차에 경유를 집어넣고, 경유차엔 식용유를 집어넣고, 리어카를 끌고 온 사람을 부추겨서 고속도로로 내몬다면 영업 정지시켜야 하지 않겠어?"

"제가 그 정도로 형편없진 않아요. 대체 무슨 근거로 그런 이야길 하시는 거죠? 당신은 주유소 앞을 가로막고 있는 불량배에 지나지 않아요."

"아니, 나는 길을 막고 서 있는 게 아니야. 길을 잘못 들어선 애들에게 돌아가는 길을 알려주고 있는 거야. 원래 그게 내 임무의 대부분이었는데, 요새 불량 기름 넣고 똥차 된 애들이 많아져서 일이 좀 늘었어. 덕분에 얼굴도 많이 팔리고…… 고맙네, 유기현 사장. 특히 어제오늘 일감을 많이 몰아주셨어."

총무의 입에서 자신의 본명이 튀어나오자 앤서는 몹시 당황한 듯했다. 못 들은 척하며 말을 이어갔는데 더듬거리는 데다 기가 확 죽어 있었다.

"그러니까…… 그…… 그…… 뭐냐…… 당신이 신도 아닌데…… 뭘…… 보고…… 이 길이 아니다, 돌아가라……. 무슨 기준으로 판단하는 겁니까?"

총무는 대답하지 않았다. 대신 피식피식 웃기 시작했다. 갑자기 왜 저럴까 싶을 정도로 총무의 태도는 확 달라져 있었다.

"유기현, 너 언제까지 애들 괴롭히면서 고시촌 골목대장 노릇 할 거

고
시
맨

야?"

총무는 천천히 발걸음을 옮기며 친근한 목소리로 물었다.

"골목대장이라니요. 계속 말이 좀 심하시네요."

"툭 까놓고 말할게. 너 이 동네 골목대장 하긴 아까운 인물이잖아. 얼마 남았지?"

"뭐가 얼마나 남았냐는 거죠?"

"계속 시치미 뗄 거야? 대충 사 년이 넘었으니까 내년부터는 다시 시험볼 수 있는 거 아니야? 내후년인가?"

앤서는 다시 말을 더듬기 시작했다. 풀이 죽은 목소리로 "내…… 후년이요"라고 답했다. 총무는 한 발자국 더 다가가더니 귀를 의심하게 만들 정도로 충격적인 제안을 했다.

"우리 고시원 들어올래?"

"그게 무슨……."

"너도 나름대로 나에 대해 조사했을 거 아니야. 아미고 고시원이라고 들어봤지? 자랑하자고 하는 말은 아니지만 원생들 합격률이 지금까지 백 퍼센트거든. 내 밑을 거쳐 간 애들이 기수별로 하나씩은 있어. 걔들 다 뭉치면 축구팀 하나 만들 수 있는데, 너 그것까진 몰랐지?"

"갑자기 그게 무슨 소립니까?"

"아무것도 모르는구나. 실망인걸. 조사를 많이 안 했네."

총무의 느닷없는 아미고 고시원 홍보에 병수 형이 나를 빤히 바라봤다. 그것은 소라에게서 아미고 고시원의 진실을 전해 들었을 때 내가 지었던 표정과 같은 것이었다. 하지만 신중한 앤서는 여전히 믿으려 하지 않는 것 같았다. 총무가 한 사내의 이름을 거론하기 전까지는 말이다.

"너도 이 동네에서 계속 살았으면 알 거야. 사 년 전, 행시와 사시를 같은 해에 합격해버린 애 말이야. 김병우라고. 이번에 연수원 나와서 판사 임용됐거든. 걔가 내 제자야. 아미고 고시원 출신이지."

"갑자기 왜 말도 안 되는 소릴 하십니까?"

"못 믿겠어? 내가 지금 전화번호 하나 줄 테니까 연락 한번 해볼래? 아미고 고시원 신입이라고 하면서 '선배님' 하면 당장 술이나 한잔 하자고 할걸. 해봐."

총무가 핸드폰을 꺼내 주소록에 저장된 '전주 지방법원 김병우'라는 이름을 앤서에게 보여주었다. 어느새 앤서 바로 옆에 자리 잡은 총무가 손을 내밀며 말했다.

"언제까지 이럴 거야. 내후년이랬지? 그동안 해온 게 있어서 서서히 준비하면 충분할 거야. 내 손을 잡아. 그럼 합격해서 여길 떠날 수 있어."

"제게 왜 이런 호의를 베푸시려는 겁니까?"

"내가 말했잖아. 골목대장 노릇이나 하기엔 사람이 너무 아깝다고. 로스쿨이 생기고 사시가 폐지된다는 이야기까지 들려. 미래도 대비해야지. 골목대장 자리가 영원할 것 같아?"

미스터 앤서는 총무가 내민 손을 잠시 바라보고만 있었다. 총무의 손이 야구 글러브를 낀 것처럼 커다랗게 보였다. 얼마 지나지 않아 앤서는 가위바위보라도 하려는 듯 주먹을 어깨 위로 들었다 놨다 하더니 끝내 손바닥을 쫙 폈다. 그러고는 총무의 손을 덥석 집어삼켰다.

"좋아, 잘 생각했어."

"완전히 믿겠다는 건 아닙니다. 다만 구미가 좀 당기는군요."

그 광경을 지켜보고 있던 병수 형과 나는 삼류 프로 레슬링의 관중이 된 것 같았다. 지금까지의 헤드록, 드롭킥, 파워슬램이 모두 이런 어처구니없는 광경을 만들어내기 위한 각본에 불과했단 말인가? 그들의 태그팀 (두 명 이상의 레슬러가 파트너를 이루어 구성한 팀 - 편집자 주) 결성에 박수를 보내고 싶은 마음은 조금도 들지 않았다. 이것이야말로 협잡이고 야합이지 않나! 총무는 공천 자리를 두고서 이곳저곳에 손을 내미는 정치권의 더러운 협잡꾼과 다를 바가 없었다. 그럼 그렇지. 똑같이 야비한 놈. 처먹은 치킨값이나 받아내야겠다는 심정으로 주먹을 불끈 쥐었을 때, 병수 형이 내 어깨에 팔을 둘렀다. 그리고 이렇게 속삭였다.

"멋있다. 너희 총무……. 아니, 고시맨."

"뭐? 저걸 보고도 그런 생각이 들어?"

도대체 무슨 소리를 하는 건가 싶어 앤서와 총무 곁에 조금 더 가까이 다가갔더니, 어랏! 총무의 손을 잡은 앤서가 마치 전자레인지 속에 들어간 오징어 다리처럼 몸을 비비 꼬아대고 있었다. 자세히 보니 총무가 손목을 비틀어 쥐고 있었다.

"이게 바로 희망이 주는 짜릿한 맛이야. 오랜만에 맛보니까 어때? 죽이지? 응? 이런 걸 보고 뭐라고 하는 줄 알아?"

미스터 앤서는 고통스러워할 뿐 말이 없었다.

"희망 고문이라고 한다! 네가 지금까지 해온 짓인데 그걸 모르고 덥석 받아먹어? 한심한 놈."

앤서가 발버둥 쳤지만 총무는 손쉽게 그를 제압했다. 순식간에 앤서의 팔을 등 뒤로 꺾고 그의 허리를 눌러 90도로 인사하는 자세로 만들어버렸다. 그러더니 옥상 난간으로 그를 끌고 갔다. 아직 잠들지 못하는 이 도시의 불 켜진 창문이 모두 이곳을 바라보고 있는 눈동자처럼 느껴졌다. 폴더처럼 접혀버린 앤서는 영락없이 그들에게 고개 숙여 사죄하는 것처럼 보였다.

"지금 새벽 세 시야. 저 불빛들 보여? 책장 넘기는 소리가 들리는 것 같지 않아? 시험이라는 제도가 있는 한, 희망은 언제나 저들에게만 있어. 네가 집어던져 준다고 해서 생기는 게 아니야. 결국 이 동네에서 희망은 스스로 찾는 거야. 그러니 여기에서 네가 할 일은 아무것도 없어. 주유소 사장님 놀음 그만하고 떠나."

병수 형이 다가가서 말리지 않았다면 앤서는 관절이 꺾이는 고통을 이겨내지 못해 무릎을 꿇었을지도 모른다. 병수 형이 앤서를 부축했다. 앤서는 거의 벗겨질 뻔한 마스크를 고쳐 쓰며 병수 형에게 말했다.

"결국 병수 씨도 이렇게 떠나십니까? 그런 겁니까?"

"네, 지쳤어요. 더는 속고 싶지 않습니다."

"아니요. 다시 돌아오시게 될 겁니다. 그리고 저는 멈추지 않을 겁니다."

할 말을 잃은 병수 형과 총무 앞에서 앤서는 허리를 곧게 펴며 웅얼거렸다. 자세히 들어보니 그것은 흐느낌에 가까운 것이었다.

"왜 다들 저를 떠나려고만 하는 겁니까? 병수 씨, 현우 씨……. 당신들이 헌신짝 버리듯 나를 떠날 때마다 내 상처가 벌어집니다. 다들 뭐가 그렇게 잘나서 떠날 때 아무렇지 않을 수 있죠? 여기에 당신들과 나의 청

고
시
맨

춘이 고스란히 묻혀 있잖아요. 정말 미련 없이, 소득 없이 떠날 수 있습니까? 나만 이상한 거예요? 떠나지 마세요. 저와 함께 이곳에서 살아갈 방법을 찾아봅시다."

앤서는 간절하게 호소했다. 그의 짙은 선글라스에 물기가 어리기 시작했다. 나는 그의 모든 것이 거짓이었지만 지금 저 눈물만큼은 진실이라고 생각했다. 4년 전, 연인도, 친구도, 가족마저 등을 돌리고 떠나버린 유기현이라는 인간의 슬픔이 고스란히 느껴지는 것만 같았다. 다시 떠올리고 싶지 않을 만큼 외로웠으리라. 그럼에도 고시촌을 떠나지 못한 유기현은 스스로 한 그루의 나무가 되어버렸다. 사람들을 곁에 두고 싶어 무성한 이파리와 달콤한 열매로 그들을 유혹한 것이다. 그리고 그들이 돌아설 때마다 초조해하고 외로워했으리라. 그런 생각에 가슴이 먹먹해졌는데 총무는 여전히 싸늘했다.

"사람들이 널 떠난 게 아니야. 너희 부모님? 친구들? 다들 고시촌 밖에서 널 기다리고 있어. 너만 그걸 모르고 있는 거야. 그래도 계속 여길 떠나고 싶지 않다면 학원가에 헌책방이라도 하나 내. 네가 제대로 된 네 인생을 살 수 있을 때, 떠난 사람들은 돌아올 거야."

미스터 앤서는 도망치듯 옥탑을 빠져나갔다. 허탈할 정도로 형편없는 모습이었다. 병수 형은 작별 인사라도 하려는 듯 난간에 기대 사라져가는 앤서의 뒷모습을 물끄러미 바라보다가 중얼거렸다.

"두들겨 패고 싶을 정도로 미웠는데……. 떠나기 전에 한 번 더 만나야 할 것 같아요. 지금은 따뜻한 밥이라도 한 끼 사주고 싶네요."

총무는 비밀 얘기를 하려는지 병수 형만 데리고 컨테이너 안으로 다시 들어가 버렸다. 묘하게 소외감이 느껴지던 순간, 아미고가 바지에 날개깃을 비비며 애교를 부렸다. 나는 쪼그려 앉아 녀석이 품에 들어오길 기다리다가 "아미고" 하고 불러보았다. 그러자 녀석은 "왯" 하고 대답했다. 왠지 녀석의 IQ가 100 이상은 될 것 같아서 내심 궁금하던 것을 물어봤다.

"아미고, 김병우라는 사람 진짜 판사 됐어?"

그러자 아미고는 그 말 속에 담겨 있는 내 진짜 속마음을 읽어내기라도 한 것처럼 "떠낫! 부랍격! 부랍격!"이라고 외쳤다.

병수 형과 총무는 30분쯤 뒤 컨테이너에서 나왔다. 병수 형은 그 사이 총무와 더 가까워진 것 같았다. 발목이 불편한 총무에게 자신의 슬리퍼를 양보하기도 했다.

총무가 내게 손을 내밀었다.

"박현우, 이게 마지막 인사가 됐으면 해. 변덕 부리지 말고 맘 변하기 전에 오전 중에 떠나. 자, 그럼 악수라도 한번 하자."

그의 손을 가볍게 잡았다. 처음 그에게 엉덩이를 찰싹 맞았을 때처럼 두 볼이 후끈 달아오르는 기분이었다. 왠지 고시원 졸업장 같은 것을 주고받아야 할 것 같은 아련한 분위기 속에서 총무는 깜빡 잊을 뻔했다는 표정으로 내게 말했다.

"난 여기서 좀 쉬었다가 내려갈게. 떠나기 전에 총무실에 가봐. 내 책상 서랍 속에 얇은 노트 한 권이 있을 거야. 그걸 가져가. 이왕 이렇게 된 거, 현우 네가 그것까지 마저 읽어줬으면 싶네."

총무는 그 노트가 〈IQ 350〉의 다음 이야기라고 말했다. 그러면서 안

고
시
맨

석주라는 이름으로 개명하기 전 자신의 이름은 안선재였으며, 이야기 속 두 형제의 사연은 창작된 것이 아니라 그의 가정사를 그대로 옮겨 적은 것임을 고백했다. 총무는 전에 없이 애정이 가득 담긴 눈으로 나를 한참 바라보았다.

"육 년 전, 처음 네가 총무실 문을 열고 들어왔을 때 나는 너에게서 우리 형의 모습을 봤어. 그래서였는지도 몰라. 가끔씩 너한테 우리 형의 이야기를 한 거 말이야. 내 하소연을 들려주고 싶을 때도 많았어. 마저 읽어 봐. 그동안 내가 302호 문을 열고 들어설 때마다 너에게 해주고 싶었던 말들이 그 안에 모두 담겨 있어."

총무는 원고를 다 읽은 뒤 우편으로 꼭 다시 보내달라고 당부했다.

옥상을 빠져나가려고 하는데 병수 형이 따라왔다. 형은 멍하니 허공을 응시한 채로 뜬금없는 소리를 했다.

"현우야, 나는 남게 됐어. 저분을 한번 믿어보려고……."

"남아? 여기에 남는다고?"

"그래, 그렇게 됐어. 아미고 고시원에 들어가서 조금만 더 해보려고. 고시맨이 허락해 주셨어."

"대체 그게 무슨 말이야? 나는? 형은 되는데, 나는 안 된대?"

형은 곤란한 모양인지 고개를 푹 떨구었다.

"같이 있게 해달라고 부탁해 봤어. 그런데…… 현우야, 일단 몽유병부터 치료하자. 내 생각에도 지금은 그게 최선일 것 같아. 미안하게 됐어."

시간을 되돌려 다른 질문을 던지고 싶어질 정도로 창피하고 비참했다. 그리고 이 옥상 위에 오롯이 나 홀로 남겨진 것 같은 기분이었다.

총무실에 들러 얇은 노트 한 권을 들고 나왔다. 〈IQ 350〉이라고 적혀 있을 거라 생각한 노트 표지에는 〈가방 속의 집〉이라는 제목이 적혀 있었다. 이상한 것은 또 있었다. 정갈한 글씨체로 쓰여 있던 이전 두 권과는 달리, 이번에는 컴퓨터를 사용해서 작성한 인쇄물이었다. 혹시 잘못 들고 온 것은 아닌가 싶어 총무에게 전화를 걸어 물어보았다. 총무는 그게 맞다고 확인해 주며, 형이 미완성으로 남겨둔 원고를 자신이 마무리한 거라고 설명했다. 그랬다. 〈IQ 350〉의 글쓴이는 총무가 아닌 그의 형이었다. 총무의 형은 왜 원고를 마무리 짓지 못한 걸까? 궁금했지만 내겐 6년을 함께해온 302호에 작별 인사를 고하는 것이 우선이었다. 노트를 가방에 넣은 뒤 크게 숨을 들이켜 방 안 공기를 들이마셔 보았다. 결국 내가 이곳에서 얻어가는 것이라곤 눅눅한 한 줌의 공기밖에 없구나……. 속 쓰림을 느끼며 방문에 새겨진 302라는 숫자를 어루만져보았다. 그것은 이미 가슴 깊숙한 곳에 낙인처럼 새겨져 버려 아무리 해도 지워질 것 같지 않았다.

　　고시원의 짐은 모두 병수 형이 택배로 보내주기로 했기 때문에 가방 하나만 짊어지고서 홀가분하게 고시촌을 떠날 수 있었다. 높은 언덕 위에서 누군가가 자꾸 나를 부르는 것 같았지만 결코 뒤돌아보지 않았다. 이곳에서의 쓰라린 추억들이 더 이상 나를 따라오지 못하도록 녹두 거리를 지나면서 바닥에 침을 세 번 퉤퉤퉤 뱉었다.

　　출근길 미어터지는 지하철은 구두를 신은 사람들로 가득했다. 운 좋게 자리를 차지한 나는 고개를 푹 떨군 채 그들의 구두를 살펴보다가 깊은 생각에 잠겼다. 일단 집에 돌아가자마자 구두부터 한 켤레 장만해야겠다는 생각을 했다. 그래야 서서히 취업 면접이라도 보러 다닐 수 있을 테니까. 그런 생각을 하자 숨이 턱 막히는 것만 같았다. 대체 무엇부터 해야 할지 전혀 감이 잡히지 않았기 때문이다.

'구두 살 돈으로 토익 학원부터 등록해야 하는 걸까? 취업 정보는 어디에서 얻지? 요즘도 벼룩시장에서 얻나?'

벌써 고시원 방이 그리워지기 시작했다. 그곳에서 풀던 8지선다형 문제가 지금 내 머릿속을 헤집고 돌아다니는 수많은 난제보다는 훨씬 쉬울 것만 같았다. 그러고 보니 지난 6년간 신림동을 벗어난 적이 거의 없었던 것 같다. 그래서인지 꼭 어항 밖으로 튀어나온 금붕어가 된 기분이었고, 강물에 방생된 붕어빵이 된 기분이었다. 잡념은 고통스러웠다. 고속터미널에 도착했을 때는 쏟아지는 졸음이 고맙게 느껴질 정도였다. 밤새 한숨도 자지 못해 숨을 들이쉴 때마다 묵직한 졸음이 밀려들어 왔다. 주말이라 그런지 고향으로 내려가는 버스는 두 시간 반 뒤에나 있었다. 대합실 근처 카페에 들어가 따뜻한 아메리카노 한 잔을 주문했다.

"사천 원입니다"라는 점원의 말에 잠이 확 달아났다. 고시촌에서 마시던 아메리카노 가격의 세 배가 넘었기 때문이다. 게다가 쿠폰도 찍어주지 않다니! 또다시 고시촌이 그리워지는 순간이었다. 창가에 자리를 잡고 앉아 커피를 홀짝이며 총무가 읽어보라고 했던 〈가방 속의 집〉을 펼쳤다.

18.

1996년 4월

선주의 일곱 번째 낙방 소식이 전해지던 날 저녁, 국회의원 안학수는 직접 차를 몰아 고시촌으로 향했다. 홧김에 밥상을 걷어차 버리고 나온 터라 바짓단에서 시큼한 깍두기 냄새가 진동을 했다.

"우리 애가 이 동네에서 공부하고 있소. 갑자기 찾아와서 연락할 길이 없으니까 애 좀 불러다 주시오. 애 이름이 안선주고⋯⋯. 언덕배기 끝에 있는 고시원이라고 들었는데 내가 거기가 어딘지 알 수 있어야 말이지. 이럴 줄 알았으면 삐삐라도 채워줄 걸 그랬어."

신림9동 파출소장은 안학수의 말이 끝나기 무섭게 경관들을 불러들였다. 선주를 찾아 나선 경관들은 확성기를 켜고서 고시촌에 있는 수많은 언덕을 돌았다.

"아, 아. 이 나라의 민주주의와 법, 그리고 정의를 위해 불철주야 노력하고 계시는 고시생 여러분, 늦은 저녁에 불편을 드려 죄송합니다. 저희가 사람을 한 분 찾고 있는데요, 안선주 씨, 안선주 씨 이곳에 계십니까? 계시면 응답해 주십시오. 안, 선, 주, 씨."

그들은 마치 확성기 달린 트럭을 끌고 다니는 고물 장수처럼 고시생들의 심기를 불편하게 만들었다. 항의가 빗발친 것은 당연했다. 대거리하길 좋아하는 몇몇 장수생은 소매를 걷어붙인 채로 건물 밖으로 뛰쳐나왔고, 조용한 고시생들은 창문을 쾅 닫는 걸로 항의의 뜻을 표현했다. 하지만 경관들은 수색을 멈출 수 없었다. 시간이 흐를수록 무전기를 통해 들려오는 파출소장의 목소리에 기합이 바짝 들어가 있었다.

고
시
맨

고시촌에서 선주를 찾는 방법이 이것만 있는 건 아니었다. 집에 전화를 걸어 아내에게 물어보면 금세 찾을 수 있었다. 그럼에도 안학수가 굳이 번거롭게 일을 벌이는 데는 숨은 속내가 있었다.

첫째로 그는 아들에게 권력을 가진 자의 힘을 보여주고 싶었다.

'이 세상 어느 곳에도 계급이 존재하지 않는 곳은 없다. 그중에서도 대한민국은 가장 치열한 약육강식의 계급 국가다. 눈 감고 외면하려 하지 말고, 남들처럼 고개 돌리면서 손가락질 따위나 하려 하지 말고, 두 눈 똑바로 뜨고 보아라. 이 아비가 먹이 사슬 위에 올라서 이들을 부리는 모습을 말이다. 그리고 이 아비가 가진 힘을 동경해라. 이러한 힘을 동경하는 자만이 힘을 얻으려 노력할 것이다.'

그는 아직도 사회가 어떻게 돌아가는지 모르는 것만 같은 아들에게 권력을 향한 확실한 의지를 심어주고 싶었다.

둘째로 그는 아들에게 적절한 수치심을 안겨주고 싶었다. 그는 수치심이야말로 나약한 인간을 강하게 만들어주는 일종의 약물 같은 것이라고 생각했다.

'따귀를 맞아본 사람이 다른 사람의 따귀를 때릴 수 있는 거야.'

안학수는 시험에 또 떨어져 놓고도 사람 좋게 웃고 있을 아들을 생각하면 부아가 치밀었다. 고시촌 곳곳에 아들의 이름이 울려 퍼지게 만들고, 아들이 범죄자처럼 경찰에게 연행되는 것 같은 모습을 연출하고 싶었다. 그건 아비를 이토록 오래 기다리게 만든 것에 대한 일종의 체벌이기도 했다.

그 무렵 선주는 귀에 이어폰을 꽂고 강의 테이프를 듣고 있었다. 그래서 자신의 이름이 불리는 줄도 몰랐다. 결국 듣다 못한 고시원장이 방으로 쳐들어왔다.

"그쪽이 안선주 맞죠? 진짜 동네 시끄러워서 못 살겠네. 빨리 내려가 봐요. 폭동 일어나기 전에."

고시원 건물 밖에는 경찰관 하나가 인상을 잔뜩 구긴 채 숨을 고르고 있었다. 그의 입에서 금방이라도 미란다 원칙이 고지될 것만 같아 선주는 뒷걸음질 쳤다.

"저 잘못한 거 없는데요."

"그게 아니라, 안선주 씨 아버지께서 파출소에 와 계십니다. 같이 좀 가시죠."

"아버지가 무슨 잘못을 하셨나요?"

"아니, 그게 아니라……."

경찰관은 말을 이어가려다 말고 인상을 찌푸렸다. 국회의원을 아버지로 둔 왕자님이 갑자기 혀를 반쯤 내밀고 좌우로 빠르게 흔들어대는 게 아닌가. 마치 자신에게 '메롱, 빵이 쳐서 약 오르지'라고 하는 것 같았다. 오토바이 뒷좌석에 탈 때도 선주는 같은 행동을 반복했고 틱 장애에 대한 지식이 전혀 없었던 경찰관에게는 씻을 수 없는 모욕으로 다가왔다.

'아비나 새끼나 우리 같은 사람 무시하는 데 이골이 난 놈들이로군. 에라이 퉷. 뭐 어쩌겠어. 가진 거 없는 내가 참아야지.'

발동이 걸린 선주의 틱은 파출소장과 아버지 앞에서도 멈추지 않았다. 그 모습을 본 안학수는 서둘러 파출소를 빠져나가야 했다. 아들에게 권력의 맛을 보여주기는커녕 본전도 찾지 못할 것이 뻔했다. 자동차에 시

고시맨

동을 걸면서 그는 또 한 번 뼈저리게 깨달았다.

'선주 이 자식은 여전히 내 아킬레스건이야……'

자동차 안에서 안학수는 아무 말도 하지 않았다. 선주도 무슨 일이냐고 묻지 않았다. 다만 내심 짐작할 뿐이었다.

'이번에도 아버지한테 먼저 불합격 소식이 전해졌구나.'

지난해에 비해 성적이 형편없이 떨어진 건 확실했다. 아마도 아버지는 시험 점수는 물론 석차까지 알 것이다. 대체 뭐라 핑계를 대야 할까? 배가 아팠다고 해야 할까? 마킹 실수가 있었다고 할까? 아니면 사실대로 시간이 갈수록 공부에 집중이 안 된다고 고백할까? 선주가 이런 고민에 빠져 있을 때 카폰이 요란하게 울렸다. 동생 선재였다. 사법 연수원에 들어간 그는 성적이 좋아 여기저기서 러브콜이 온다며 자랑했다. 그러다 문득 생각났다는 듯 물었다.

"참, 형은요? 이제 곧 합격자 발표잖아요. 아버지 설마 올해도 기대하시는 건 아니죠?"

안학수는 대답 대신 헛기침을 했다.

"제발 포기하세요. 형이 합격할 수 있는 시험이 아니라니까요? 다들 안 된다는데 왜 아버지하고 형만 모르는 거예요? 이건 희망이 아니라 미련함이고, 아버지가 형을 가장 잔인하게 괴롭히는 방법이라고요!"

"우물도 한 우물만 파랬다. 지켜보면 결과가 나오겠지. 이 얘기는 그만하자. 그럼 끊는다."

안학수가 곁눈질로 선주를 흘겨보았다. 선주는 김이 서린 유리창에 '法(법)'이라는 글자를 삐뚤삐뚤 써넣으며 변명을 고민하고 있는 눈치였다.

볼펜 똥이 잔뜩 묻어 있는 손가락이 애처로워 보였다.

'이 자식은 왜 안 되는 걸까? 술을 마시는 것도 아니고, 여자한테 빠져서 공부를 놔버린 것도 아닌데. 미련하다 싶게 열심히 하는데 왜 안 되는지…….'

안학수는 사람의 힘으로 합격할 수 없다면 귀신의 힘이라도 빌려야겠다고 생각하며, 용하다고 소문이 자자한 어느 점집으로 향했다.

* * *

성문 고시원 언덕 위에 멍석이 깔리고 대나무 장대가 꽂혔을 때, 가장 먼저 달려 나온 것은 인근 교회 신도들이었다. 머리를 단정하게 빗어낸 목사를 앞세운 그들 중에는 고시생도 더러 보였다. 그들도 오늘 하루만큼은 법전이 아닌 성경을 옆구리에 끼고 있을 참이었다.

'21세기가 눈앞에 다가와 있는데 굿판이라니! 그것도 대한민국 최고의 지성인들이 모인 신림동 고시촌에서! 도대체 어떤 머저리가 이런 일을 꾸민 거야?'

목사가 악단의 지휘자처럼 손을 휘젓자 신도들은 일제히 찬송가를 부르기 시작했다. 그런데 이는 그다지 좋은 수가 아니었다. 무복을 갖춰 입고 언덕에 오른 늙은 무녀의 승부욕만 자극했다. 무녀는 속으로 판을 더 키워야겠다고 생각했다. 어서 빨리 작두를 타고 싶어 발바닥이 근질거릴 지경이었다. 잠시 후 경찰관이 나섰다.

"다 허가받고 진행하는 문화 행사입니다. 여기서 이러시면 괜히 싸움

고
시
맨

만 나니까 다들 돌아가세요."

이곳에서 굿판을 벌이겠다는 계획은 안학수의 주도 아래 치밀하게 진행되었다. 이곳이 어딘가! 대한민국에서 가장 조용한 사람들이 모여 사는 곳이다. 가만히 놔둔다면 빗발치는 민원에 행사가 중단될 게 뻔했지만, 절대 그런 일이 일어나게 둘 수 없었다. 새로 부임한 신림동장은 마침 안학수와 일면식이 있었다. 신림9동 파출소장도 마찬가지였다. 그들과 함께한 저녁식사 자리에서 안학수는 보란 듯이 서울시 경찰청장과 통화했다. 눈치가 빠삭한 파출소장은 그날 이후 마치 제 아들 일인 것처럼 팔을 걷어붙이고 나섰다. 이번 굿을 문화 행사로 위장해서 치르자는 아이디어도 그의 머리에서 나온 것이었다.

다음으로는 성문 고시원장을 비롯한 근처 고시원장들의 동의를 받아야 했는데, 의외로 간단했다. 안학수가 고시촌 발전 기금이라는 명목으로 그들에게 돈을 한 보따리씩 안겼던 것이다. 일일 아르바이트생들을 동원해 언덕을 오르내리는 수험생들에게는 미리 햄버거와 음료를 전달했다.

"다 잘되자고 시에서 진행하는 행사니까 협조 좀 부탁드려요."

고시생에게 햄버거를 건넬 때마다 이렇게 말했으니, 이 굿판이 오직 한 사람을 위한 것이라고는 상상조차 하지 못했다.

그날 징 소리와 장구 소리, 조그마한 쇠방울들이 흔들리는 소리, 제금을 마주치는 소리에 혼령들이 모여들었는지는 알 수 없다. 그러나 수많은 사람들을 홀려 언덕 위로 올라오게 만든 것만큼은 사실이었다. 무녀는 신이 났다. 일흔 평생, 이렇게 주목받아본 적이 없었다. 그런데 지금 미래의 판검사들이 초롱초롱한 눈빛으로 자신을 바라보고 있었다.

'이번에 돈이 들어오면 신당을 이쪽으로 옮기는 것도 괜찮겠어.'

그녀는 큰 그림을 머릿속에 그리며 신명나게 뛰었다. 오늘 같은 날에
는 작두날에 발목이 날아가도 행복할 것만 같았다.

반면 사람들이 모여들수록 선주는 죽을 맛이었다. 바닥에 납작 엎드
려 고개를 푹 숙이고 있는데도 자신을 알아보는 사람이 너무 많은 것 같
았다. 세탁소 아주머니, 튀김집 아주머니, 구멍가게 아저씨가 한데 뭉쳐
수군거리고 있었다. 심지어 같은 강의실에서 수업을 받는 학생들도 쪼그
려 앉아 그의 일거수일투족을 지켜보는 것 같았다. 게다가 한 치의 물러
섬도 없는 교인들의 찬송가 메들리는 더 많은 사람들을 불러들였다.

〈법률저널〉의 기자들도 쉴 새 없이 플래시를 터트리고 있었다. 내일
아침이면 고시촌 전역에 옥색 두루마기를 걸친 선주의 얼굴이 도배될 것
이다. 선주는 더없이 수치스러웠고, 억울했다. 그럼에도 아무런 저항조차
하지 못하는 자신이 저주스러웠다. 멍석 끝자락에 석상처럼 서 있는 아
버지의 지독한 집착이 두려웠다. 귀신이 달라붙은 건 자신이 아닌 아버
지일지도 모른다고 생각했다.

선주는 이 모든 상황을 받아들이기로 결심했다. 심호흡을 하고 양반
다리를 틀고 앉아 허리를 쭉 폈다. 이왕이면 제대로 해버리자는 심정으
로 휘몰아치는 장단에만 정신을 집중했다.

그때였다. 선주의 목에 빠른 경련이 일어나더니 우연처럼 맑았던 하늘
에 먹구름이 끼기 시작했다. 그 장면을 지켜보고 있던 사람들은 순식간
에 할 말을 잃고 조금씩 뒷걸음질 쳤다. 반복적인 리듬의 타악기 소리 탓

고
시
맨

에 선주는 그동안 감추려 무던히 애썼던 모습을 사람들 앞에서 공개해버리고 말았다. 구경꾼들의 눈에 그 모습은 영락없는 접신처럼 보였다.

* * *

다음 해, 1997년

선주와 선재가 다시 만난 것은 시험 접수가 한창이던 1월이었다. 선주는 마치 지우개 가루처럼 누군가 불기만 하면 날아갈 것 같은 몰골이었다. 선재는 어두운 거리에서 마주한 형을 말없이 쳐다보았다. 둘은 나란히 서서 길거리를 정처 없이 떠돌았다. 얼마나 지났을까? 선주가 먼저 입을 열었다.

"선재야, 어릴 적에 네가 말이야…… 항상 내 교복 입고 아버지 심부름 다녔던 거 기억나지?"

선재는 말없이 고개를 끄덕였다. 그러자 선주가 갑자기 선재의 두 손을 덥석 잡았다.

"그때처럼 이번에 딱 한 번만 도와주면 안 될까? 응? 딱 하루만……."

"무슨 말이야?"

선주는 허리를 90도로 굽힌 자세로 선재의 허리춤을 샅바 틀어쥐듯 꽉 붙잡고 말했다. 하지만 워낙 작은 선주의 목소리는 자동차가 지나가는 소리에 묻혀 들리지 않았다. 길을 지나가던 학생들이 두 사람을 힐끗 쳐다보았다.

"선재야, 이번 한 번만 니가 시험장에 대신 들어가 줘. 전에 그랬잖아.

너한텐 시험장이 롤러스케이트장 같다고. 나 대신 들어가서 한 바퀴만 휘익 타고 돌아와 줄래?"

간신히 선주의 음성이 들렸을 때 선재는 뒷목이 뻐근해짐을 느꼈다.

"제정신으로 하는 소리야?"

"너도 알잖아. 우린 쌍둥이처럼 닮았어. 절대 안 걸릴 거야. 일차 시험만 대신 봐줘. 이차랑 면접은 내가 잘할게."

"진심이야?"

"교수님이랑 강사님들도 내가 정말 좋은 법조인이 될 거라고 그랬어. 내가 누구보다 많이 공부한 거 선재 너도 잘 알잖아. 시험지 앞에서 버벅거릴지는 몰라도 실제 법정에선 정말 자신 있어. 그런데 이렇게 법원 문턱에도 못 가보는 건 너무 억울하잖아. 너는 그렇게 생각 안 해?"

"다시 한 번만 물을게. 진심이야? 정말 내가 시험장에 대신 들어가서 시험 봤으면 좋겠어?"

선재의 말에 선주는 끝내 울음을 터트렸다. 답은 그것으로 대신해도 될 것 같았다. 선재는 형의 집착과 광기에 소름이 끼쳤다.

'왜 진작 형을 포기시키지 못했을까? 사법시험이라는 괴물이 형을 집어삼키는 것을 보고 있었으면서도 왜 끌어내 주지 않았을까?'

처참하게 무너진 형의 모습이 오롯이 자기 탓인 것만 같았다.

'형이 이렇게 간절히 원한다면, 형을 구해낼 길이 이것밖에 없다면, 내가 이번 한 번쯤 나서주는 것도 나쁘진 않을 것 같아.'

그러나 이내 선재에게 두려움이 찾아왔다. 만약 운명을 관장하는 신이 있다면 이번에도 덫을 놓고 자신을 기다리고 있을 것만 같았다. 선재

고
시
맨

의 머릿속에 푸르스름한 병실이 그려졌다. 소독약 냄새가 가득한 그곳으로 다시 돌아가고 싶지 않았다. 참을 수 없는 두통이 몰려왔고 비명을 지르지 않기 위해 혀를 깨물었다.

"잊었어? 형 대신 꼭두각시처럼 불려 다니다 어떤 사고를 당했는지……. 그걸 정말 잊은 거야? 형이 어떻게 나한테…… 그런 부탁을 다시 할 수 있어?"

선재의 말을 들은 선주의 얼굴이 하얗게 질렸다. 그리고 오늘따라 평온하다 싶었던 얼굴에 틱의 징조가 나타나기 시작했다. 선주는 눈을 찡그리면서 빠른 속도로 고개를 흔들었다. 마치 악몽에서 깨어나려 노력하는 사람처럼 보였다. 선재는 한번 터져버린 분노를 쉽게 거둘 수 없었다.

"대리 시험을 부탁하는 사람이 연수원에서 살아남을 수 있을 것 같아? 법정에서 견뎌낼 수 있을 것 같냐고! 형은 아직도 장난감 사달라고 조르는 열세 살짜리 어린애 같잖아!"

선주는 힘겹게 몸을 일으켰다. 차마 동생의 눈을 바라볼 수 없어 두 손바닥으로 얼굴을 가리고 있었다.

"그흐르르흐흐 그흐르르흐흐"

바람 통할 구멍도 없이 바짝 붙은 손날 사이로, 웃음소리인지 울음소리인지 모를 것이 새어 나왔다. 그것은 배앓이하는 아이가 손톱으로 벽지를 긁어대는 소리 같기도 했고, 젖은 장작이 불완전 연소되면서 물을 끓이는 소리 같기도 했으며, 초당 2센티미터씩 시험지를 느리게 찢는 소리 같기도 했다. 듣는 사람의 신경을 곤두서게 만드는 소리인 것만은 분명했다. 선재는 미간을 찌푸렸다. 신호등에 파란불이 들어오자 선주는 인사도 없이 뒤돌아서서 길을 건넜다. 선재는 형을 잡지 않았다. 그 자리에 가만히 서서 선주가 고시촌의 미로 같은 골목으로 사라지는 것을 바라보고 있었다. 형의 모습이 꼭 고래 뱃속에 제 발로 기어들어 가는 피노키오 같다고, 그는 생각했다. 그것이 선재가 본 형의 마지막 모습이었다.

그동안 가방 속에 집을 짓고 살았던 것 같습니다. 이제 가방을 열고 밖으로 나오려 합니다. 언제부턴가 떨어지는 것이 전혀 두렵지 않게 되었습니다. 괜찮습니다. 나는 아주 편안합니다.

선주가 독서실 옥상 바닥에 분필로 써놓은 문장은 누군가에 의해 그대로 게시판에 붙었다. 많은 고시생이 그 앞에서 비통함을 느꼈다. 그들 중 선주를 기억하고 있는 몇몇 수험생은 서로를 끌어안으며 울기도 했다.
"그래도 이건 한 번에 성공했네. 바보 같은 자식……."
누군가가 이렇게 웅얼거렸을 때 아무도 그를 비난하지 않았다.
안학수는 주변에 부고조차 전하지 않았기 때문에 장례식장에 조문 온 사람들은 크게 두 부류로 나눌 수 있었다. 선재를 위로하기 위해 모인 사법 연수원 동기들과 법조인들, 그리고 선주에게 마지막 인사를 나누기 위해 모인 고시생들이었다.
겉으로 보기엔 똑같은 정장을 걸치고 있었지만 두 집단은 확연히 달랐다. 사법 연수원생과 법조인은 육개장을 먹던 숟가락을 들었다 내려놓는 수만큼이나 앉았다 일어서길 반복했다. 그리고 그만큼 인사를 청하고 악수를 나누거나 서로를 소개했다. 밥을 먹는 건지, 체력 단련을 하

고
시
맨

는 건지 잘 모를 지경이었다. 어떤 이는 결국 무릎에 통증을 느끼며 바닥을 뒹굴기도 했다.

'사시에 합격하면 밥도 제대로 못 먹는다는 말이 저런 건가 봐. 웃기지 않아, 아미고?'

영정사진 속에서 빙긋 웃고 있는 선주가 아미고에게 말을 걸었고 아미고는 "우끼는 짬뽕들!"이라고 대답했다.

고시생들은 누구 엉덩이가 무거운지 내기라도 하는 것처럼, 육개장 한 그릇을 앞에 두고 좀처럼 일어나지 않았다. 땅콩 껍질을 수북이 쌓아놓고 속으로 법조문을 외우는 사람도 있었고, 법조인 집단을 부럽다는 듯이 바라보는 사람도 있었다. 또 누군가는 벌겋게 취해 있었고, 어떤 이는 육개장 국물을 휘저으며 '고시식당 육개장보다 이게 더 맛있군' 하는 생각에 잠겼다. 그러면서 다들 얼마 남지 않은 사법시험에 대한 이야기를 나눴다. 올해 출제 경향부터 지난해 커트라인까지 다양한 말이 오가는 걸 보면서 영정사진 속의 선주는 고시촌을 통째로 옮겨놓은 것 같다고 생각했다.

선재는 형의 장례가 끝나자마자 종이 박스를 들고 해탈에 이르는 길을 올랐다. 형이 살던 성문 고시원 원장 때문이었다. 그는 선주의 사연을 안타까워하면서도 남아 있는 원생의 사기가 저하되니 하루라도 빨리 방을 빼달라고 요청했다.

건물에 들어서자마자 선재는 형의 흔적과 마주하기 시작했다. 현관문 앞에 어지럽게 널려 있는 수많은 신발 사이로 '302호 안선주'라는 이름을 적어 넣은 삼선 슬리퍼가 눈에 들어왔다. 또박또박한 필체는 형의 것이 확실했다. 현관을 지나 3층으로 올라가 몇 발자국 걸으니 형이 살았던 302호가 나왔다. 이곳이 바로 형을 집어삼킨 괴물의 입이라고 생각하자 발바닥부터 정수리까지 찌릿찌릿한 분노가 타고 올라왔다. 분노는 죄책감이기도 했다. 조금 더 일찍 형을 이곳에서 탈출시켰어야 했다. 돌이켜 보면 형을 설득할 기회는 충분했다.

'하지만 나는 아무것도 하지 않았어. 형이 천천히 괴물의 뱃속에서 소화되는 것을 지켜보고 있었어.'

결국 선재는 감정의 동요를 이겨내지 못하고 바닥에 주저앉아버렸다.

"형, 너무 늦었지? 나 왔어. 내가 너무 늦은 거 맞지?"

거짓말처럼 스르르 문이 열렸다. 낡은 침대와 책상 하나만 덩그러니 놓인 방에는 짐이랄 것도 없었다. 침대 위 두꺼운 대학 노트 두 권과 페이지마다 공들여 그린 삽화가 가득한 법전 한 권, 그리고 책상 한가운데 놓여 있는 너무도 익숙한 그것이 전부였다. 그것은 선재가 어린 시절 쓰고 다녔던 노란 헬멧이었다. 잃어버린 줄로만 알았던 헬멧은 선주가 얼마나 애지중지했는지 반들반들하게 빛났다. 반짝이는 금빛 투구의 유혹은 거셌다. 선재는 침을 꼴깍이다가 헬멧을 썼다.

스으으으읍. 머리카락이 눌리는 기분 좋은 소리가 났다.

19.

마지막 몇 페이지를 읽고 또 읽었다. 일생을 가방 속에서 살았다는 것이 비단 남의 일 같지만은 않았다. 그것은 지금쯤 새 보금자리에 짐을 풀

고
시
맨

고 있을 병수 형, 책과 씨름하고 있을 소라, 모니터만 바라보는 미스터 앤서, 그리고 바로 나 박현우의 슬픔이기도 했다. 옆 테이블에서 토익 책을 펴놓고 꾸벅꾸벅 졸고 있는 저 여성도, 이제 막 상경한 것처럼 보이는 저 청년도, 라디오에서 흘러나오는 노래의 주인공도⋯⋯ 자신의 이야기 같다며 공감해 줄 것 같았다. 총무가 내게 원고를 전해 준 이유를 어렴풋이 알 수 있었다. 아마도 가방을 열고 나오라는 신호일 것이다.

버스 출발까지 아직도 한 시간 넘게 남아 있었다. 바쁘게 움직이는 사람들을 바라보며 카페 유리창에 머리를 기댄 채 깜빡 잠이 들었다. 꿈속에서 나는 고속버스 맨 뒷좌석에 앉아, 붉은 도포의 무사가 말에 올라 내가 탄 버스를 뒤쫓는 모습을 바라보고 있었다.

"더 빨리 달려요!"

내가 비명을 지르자 버스 기사가 속도를 높였지만, 무사와의 거리는 좀처럼 벌어지지 않았다. 무사는 갑자기 활을 집어 들더니 나를 겨냥했다. 와장창 유리창이 깨지는 소리와 함께 내 이마에 화살이 박혔다. 화살촉에는 '민법'이라고 적힌 쪽지가 꽂혀 있었다. 버스는 도로 한가운데 멈췄다. 붉은 도포 자락을 휘날리며 비척비척 버스 안으로 걸어 들어온 그는 내 이마에서 화살촉을 비틀어 뽑아내면서 킬킬거렸다.

"내가 놔줄 거라 생각했다면 그건 심각한 오산이야. 가긴 어딜 가."

* * *

화들짝 놀라 꿈에서 깨어났을 때, 조금 전의 꿈과는 비교도 안 될 만큼 놀랄 만한 일이 눈앞에 벌어져 있었다. 총무가 벌겋게 충혈된 눈을 찌푸리며 내 앞에 앉아 있는 게 아닌가! 주위를 둘러보니 이곳은, 오 맙소사! 카페가 아니라 성문 고시원이었다. 주소지 불명으로 되돌아온 우편물처럼 내가 이곳에 다시 돌아온 것이다. 침대 스프링은 몸을 살짝만 기울여도 비명을 질러대고, 매트리스 한쪽은 엄지손가락으로 눌러놓은 시루떡처럼 푹 꺼져 있고, 귀를 기울이면 옆방 303호의 헛기침 소리가 들려오고, 방 문 밖에서 누군가가 슬리퍼를 끌며 화장실로 향하는 것까지 알 수 있는 302호였다.

"어떻게 된 거죠? 내가 왜 여기에 누워 있어요?"

총무는 인상만 찌푸리고 있을 뿐 아무 말도 하지 않았다. 무슨 일이 있었는지 온몸이 상처투성이였다. 해질 무렵 어슴푸레한 방에서 벌겋게 부풀어 오른 내 발등은 붉게 타오르는 노을 같았다. 잔뜩 찌푸린 총무의 얼굴이 심상치 않았다.

"새벽에 말이 좀 통한 줄 알았는데, 착각이었나? 박현우, 너 왜 다시 돌아온 거야?"

나는 눈만 껌뻑거렸다. 그러다가 총무가 고개를 절레절레 저으며 뒤돌아섰을 때, 그제야 머릿속에 간신히 떠오른 생각을 받아 적듯 말했다.

"헤엄치는 법을…… 아마도 그걸 잊어서 그런 것 같아요."

"뭐라고?"

"새벽에 물었잖아요. 거북이가 왜 토끼랑 달리기로 경주를 하려 하느냐고요. 잘하는 수영을 놔두고서 왜 뛰려 하느냐고 물었잖아요."

목소리가 조금 컸던 모양인지 303호가 여지없이 벽을 두들겼다. 녀석은 토끼일까, 거북이일까? 나는 모든 거북이를 대표해 고시원 사람들이 다 들을 수 있도록 목소리를 높였다.

"우린 헤엄치는 법을 오래전에 잊어버려서 당신들과 달리기로 붙을 수밖에 없는 겁니다. 이제 할 줄 아는 게 이것밖에 없어요. 언제부터 그렇게 되어버렸는지는 정말 모르겠어요. 그러니까 제발 그런 눈으로 한심하게 보지 마요."

총무는 창문으로 쏟아져 들어오는 붉은 빛을 등진 채 천장만 쳐다봤다. 저번처럼 형광등을 뽑아가고 싶은 걸 간신히 참는 모습이었다.

"똑같은 말 반복하게 하지 마. 바로 방 빼. 알았어?"

너무 지쳐 하룻밤만 쉬다 떠나고 싶었지만 고개를 끄덕이며 그러겠노라 대답했다. 그러자 총무는 큼큼 헛기침을 하다가 "너도 구십오지?"라고 물었다. 이렇게 뜬금없는 질문이라니. 95라는 숫자가 무엇을 의미하는지 알 수 없던 나는 "네?" 하고 목소리를 높였다. 혹시 IQ를 말하는 걸까? 총무의 입만 바라보고 있었다. 그는 위아래로 나를 훑어봤다.

"옷 말이야. 구십은 작을 것 같고 백은 클 것 같고. 어때? 구십오 맞지?"

나가는 마당에 고시원 졸업 기념 티셔츠라도 선물하려는 걸까? 도대체 왜 이런 걸 묻는지는 몰라도 일단 그렇다고 끄덕였다.

* * *

병수 형과 나의 아미고 고시원 입실 축하 기념 저녁식사는 빡빡머리 설봉태가 준비했다. 밥을 먹기 전에 설봉태는 같은 디자인의 티셔츠 여러 장을 우리에게 건넸다. 오른쪽 가슴에 붉은 앵무새가 수놓아져 있고 그 아래 '아미고 고시원'이라는 문구가 조그맣게 박힌 티셔츠는 그가 입고 있는 것과 같았다.

입실 기념 저녁은 즉석 미역국 한 냄비와 야채 참치 통조림, 그리고 종이컵에 담긴 포도주스가 전부였다. 치킨이라도 한 마리 시킬까요? 병수 형이 묻자 설봉태는 '이것들이 아직도 정신을 못 차렸군?'이라는 표정으로 노려보았다. 그는 앞으로 치킨 따위를 뜯어먹으며 시시덕거리는 일은 없을 거라고 경고했다. 그리고 손가락으로 나를 겨냥하면서 연애 금지 조항에 대해 일장 연설을 늘어놓았다.

병수 형과 나는 베일에 싸여 있던 뽀글머리 아주머니와도 인사를 나누었다. 그녀는 전과 같은 모습으로 한 손엔 법전을, 다른 한 손에는 효자손을 들고 있었다.

"모르긴 해도 내가 합격하면 역대 최고령 여성 합격자라고 신문에 날 걸. 나이는 묻지 말고 그냥 다들 편하게 연실이 누나라고 불러줘."

연실이 누나는 같이 하는 첫 식사에 참치 통조림이 뭐냐며 설봉태에게 눈을 흘겼다. 그러자 설봉태가 투덜대며 장조림 캔 하나를 더 꺼내왔다.

"배가 부르면 무뎌진다는 게 스승님의 확고한 신념이거든."

나는 지난 새벽, 혼자서 치킨 두 마리를 꿀꺽해버린 총무에 대해 이야기하려다가 말았다. 식사를 마치고 병수 형의 방에서 잠시 이야기를 나눴다.

"현우야, 하나만 물을게. 내려가기로 맘먹었던 거, 이제 그만 좋아하는

고시맨

248

일 찾으려고 한 거 아니었어?"

"갑자기 그 이야기를 왜 꺼내."

"이삿짐 보내주려고 아침에 네 방 정리하다가 갑자기 그런 생각이 들었어. 어쩌면 너한텐 반짝이는 구두가 아닌 튼튼한 등산화가 어울리는 것 같다고 말이야. 그러니까 잘된 거라고……. 왠지 부럽기도 하고 대견하기도 했는데……. 잘 모르겠다. 그냥 그랬어."

나는 또다시 울컥하는 심정을 억누르며 형에게 말했다.

"너무 오래전이라 이젠 비행기 타는 것도 겁이 나. 차라리 시험장에서 답안지에 마킹하는 게 훨씬 쉬울 것 같아. 사람들이 모두 좋아하는 일만 하면서 사는 건 아니잖아. 해도 안 된다면 어쩔 수 없겠지만, 한 달만 해볼게. 형까지 이러지 마."

방문 밖에서 아미고와 총무가 두런거리는 소리가 들렸다. 망원경을 들여다보며 방황하는 사람들에게 등급을 매기는 모양이었다. 저들이 창가에 붙어 밤새 이곳을 지키고 있는 한, 나의 몽유병은 휴면 중일 것만 같았다. 좋다. 그럼 안심하고, 지쳐 쓰러져 언제 잠들었는지 기억나지 않을 때까지 공부를 하자!

* * *

총무는 밤마다 등에 가방을 메고 고시원 건물을 빠져나갔다. 언제라도 변신할 수 있도록 옷 안에 전신 타이즈를 착용한 채였다. 노란 헬멧과 마스크, 고글을 넣은 가방은 거북이의 등딱지 같았다.

총무와 아미고는 이 거리에서 풍화되어가는 청춘을 찾아 헤맸다. PC방으로, 노래방으로, 가로등 꺼진 놀이터로, 학원 옥상으로, 24시 해장국집으로, 그리고 녹두 철학관으로……. 관심 고시생 리스트를 만들어 그들을 설득하기 위해 찾아 나섰다.

"고시맨은 정년이 언제예요? 평생 업으로 삼을 건 아니죠?"

하루는 몸 이곳저곳에 파스를 붙이고 있는 총무에게 이런 질문을 던졌다. 총무는 잠시 생각하더니 알아들을 수 없는 대답을 했다.

"글쎄다. 그건 어쩌면 우리 형에게 물어봐야 할 것 같은데? 궁금하면 따라와 봐."

총무의 발걸음이 멈춘 곳은 그동안 원생을 받지 않아 텅 비어 있는 302호 방문 앞이었다. 총무는 잠시 그 앞에서 얼어붙은 듯 꼼짝을 하지 않고 서 있다가, 내 인내심이 바닥날 때쯤 무겁게 입을 열었다.

"형이 죽고 나서 내가 이 방을 정리하러 왔을 때 어떤 꼬마 하나가 방 안에 앉아 있지 뭐야. 너무 놀랐지. 어린 시절 형의 모습을 하고 있었거든. 그 아이가 책상 위에 놓여 있던 노란 헬멧을 나한테 건네주면서 이렇게 말했어. 'IQ 350! 왜 이렇게 늦었어! 허우적대는 사람들이 많아. 빨리 출동해! 어서!'"

총무는 숨을 고르더니 그날의 환각이 또다시 눈앞에서 펼쳐지기라도 한 것처럼 흥분된 목소리로 외쳤다.

"사람들을 구하라니? 내가 어떻게? 누굴 구하란 소리야? 이렇게 물어봤을 때, 그 아이는 감쪽같이 사라져버렸어. 그 뒤로 다시는 나타나지 않아."

고
시
맨

총무는 방문에 등을 기댄 채 침울한 표정으로 그날 이후 자신은 형이 만들어낸 IQ 350으로 살아왔다고 말했다.

"그런데 말이야, 요즘 이런 생각이 들어. 내가 간신히 설득해서 하나를 내려보내면, 그 다음 날 마을버스를 타고 세 명이 이곳으로 흘러들어오지 뭐야. 결국 이건 우리 두 형제가 이길 수 없는 싸움일지도 몰라. 그동안 형에게 묻고 싶을 때가 많았지. 우리 지금 너무 형편없는 거 아닐까? 잘하고 있는 걸까?"

총무는 나를 빤히 바라봤다. 마치 자신의 형 대신 나에게서라도 해답을 찾아내려는 듯했다. 나는 고개를 끄덕이며 말했다.

"그래도 이게 최선이잖아요."

총무의 축 처진 어깨를 바라보고 있다가 문득 그 누구보다 도움이 필요한 건 이 고독한 히어로일 거라는 생각을 했다. 미스터 앤서와 내가 그러했던 것처럼, 총무 역시 제 발로는 결코 고시촌을 떠날 수 없으리라. 언젠가는 내가 도와야겠다는 생각을 하며 그의 어깨에 손을 얹었다. 뭐, 그러기 위해서는 나부터 합격해 이곳을 떠나야겠지만 말이다.

나는 한동안 침대 프레임에 발목을 묶은 채 잠들었다. 와이어에는 주먹만 한 자물쇠가 달려 있었는데 그 열쇠는 병수 형이 보관했다. 병수 형은 취침 시간이 되면 내 방으로 와 발목을 묶어주었고 기상 시간에 열쇠를 들고 찾아왔다.

총무가 짜준 공부법을 따른 병수 형은 최근에 본 모의고사에서 80점을 훌쩍 넘었다. 나날이 오르는 형의 성적에 나는 초조해졌다. 내 성적은 오르기는커녕 오히려 떨어졌다. 같은 사법시험 1차를 준비하는데도 총무가 작성한 병수 형과 나의 생활 계획표는 완전히 달랐다. 한 시간 단위로 세세하게 짜여진 병수 형의 계획표와 달리 내 것은 온통 체력 단련과 명상으로 채워져 있었다. 얼핏 보기에는 국가 대표 선수의 하루 일과표처럼 보였다. 게다가 총무는 틈만 나면 나를 불러 관악산 등반에 동행시키곤 했다. 공부할 시간이 턱없이 부족한 것 같다고 이의를 제기하자, 총무는 체력이 강하지 못해 잡념이 생기는 거라고 말했다. 오르지 않는 성적에 조바심을 낼 때마다 총무는 스트레스를 풀 겸 여행을 다녀오라는 둥, 요즘 살이 찐 것 같으니 수영 학원에 등록하지 않겠냐는 둥, 시험을 코앞에 둔 사람으로서는 상상도 할 수 없는 제안을 했다.

"대체 나한테만 왜 그래요?"

"이곳에 들어올 때 내가 시키는 대로 하기로 하지 않았어? 불만 있으면 지금이라도 짐 싸서 나가."

한편 미스터 앤서는 이상하리만치 잠잠했다. 미스터 앤서 닷컴의 저녁 10시 방송은 옥탑에서의 대면 이후로 한동안 이어지다가 어느 날부터 중단되었다. 회원들에게 희망 문자도 보내지 않는 것 같았고 합격 수기 게시판도 홈페이지 카테고리에서 사라져버렸다.

"잠잠하니까 더 불안해. 내가 함정 수사를 벌일까 봐 이제 희망 충전소도 운영하지 않는 것 같아. 이번엔 물밑에서 꽤 신중하게 움직이고 있나 봐. 단서가 전혀 잡히질 않거든."

총무는 불안해했다.

어느 날 나는 병수 형이 벗어놓은 추리닝 바지를 세탁기에 넣으려다가 주머니 속에서 치킨 쿠폰 다섯 장을 발견했다. 뭔가 미심쩍어서 킁킁 코

고
시
맨

를 대고 냄새를 맡아보니 그중 하나에서 미세하게 튀김 냄새가 났다. 최근에 받았다는 증거다! 그런데 우리는 이곳에 입실한 날부터 한 달 가까이 단 한 번도 치킨을 시켜 먹었던 적이 없다. 그날 저녁 형에게 쿠폰을 들이밀자 형은 기가 차는 대답을 했다.

"기현이가 형법 하나는 끝내주게 잘하거든. 도움 좀 받으려고 총무 몰래 잠깐잠깐 만나곤 했어. 그때 몇 번 시켜 먹은 거야."

오, 맙소사! 병수 형은 미스터 앤서를 기현이라고 친근하게 부르고 있었다. 형은 내게 지난 한 달 동안 우리들 몰래 사흘에 한 번꼴로 앤서를 만나고 다닌 일을 고백했다.

"처음엔 사이트를 중단시키려고 만났어. 알고 있는 모든 것을 고시촌에 퍼트리겠다고 협박도 했지. 그러다 왠지 유기현이란 인간이 불쌍해 보였어. 그래서 친구가 돼주기로 했고."

형은 누군가의 가면을 벗기려면 그와 친구가 되어야 한다고 했다. 그리고 그의 결핍을 채워주려 하지 말고 진심으로 이해해야 한다고도. 그러면서 총무에게는 비밀로 해달라고 했다.

* * *

2007년 2월 14일, D-1

오랜만에 커튼을 활짝 열고 쏟아져 들어오는 붉은 노을빛에 머리를 감았다. 샴푸 하듯 손가락으로 두피를 마구 문질렀다. 설봉태의 말에 따르면 시험 보기 전날에 꼭 치러야 하는 아미고 고시원의 전통이라고 했다. 처음엔 어리둥절했지만 점점 긴장이 풀어지고 머리가 맑아지는 것 같았다. 병수 형은 무릎까지 꿇고 경건한 마음으로 의식에 임했다. 설봉태가 버럭 화를 낸 것은 두피를 긁을 때마다 후두둑 떨어지는 병수 형의 머리카락을 목격했을 때였다.

"잡았다. 너지? 병수 너였어."

"네?"

"어떤 놈이 자꾸 세면대를 막히게 하는지 궁금했는데 바로 너였어. 이것 봐. 머리가 이렇게 빠지는데도 발뺌할래?"

아미고 고시원만의 전통이라는 것은 함정이었다. 설봉태는 그저 범인을 잡아내고 싶었을 뿐이었다. 왠지 그가 생각보다 유능한 검사가 될 것 같다는 예감이 스쳐 지나갔다.

저녁식사 후에는 집에 전화를 걸었다. 신호가 울리자마자 어머니의 목소리가 들렸다. 종일 전화기 앞에 붙어 계셨던 게 분명하다. 어머니는 행여 내게 부담이 될까 한 번도 먼저 전화를 걸어오지 않았다. 속절없이 내 전화만 기다렸을 어머니의 목소리에선 쓴 내가 나는 것 같았고, 아버지도 전화기 옆에 바짝 붙어 있는 모양인지 헛기침 소리가 들려왔다. 어머니는 조심스럽게 아픈 곳은 없는지, 꿈은 잘 꿨는지, 신분증은 미리 챙겼는지 확인해 보라고 했다. 그러다 옆에서 바꿔 달라 재촉하는 아버지에게 "애한테 부담주지 마요. 알아서 잘 할 테니"라고 쏘아붙인 뒤 수화기를 내려놓았다. 그러고도 모자라 내게 문자 한 통을 보냈다.

[아들 떨지 말고 화이딩. 꼭 밥 잘 챙겨 머더.]

나는 작년에 이어 올해도 똑같은 거짓말을 적어 보냈다.

고
시
맨

[걱정 말아요. 강심장이라서 하나도 안 떨려요.]

다년간의 경험에 의하면 시험 전의 긴장은 어느 정도 필요하다. 그런데 소라는 정도가 조금 심해 보였다. 아침부터 식사를 제대로 하지 못했고 속이 타는 모양인지 물만 들이켰다. 연실이 누나가 긴장을 풀어주려 농담을 던져도 신경질적으로 받아쳤고, 먹은 것도 없는데 화장실에서 구역질을 해댔다. 고개를 푹 숙이고 거실을 맴돌다가 가끔씩 멈춰 서서 벽시계를 올려다보며 한숨을 폭폭 내쉬었다.

문제가 생긴 건 병수 형과 내가 11시쯤 잠자리에 들려고 했을 때였다. 이미 오래전에 잠들었다고 생각했던 소라가 머리를 쥐어뜯으며 거실로 튀어나온 것이다. 소라는 도무지 잠이 오지 않는다며 괴로워했다. 그녀는 벽에 등을 기대고 선 자세로 한참 그렇게 멍하니 있다가 방으로 들어가 버렸다. 너무 걱정이 돼서 따라 들어가자 그녀는 긴장을 풀 수 있도록 아무 이야기나 해달라고 말했다. 무슨 이야기를 할까 고민하고 있는데 그녀가 예전에 들려주었던 나의 인도 방랑기를 다시 들려달라고 했다. 나는 낙타 몰이꾼과 함께 사막을 횡단하다가 홀로 남겨진 이야기부터 들려주었다.

스물세 살의 내가 최종 목적지인 바라나시에 도착하는 것으로 이야기는 끝이 났다. 손목시계를 들여다본 나는 깜짝 놀랐다. 새벽 두 시 반이었다. 소라가 이야기를 듣다 잠든 건 다행이었지만 잠을 얼마 자지 못하게 된 내겐 큰일이었다. 도대체 뭐가 그렇게 재미있어서 혼자 떠든 걸까? 더 최악인 것은, 이야기를 하는 내내 잊고 있었던 시험에 대한 중압감이 밀물처럼 한꺼번에 밀려오기 시작해 도무지 잠을 이룰 수 없다는 것이었다.

잠시 바람이라도 쐴 겸 비상계단에 쪼그려 앉았다. 고시촌은 온통 어둠에 잠겨 있었다. 모두 내일 시험을 준비하기 위해 잠들었기 때문이리라. 학원가는 말할 것도 없고 언제나 불야성인 녹두 거리에도 불이 꺼져 있었다. 상인들도 내일 시험을 치르는 수험생들을 위해 조용히 침묵해주는 것 같았다. 도시 전체가 정전인 것 같다고 생각했을 때 구름이 걷히며 무심한 달빛이 지상에 흘러내렸다. 얽혀 있는 골목들과 언덕들이 겨우 모습을 드러냈다. 조금 옅어진 어둠 속에서 본 고시촌은 마치 나의 손금 같았다.

잠이 와야 할 텐데……. 저 별들이 죄다 수면제였으면 좋겠다고 생각하며 하늘을 바라보다가 '휘이익' 하고 졸음이 스쳐 지나가는 것 같아 재빨리 방으로 돌아왔다.

20.

2007년 2월 15일, 제49회 사법시험 1차 고사 당일

오전 6시 50분. 다른 사람들보다 먼 고사장에서 시험을 보는 나는 조금 일찍 출발했다. 불과 두 시간 전에 녹초가 되어 돌아온 총무는 잠들지 않고 내가 출발하기를 기다리고 있다가 "쫄지 마"라는 한마디를 남기고 방으로 들어가 버렸다. 아미고는 주인의 말을 따라하며 "쫄지 마"라고 외쳤다. 설마 시험장에서 졸겠어? 설봉태가 시시덕거렸지만 정말 벌써부터 졸렸다.

1년에 한 번 볼 수 있는 기막힌 풍경이 언덕을 타고 도림천까지 이어져 있었다. 그것은 바로 결전지로 향하는 거북이들의 행렬이었다. 이들의 심장 뛰는 소리가 하나하나 고스란히 전해져 오는 것 같았다. 전장에 울리는 북소리처럼 둥둥둥둥. 순간 아찔해져 머리가 핑 돌았다.

1교시 헌법 시험지를 받아들고 쓱 훑어보는데 자신이 생겼다. 조금 전까지의 긴장감은 어느새 사라져버렸다. 마치 푸른 잔디밭에 돗자리를 깔고 앉아 깔깔대던 유년 시절의 소풍날 같았다. 출제된 문제들은 김밥 속에서 내가 싫어하는 시금치를 골라내는 것만큼이나 간단해 보였다.

1번 문제는 아프리카 남부 짐바브웨의 수도를 묻는 문제였다. 주저 없이 보기 3번 '하라레'를 선택했다. 그 다음 문제는 더 쉬웠다. 남미 대륙 여행 시 주의해야 할 황열병 예방 주사에 대한 문제였다. 예방 주사를 일반 보건소에서는 맞을 수 없고 국립 검역소에서 맞을 수 있다고 설명한 보기 4번을 선택했다. 그렇게 쉽게 풀어가다가 밀림에서 악어를 만났을 때 대처하는 법을 묻는 8번 문제를 보고서야 이게 아니라는 생각이 들었다.

'시험지가 잘못됐나?

다시 시험지 표지를 살펴보았다.

'1교시 헌법'이 아니라 '오지에서 생존하는 법'이라고 적혀 있는 게 아닌가! 화들짝 놀라 손을 들어 감독관을 불렀다. 1초가 아쉬운 상황인데 감독관은 악어처럼 느릿느릿 걸어오더니 왜 불렀냐고 물었다.

"시험지가 잘못된 것 같아요. 헌법 시험지로 바꿔주세요."

그러자 감독관은 헌법 시험지는 다 떨어졌으니, 그냥 3교시 민법을 먼저 푸는 것이 어떻겠느냐는 말도 안 되는 소리를 했다.

아뿔싸! 그때 나는 보았다. 도수 높은 안경을 코에 걸치고 있는 감독관의 얼굴이 서서히 하얗게 질려가더니 다시 보고 싶지 않았던 그 얼굴! 바로 붉은 도포를 걸친 민법이라는 무사로 변하는 것을 말이다.

* * *

눈을 떴을 때, 벽시계는 11시 40분을 가리키고 있었다. 뾰족한 시침과 분침이 푹 하고 눈동자에 하나씩 박히는 기분이어서 다시 눈을 감아버렸다.

총무실이었다. 나는 뜨끈뜨끈한 전기장판 위에 누워, 외투를 몇 겹으로 접어 베개 대신 사용하고 있었다. 바닥은 땀으로 흥건했고 모래주머니라도 찬 것처럼 다리가 무거웠다. 특히 허리가 심하게 아팠다.

"이왕 이렇게 됐으니 더 누워 있어. 허리를 좀 다쳤을 거야."

곁을 지켜주고 있는 이는 총무였다. 그는 몇 차례 마른세수를 하더니 더 이상 말하지 않았다. 무거운 침묵이 방에 감돌았다. 벽시계의 초침 소리만 크게 들렸는데 날카로운 바늘 같은 그것이 자꾸만 혈관을 타고 돌아다니는 것 같았다. 나는 끝내 비명을 지르고야 말았다.

"아아아아아아 너무하잖아. 왜 나한테만 이러는 거야!"

오늘만큼은 소리 지르고 발버둥 쳐도 될 것이다. 고시원 사람 대부분이 시험을 치러 떠났으니까. 하염없이 눈물이 나왔고 그렇게 한참 흐느끼며 울다가 총무를 물끄러미 올려다봤다. 혹시 나로 인해 병수 형과 소

고시맨

라가 피해를 보진 않았을까 걱정이 됐기 때문이다. 이젠 눈빛만 봐도 내 마음을 다 읽기라도 하듯 총무가 말했다.

"걱정 마. 둘 다 잘 도착했대. 일 교시 끝날 시간이겠네, 지금."

그들이 시험을 마치고 돌아오기 전에 이곳을 떠나야겠다고 다짐했다. 이토록 처참히 무너진 모습을 소라에게도 병수 형에게도 보여주기 싫었다. 이곳에서 언제 또 몽유병이 터질까 조마조마해 하며 1년을 더 보낸다는 건 생각하기도 싫었다. 더 이상의 미련은 자기 학대에 불과하다. 지난날 총무가 해줬던 말처럼, 고시촌에서의 오지 탐험은 이것으로 끝이다. 버티고 버티다가 비자 만료로 강제 추방! 허탈해서 그런지 피식피식 웃음이 새어 나왔다. 그러다가 갑자기 밀물처럼 총무에 대한 불신과 원망이 터져 나와버렸다.

"밤새 고시촌 돌아다녔으면서 나 발견 못 했어요?"

총무는 뭔가 숨기고 있는 것 같은 표정을 하고서 "발견했으니까 이리로 데려왔지!"라고 대답했다.

"발견했으면 죽도록 두들겨 패서라도 깨웠어야죠. 시험장 보냈어야죠. 안 그래요?"

그러자 총무는 늦은 새벽, 나를 발견했을 때의 상황에 대해 구체적으로 설명해 주었다. 새벽 네 시경이었고 장소는 마을버스 정류장이었다고 말했다.

"내가 너를 붙잡았을 때 네가 멍한 눈으로 나를 한참 쳐다보더니 이렇게 말했어. 아저씨, 여기서 타지마할 가는 버스 탈 수 있나요?"

총무는 내 어깨에 손을 올리며 말을 이어나갔다.

"깨울 수가 없었어. 그리운 곳 찾아간다는 애를 시험장에 보내 뭐해. 그래야 마땅하다고 생각했어."

총무는 나를 부축해 일으켜 세우더니, 갑자기 일부러 꾸며낸 듯한 밝은 목소리로 "점심 먹고 2교시 준비하자"라고 말했다. 도대체 무슨 말을 하는 건가 하고 잠자코 있었는데, 총무가 손바닥으로 내 엉덩이를 툭 쳤다.

"뭐해. 앞장서. 빨리 올라가서 이 교시 준비하자니까! 진짜 시험은 지금부터야."

우리는 다시 아미고 고시원으로 통하는 비밀의 책장 앞에 섰다. 책장 옆 벽에 걸린 액자를 떼어내고 초록 버튼을 지그시 눌렀다.

고
시
맨

에필로그

2018년 4월, 노량진

카페 'Where Is My Hammock'

병수 형이 1번 해먹 위에 누에고치처럼 몸을 파묻은 채 자고 있다. 여행 가이드북을 배에 올려둔 그는 벌써 나흘째 이곳으로 출근이다.

"형, 사무실에 무슨 일 있어?"

"현우야, 다음 여행 때 나도 좀 껴줄래? 어디로 간다고? 라다크?"

"모잠비크. 껴달라니 그게 무슨 소리야. 사무실은 어떻게 하고. 형 진짜 무슨 일 있냐? 의뢰인이 없는 거야? 없으면 찾아다니는 게 인권 변호사 아니야?"

병수 형은 잠긴 목소리로 대답했다.

"한 보름만 내 인권도 좀 생각하면서 살려고 그래. 정신없었잖아. 그나저나 오늘도 만석이네. 가게 잘 돌아가는데 놔두고 떠날 수 있겠어?"

"뭐 반짝하는 거 아니겠어?"

그런 얘기를 나눈 지 채 5분도 안 된 것 같은데 병수 형은 깊이 잠들 어버렸다. 아마 지금쯤 아프리카 모잠비크의 거리를 떠돌고 있으리라.

노량진 학원가에서 여행자 카페를 운영해 보겠다고 했을 때, 많은 이들이 고개를 저었다. 그중에서도 가장 걱정을 많이 해줬던 건 병수 형이었다.

"그게 어울린다고 생각해? 차라리 봉은사 앞에 고기 뷔페를 차려라!"

"스님들도 가끔 고기 먹고 싶을 때 있지 않을까? 공시생들이라고 다 스터디 카페에만 가고 싶겠어? 내 생각엔 괜찮을 것 같아. 두고 봐."

"그러니까 왜 꼭 노량진이냐고. 홍대나 대학로에서 하면 되잖아."

"형, 노량진이라서 하는 거야. 내 말 무슨 뜻인지 알잖아."

그러자 병수 형은 피식 웃더니 "누구 닮아가네"라고 말했다.

모두의 예상대로 두어 달 전까지 가게는 텅 비어 있다시피 했다. 호기심에 가게 문을 열고 들어온 공시생들도 뭔가 미심쩍은 표정을 하고 돌아 나가기 일쑤였다. 테이블 대신 설치해둔 해먹 때문인 것 같았다. 누군가는 해먹 같은 거 다 치워버리고 공부하기 좋은 테이블이랑 전기 콘센트만 이곳저곳에 많이 만들어 놓으라고 조언하기도 했다. 하지만 그러고 싶지 않았다. 여행자의 삶에 대해 진지하게 물어오는 청년들이 오기만을 기다렸다.

노량진은 그 시절의 신림동과 참 닮아 있다.

10여 년 전, 고시촌 어디에나 붙어 있던 미스터 앤서의 현수막은 지금 '노량진 넘버원 형법 강사 미스터 마우스'라는 이름으로 이곳저곳에 걸려

고
시
맨

있다. 그는 이제 더 이상 마스크를 쓰지 않는다. 그리고 환하게 웃는다. 조그맣고 날카로운 치아는 이곳에서 그만의 트레이드마크가 되었다. 입담 좋은 강사라는 의미에서 'mouth'를 가져다 붙였다곤 하지만, 수험생들은 그의 치아를 보고 'mouse'를 연상했다. 어쩌면 마케팅 하나는 기가 막히게 하는 그의 노림수였을지도 모르겠으나, 그는 더 이상 쥐처럼 숨어 살지 않는다.

오지 탐험에 대한 이야기 말고도 단골손님들이 내게 자주 묻는 질문이 있다. 이제는 역사 속으로 사라져버린 사법시험에 대한 이야기다. 그리고 어떤 이들은 이런 걸 묻기도 했다.

"고시맨 전설, 그거 사실이었어요? 한밤중에 고시맨을 보면 합격한다는 거랑 그 사람 만나면 불합격한다는 이야기 중에 뭐가 진짜였어요?"

그럴 때마다 나는 "다들 지루하니까 지어낸 이야기죠, 뭐"라며 얼버무렸다. 만약 총무가 이런 이야기를 들었다면 어떤 표정을 지었을지 상상해 보곤 했다. 총무와는 연락이 끊어진 지 한참 됐다.

작년 12월 28일, 헌법 재판소가 내린 사법시험 폐지는 합헌이라는 판결은 내게 전해진 오랜 친구의 부음 같았다. 그날 병수 형과 술을 마셨고, 당연히 그래야 한다는 듯 함께 자리에서 일어나 고시촌으로 향했다.

"형도 그 사람 연락 안 되지?"

"응, 꽤 됐어. 나이도 있는데 진작 은퇴하지 않았을까?"

우리는 '원룸형 고시텔'이 되어버린 옛 성문 고시원 건물 앞에서, 스승의 은혜라도 합창하고 싶은 심정으로 그를 추억했다. 지금 생각해 보니 그 시절의 아미고 고시원은 내 인생의 인큐베이터 같은 곳이었다. 병수

형과 소라가 시험공부에 매진하는 동안 나는 그곳에서 고시맨의 도움을
받아 새로운 인생을 설계할 수 있었다.

지난 여행 때 찍어두었던 사진들을 날짜별로 정리했다. 여행 잡지에
넘기려면 내일까지 작업을 마무리해야 했다. 밤 8시 30분이 되어서야 미
안하다는 표정으로 해먹에서 내려온 손님은, 계산하면서 엄지손가락을
치켜세웠다. 서비스로 준 쿠키가 정말 맛있었다고 했다. 얼핏 보기에 살
찐 닭처럼 보이는 이 앵무새 쿠키는 소라의 작품이다. 요즘 눈코 뜰 새
없이 바쁜 그녀는 어쩌다 시간이 나는 날이면 하루 종일 집에 틀어박혀
서 오븐만 붙잡고 있다. 그녀에게 전화를 걸었다.

"나야. 가게 문 닫고 집에 들어가려고. 밥은 먹었지? 굶은 거 아니지?"

"걱정 마. 먹었어. 오늘도 바빴어?"

"응. 요즘 이상하게 바쁘네. 병수 형이 와서 좀 돕고 그랬어."

"차라리 거기에 사무실 한 칸 내줘. 엄청 좋아할걸."

"그럴까?"

"미쳤어? 둘이 붙어 있는 거 지겹지도 않냐?"

밤하늘이 유난히 밝은 것 같아 하늘을 올려다보니 역시 보름달이었
다. 저 달은 여러 가지 모습으로 변신해 나의 향수를 불러일으킨다. 늘
배가 고팠던 군 시절에 본 달은 초코파이 같았다. 고시촌에서 올려다보
았던 달은 바늘이 없는 둥근 시계였다. 그 시절에는 힘든 시기가 영원할
것만 같았다. 그리고 고시촌을 떠나던 날, 나는 달을 보며 거대한 마침표
를 떠올렸다. 그리고 지금……. 왜 갑자기 성문 고시원 302호의 둥그런
방문 손잡이가 떠올랐는지 모르겠다.

고
시
맨

달빛에 시린 눈을 잠시 감았을 때, 바람을 가르는 소리가 귓가를 스쳤다. 뺨이라도 맞은 듯 화들짝 놀라 바라보니, 빠른 속도로 날아가던 물체는 학원가를 향하는 듯하더니 갑자기 높은 빌딩 위로 치솟았다.

아미고였다.

고시맨이 돌아왔다고, 나는 생각했다.

소시민과 청춘의 고뇌를 등에 업은
'한국형 히어로'의 탄생

우리는 히어로를 욕망하는 시대에 살고 있다. 〈어벤져스〉 시리즈와 〈저스티스 리그〉는 온 세상이 히어로를 볼 수 있도록 화려한 폭죽을 터트렸고, 지금은 다양한 플랫폼에서 각자의 히어로에 관한 이야기를 빚어내는 중이다.

새로운 장르가 관심을 받게 되면 언제나 '그 장르가 한국형으로 변형되면 어떤 모습을 보여줄까?'라는 질문이 따라온다. 무협이 그랬고, 판타지가 그러했으며, 히어로물 역시 같은 질문을 받았다.

그렇다면 한국만이 만들어낼 수 있는 히어로 이야기는 어떤 것일까? 아마도 《고시맨》이 제5회 교보문고 스토리공모전 대상으로 선정된 가장 큰 이유가 이 질문에 대한 답을 들려줄 것이다.

우리는 세계를 주도해 본 적도, 세계의 운명을 손에 쥐어본 적도 없는 나라에서 살아왔다. 그런 우리에게 세계의 운명을 걸고 싸우는 〈어벤져

고
시
맨

스〉는 그저 구경하기에 재미있는 타자의 이야기에 불과하다. 히어로들의 치열한 싸움은 우리의 고민과 너무 동떨어져 있다.

그에 반해 《고시맨》은 의심이 필요 없는 한국형 히어로 이야기다. 기약 없는 미래를 위해 달려가는 청춘들의 집결지인 '신림동 고시촌'이라는 무대 위에 화려한 히어로는 없다. 비록 사법시험은 사라졌지만 공무원 시험 준비생, 취업 준비생으로 옷을 갈아입은 주인공은 여전히 존재한다. 구석 골방에서 웅크린 채, 지친 모습으로 팍팍한 삶을 살아가는 청춘의 고단함을 구원하려 고군분투하는 모습은 〈어벤져스〉 속 히어로가 아니라 분명한 우리 이야기다. 이 과정에서 비좁은 현실이라는 방 안에 꽉꽉 눌러 담은 상상력의 가능성이 폭발한다. 이것이 바로 《고시맨》의 매력이다.

물론 《고시맨》이 내놓은 '우리식 히어로' 이야기가 질문에 대한 완성된 대답이라고 할 수는 없다. 히어로에 대한 욕망은 단순한 대리만족이 아니라, 억압을 떨치고 일어나는 영웅다움에 대한 갈망일 수도 있기 때문이다. 따라서 우리에겐 호쾌하고 분명하며 영웅다운 히어로 역시 필요하다.

《고시맨》이 내놓은 독특한 이야기가 새로운 장르에 관한 새로운 답을 찾아가는 발판이 되어주기를 기대해 본다.

진산(소설가)

고시맨

초판 1쇄 발행 2018년 9월 28일
초판 3쇄 발행 2022년 2월 3일

지은이 김펑
발행인 안병현
총괄 이승은 **기획관리** 송기욱 **편집장** 박미영
기획편집 김혜영 정혜림 조화연 **디자인** 이선미 **마케팅** 신대섭

발행처 주식회사 교보문고
등록 제406-2008-000090호(2008년 12월 5일)
주소 경기도 파주시 문발로 249
전화 대표전화 1544-1900 **주문** 02)3156-3694 **팩스** 0502) 987-5725

ISBN 979-11-5909-942-7 03810
책값은 표지에 있습니다.